I0597850

UN HÉROS POUR WENDY

UN HÉROS POUR WENDY (DELTA FORCE HEROES, TOME 8)

SUSAN STOKER

DU MÊME AUTEUR

<u>Autres livres de Susan Stoker</u>

Delta Force Heroes Series

Un héros pour Rayne

Un héros pour Emily

Un héros pour Harley

Un Mari pour Emily

Un héros pour Kassie

Un héros pour Bryn

Un héros pour Casey

Un héros pour Wendy

Un héros pour Mary (Avril)

Un héros pour Macie (May)

Forces Très Spéciales Series

Un Protecteur Pour Caroline

Un Protecteur Pour Alabama

Un Protecteur Pour Fiona

Un Mari Pour Caroline

Un Protecteur Pour Summer

Un Protecteur Pour Cheyenne

Un Protecteur Pour Jessyka

Un Protecteur Pour Julie

Un Protecteur Pour Melody

Un Protecteur Pour the Future

Un Protecteur Pour Kiera

Un Protecteur Pour Dakota

Aspen « Blade » Carlisle observait son téléphone d'un œil impatient. C'était ridicule de se languir autant d'un coup de fil de Wendy. D'accord, il pouvait toujours l'appeler lui-même, mais il ignorait quels étaient ses projets et ne voulait pas du tout la déranger.

Il l'avait rencontrée deux mois plus tôt, quand elle l'avait démarché par téléphone pour tenter de lui vendre une police d'assurance-vie. Il n'en avait pas besoin, mais il avait été surpris du plaisir qu'il avait pris à leur brève conversation. Il l'avait donc invitée à le rappeler, ce qu'elle avait fait.

Au départ, Wendy l'appelait deux fois par semaine, puis ils en étaient venus à échanger leur numéro de portable. Elle continuait à lui téléphoner parfois quand elle travaillait, mais ils s'envoyaient aussi des textos et désormais, ils se parlaient quand elle n'était pas à son travail de télémarketeuse.

Pour l'instant, Blade appréciait tout ce qu'il avait découvert sur Wendy.

Quand elle l'avait interrogé sur son travail à lui et que,

désireux de se montrer honnête, il avait répondu qu'il ne pouvait pas vraiment en parler, elle n'avait pas insisté.

Il admirait la façon dont elle était intervenue pour élever son frère quand leurs parents étaient morts dans un affreux accident de voiture. Jack n'avait que six ans alors. Blade ne savait pas exactement l'âge du gamin à l'heure actuelle, juste que c'était un adolescent, mais Wendy ne devait pas avoir bien davantage que la majorité quand elle s'était soudain trouvée responsable de son petit frère.

Blade avait été sensible aux questions que Wendy lui posait toujours sur sa journée et sur la façon dont il se sentait. Il était sorti avec deux femmes uniquement désireuses de parler d'elles-mêmes ou de ce qui se produisait dans leur vie. Elles n'étaient préoccupées que de leur petite personne et ce type de comportement l'avait sérieusement refroidi. Wendy faisait tout son possible pour l'interroger sur ses amis, lui demander s'il allait bien, s'il avait passé une bonne journée et elle ne semblait jamais s'ennuyer, quoi qu'il tienne à lui raconter.

Il respectait la passion qu'elle manifestait pour son travail d'auxiliaire dans un centre d'aide aux personnes âgées. Parfois, elle se reprochait de ne pouvoir en faire davantage, puisqu'elle n'était pas infirmière, mais la plupart du temps, elle semblait vraiment aimer sa profession et elle parlait des vieilles personnes vivant dans son établissement comme s'il s'agissait de grands-parents de substitution.

La seule chose qui dérangeait Blade, c'était que Wendy manquait totalement de confiance en elle, il le voyait bien. Elle éludait chaque compliment et faisait tout son possible pour détourner la conversation quand il s'agissait d'elle et de son frère, préférant parler de lui.

Ils n'avaient pas échangé de photos. Ça ne s'était pas présenté et Blade appréciait d'apprendre à connaître Wendy sans la pression d'un début de relation. Cela étant, plus il en découvrait sur elle, plus sa curiosité s'aiguisait et plus il avait envie de voir s'ils allaient autant se plaire en chair et en os qu'au téléphone. Un soir, ils avaient brièvement évoqué la question de leurs physiques respectifs et, après qu'il s'était décrit dans les grandes lignes, tout ce qu'elle avait trouvé à dire d'elle-même, c'était qu'elle était « de taille moyenne, de poids moyen, avec des cheveux châtain moyen ». Quand il avait réclamé plus de détails, elle avait changé de sujet.

Sur ces entrefaites, son portable sonna. Le son strident retentit à travers le salon de sa maison. Des mois plus tôt, Casey, sa sœur, l'avait aidé à choisir ce triplex et il n'avait toujours pas fini de le meubler. L'endroit était trop grand, mais il n'avait pas réussi à s'empêcher de l'acheter et de le rénover. Aucun tapis ne couvrait les beaux parquets sombres et, pour l'heure, un canapé et une télévision constituaient l'unique mobilier de son grand salon ouvert. Il n'avait pas besoin d'autre chose et ne s'était pas fatigué à tenter de donner à l'endroit un air plus douillet.

Casey avait un jour déploré que cet endroit ressemble à une « piaule de célibataire », à quoi Blade avait répliqué que c'était bel et bien le cas. Sa sœur avait levé les yeux au ciel, mais n'en avait plus jamais reparlé.

— Salut, Wen, lança-t-il après s'être assuré que c'était bien elle à l'autre bout du fil, et non quelque autre télémarketeuse.

— Salut, Aspen. Je ne te dérange pas ?

Il sourit. Il aimait qu'elle l'appelle par son prénom et non sur surnom. La première fois qu'ils avaient discuté, il lui avait donné son nom et elle avait dit qu'elle aimait son originalité. Il appréciait également beaucoup qu'elle s'assure toujours de ne pas le déranger ou de l'interrompre dans quelque tâche quand elle l'appelait. Il s'empressa de la rassurer :

— Non, bien sûr que non. Tu peux m'appeler quand tu veux, ça me va. Et en plus, comme je te l'ai déjà dit, si je ne peux pas parler, je ne décroche pas.

— Je sais, je tenais juste à m'en assurer. Comment s'est passée ta journée ?

Blade sourit. C'était reparti, elle l'interrogeait sur lui.

— Bien. Mes amis et moi, on a eu de l'entraînement physique ce matin, fait un peu de paperasserie, assisté à deux réunions d'information, puis je suis allé au champ de tir. J'ai terminé mon dîner il y a peu, et maintenant, je suis installé sur mon canapé et je bavarde avec toi.

— Une journée chargée, à ce qu'on dirait, remarqua Wendy.

— En effet. Et pour toi, comment ça s'est passé ? Comment va M. Clark ?

Elle soupira et Blade se tendit. Récemment, elle lui avait parlé d'un résident de son établissement, un vieil homme de quatre-vingt-dix ans. Elle se faisait du souci pour lui, car sa santé venait de se dégrader. Elle avait été consternée de voir que ses deux enfants, qu'on avait informés, n'avaient pas pris la peine de venir le voir, même s'ils ne vivaient pas très loin, à Fort Worth.

— Il est mort hier, lui répondit-elle doucement.

Sa voix, d'ordinaire guillerette, était triste et assourdie.

— Oh, ma puce, je suis désolé.

Il aurait bien aimé pouvoir la prendre dans ses bras pour la réconforter.

— Ça va, répliqua-t-elle. Son heure était venue. Il ne reconnaissait plus personne et il m'a même dit qu'il était prêt à partir, il y a deux jours. C'était un homme étonnant, Aspen. J'aurais voulu que tu puisses le rencontrer. Il a participé à la Seconde Guerre mondiale et les histoires qu'il m'a racontées sur les choses qu'il y a faites étaient sidérantes.

— J'aurais bien aimé le rencontrer, moi aussi.

Et il était sincère. Autrefois, il passait du temps, comme bénévole, dans des résidences pour anciens combattants, mais cela faisait un moment qu'il avait cessé. Il se promit de s'y remettre sous peu.

— Je suis arrivée très tôt au travail, ce matin, parce que j'avais un mauvais pressentiment le concernant. L'infirmière de nuit m'a dit que, selon elle, il ne lui restait vraiment plus beaucoup de temps. Ses imbéciles d'enfants n'ont toujours pas daigné venir, même si j'ai pris soin de les appeler tous les deux hier pour leur faire savoir que ce n'était plus qu'une question de temps avant que leur père ne meure. Je me suis assise à côté de son lit en lui tenant la main, mais je ne pense pas qu'il ait noté ma présence. En revanche, une heure plus tard, il a ouvert les yeux. Il pensait que j'étais sa femme – elle est morte il y a dix ans – et il s'est mis à raconter les plus beaux souvenirs qu'il avait d'elle. Il a parlé de leur lune de miel et de la chance qu'il avait eue quand elle avait accepté de l'épouser. Il s'est remémoré la naissance de ses enfants et la joie qu'il avait éprouvée. Il a même repensé à sa femme et lui, sur le toit d'un immeuble à Paris, et à la façon dont ils avaient regardé scintiller les lumières de la tour Eiffel pendant qu'ils faisaient l'amour. (Blade percevait la douleur et la tristesse dans sa voix.) Je l'ai juste laissé parler. Je ne lui ai pas dit que je n'étais pas l'amour de sa vie. Au bout d'un moment, il s'est tu et on est restés comme ça, en silence. Finalement, sa respiration a ralenti et il est mort. C'était à la fois beau et triste, Aspen. Je n'avais pas envie de relâcher sa main, je voulais qu'il se réveille et me raconte d'autres histoires. Qu'il me raconte combien il était fier d'avoir servi son pays. Mais au bout du compte, j'ai dû reprendre mon travail.

— Ses enfants ont fini par se pointer ? demanda Blade.

— Oui, répondit Wendy, pleine d'amertume. Environ cinq heures plus tard. Quand on leur a annoncé qu'il était mort, j'ai entendu son fils pester, comme quoi il avait fait tout le trajet depuis Fort Worth pour rien. Sa fille s'est contentée de regarder sa montre avant de déclarer à son frère qu'elle allait envoyer un mail à son avocat pour voir comment faire exécuter le testament de leur père. C'était affreux. Je voulais leur répéter les belles histoires que M. Clark m'avait racontées sur sa femme, mais après m'être aperçue de leur absence de sensibilité, j'ai décidé de garder ces souvenirs pour moi.

— Je suis heureux que tu aies été là pour lui, souffla Blade.

— Moi aussi.

— Ça va ? insista-t-il.

— Pas vraiment. Je veux dire, je n'arrête pas de voir des gens mourir, cela fait partie du job, quand on travaille dans un établissement d'aide aux personnes âgées. Mais, je ne sais pas pourquoi, M. Clark m'a vraiment touchée.

— Parce que tu es quelqu'un de bien, déclara Blade. Et tu ne peux pas plus ignorer un vieil homme aspirant à un peu de paix avant de mourir que tu ne négligerais un chien affamé dans la rue.

Elle resta silencieuse quelques secondes. Peut-être était-il allé trop loin, se dit-il. Oui, ils échangeaient depuis deux mois et, oui, ils avaient dépassé le stade des réponses bateaux à la question de « comment tu as passé ta journée ? », mais jamais encore il n'avait exprimé l'admiration qu'elle lui inspirait de manière aussi flagrante.

— Tu as raison, lâcha-t-elle enfin. Mais ça fait mal quand même.

— Tu ne serais pas la personne que tu es si ce n'était pas le cas. Tu es compatissante, travailleuse, honnête et un peu trop accommodante, parfois. J'aurais envoyé ses enfants balader, si j'avais été là.

Elle gloussa.

— Je te vois bien faire ça. Mais ça n'aurait pas ramené M. Clark ni rien changé au fait que ses enfants ne l'apprécient pas. Tout ce que tu aurais obtenu, c'est de rendre les choses gênantes. Je donnerais n'importe quoi pour faire revenir mon père, ajouta-t-elle d'une voix douce. Ce n'était pas toujours le père idéal, il travaillait trop dur et n'était pas beaucoup à la maison, mais il nous aimait, Jack et moi.

— Tu peux parler de ce qui est arrivé à tes parents ?

Blade ne lui avait encore jamais posé la question. Il savait que ses parents étaient morts quand elle était adolescente, mais c'était tout. Il n'avait pas vraiment eu l'impression qu'ils en étaient à un stade de leur amitié où c'était approprié. Mais on aurait dit qu'elle avait vraiment besoin de parler d'eux, ce soir-là.

Elle soupira et, une fois encore, Blade se dit qu'il aurait bien aimé être à ses côtés pour pouvoir la réconforter de sa présence.

— Mon père travaillait dans l'informatique et il était souvent absent. La plupart des semaines, il voyageait du lundi au jeudi. Il devait aller dans des entreprises et les aider à installer et à personnaliser différents progiciels. C'était un samedi et ma mère n'avait pas le moral, alors mon père lui a proposé une sortie en amoureux. Je gardais Jack et ils ont été percutés par un chauffard ivre.

— Bon sang, Wen. C'est affreux.

— J'ai lu le rapport de police et, apparemment, quand les flics sont parvenus sur les lieux, ils ont trouvé mes parents, se tenant la main, dans la carcasse de leur voiture. Ils étaient morts tous les deux, mais le légiste a déclaré que mon père avait survécu au choc initial. Ma mère est morte sur le coup. Lui a succombé peu de temps après l'arrivée des secours. Il s'est cramponné à la main de ma mère et a refusé de la lâcher.

Blade ne savait quoi dire. Il ouvrit la bouche, mais rien n'en sortit. Littéralement. Impossible d'imaginer quelque chose de pire.

Mais Wendy étant Wendy, elle surmonta ce moment gênant à sa place, comme si ce qu'elle venait de lui raconter ne l'avait pas ébranlé, lui.

— J'ai essayé de vivre ma vie d'une façon qui aurait fait la fierté de mes parents. J'ai commis quelques erreurs en cours de route, mais j'ai fait de mon mieux pour que Jack n'oublie jamais les merveilleux parents qu'ils ont été.

— Où se trouve ton frère en ce moment ? demanda Blade.

Il voulait s'assurer que Wendy n'était pas seule après son horrible journée.

— Il est dans sa chambre. J'ai essayé de l'aider pour ses devoirs, tout à l'heure, mais ça a tourné à la blague parce qu'il est bien plus intelligent que je ne le serai jamais. Ensuite on a un peu regardé la télé et maintenant, il est au téléphone avec l'un de ses amis.

— Tu lui a dit que tu avais eu une rude journée ? demanda-t-il.

— Non.

— Pourquoi ? Je suis sûr qu'il aurait essayé de te remonter le moral.

— Je ne veux pas lui flanquer le cafard. Il a eu quelques années difficiles, à l'école primaire. Il s'est fait harceler, mais, Dieu merci, il ne s'est pas tourné vers la drogue, n'a pas abandonné l'école ou quoi que ce soit. Maintenant, il adore le lycée. Il préfère largement la classe de terminale à la seconde – fini le bizutage.

— Wen, tu ne devrais pas garder ces choses-là pour toi, la sermonna Blade. C'est ton frère, je suis sûr qu'il aurait envie de savoir que tu traverses des moments difficiles.

— Je n'ai pas gardé ma journée pourrie pour moi, répliqua-t-elle doucement. Je t'en ai parlé.

Blade cilla et regarda un instant sa télévision dont il avait coupé le son. On y diffusait une publicité avec une femme à demi vêtue qui vantait les mérites d'une lotion, mais il se fichait de tout ce qui n'était pas les paroles de Wendy en cet instant.

— En effet, admit-il au bout d'un moment. Merci.

— De quoi ?

— De me confier tes véritables sentiments. Tu n'as pas idée comme j'apprécie ton geste.

— Bon, assez parlé de moi, répliqua Wendy, dont l'embarras était aisément perceptible dans son intonation. Qu'est-ce que tu fais, en général, pendant tes entraînements physiques ?

Blade consentit à ce changement de conversation. Ils revenaient à des propos plus légers et plus superficiels, mais il savait que quelque chose avait changé, du moins pour lui. Elle s'était ouverte. Avait abordé avec lui des sujets très sensibles et personnels. Naturellement, il lui restait un million de questions sur ce qu'elle n'avait pas dit.

Pourquoi Jack avait-il été harcelé ? Que leur était-il arrivé, à elle et à son frère, quand leurs parents étaient morts ? Pourquoi se rabaissait-elle sans cesse... comme lorsqu'elle avait prétendu ne pas être aussi intelligente que son frère ?

Blade avait été frustré, jusqu'alors, quand il sentait qu'elle lui taisait des choses... comme si elle renfermait quelque lourd secret. Et il en avait conclu qu'un événement s'était produit, qui l'avait rendue aussi prudente qu'elle l'était. Toutefois, son récit sur la mort de ses parents et celle de M. Clark était un premier pas en avant.

Mais un premier pas vers quoi ?

Et, avec la précision d'une balle perforant la cible qu'il avait visée un peu plus tôt dans la journée, il comprit que la confiance qu'elle lui témoignait, l'ouverture à laquelle il assistait était un premier pas vers une amitié qui ne se cantonnerait pas à des appels téléphoniques. Qui serait plus qu'une simple amitié.

Il voulait la rencontrer.

Il voulait la voir en face à face quand elle lui demanderait comment s'était passée sa journée.

Il voulait savoir si sa voix était aussi apaisante en vrai qu'au téléphone.

— J'aimerais te rencontrer, lâcha-t-il, coupant court à ce qu'elle disait.

Un silence d'une seconde lui répondit à l'autre bout de la ligne, avant qu'elle ne demande :

— Pourquoi ?

— Pourquoi ? répéta Blade. Parce que je t'apprécie beaucoup. Parce que tu me fais rire. Parce que je m'intéresse à toi.

— Tu t'intéresses à moi ?

Blade sourit. Elle était mignonne quand elle se troublait.

— Oui, Wen. Cela fait deux moins qu'on échange. J'ai l'impression que tu m'apprécies, au moins un peu, sans quoi tu ne continuerais pas à me parler. Alors ce serait bien de nous rencontrer.

— Je ne suis pas certaine que ce soit une très bonne idée, lâcha-t-elle finalement.

— Pourquoi ?

À son tour à lui de la questionner.

— Parce que je suis débordée et que tu l'es aussi. Et qu'on ne se connaît pas vraiment bien. Je veux dire, je pourrais être une tueuse en série, ou quelque chose du genre. Tu n'as pas regardé ces émissions sur les tueurs à la télé ? Comme *Snapped* ou *Femmes Fatales* ? Je pourrais t'avoir attiré dans ma toile pour te faire du mal.

— C'est le cas ?

— Là n'est pas la question, s'insurgea-t-elle.

Le sourire s'élargit sur les lèvres de Blade.

— En fait, je pense que c'est justement la question.

— Je ne suis pas sûre que ce soit une bonne idée, répéta-t-elle. Je... je ne suis pas du tout jolie.

— Wendy, la réprimanda Blade. Je t'apprécie pour qui tu es, non pour ton physique. Mais j'ai la sensation que tu te sous-estimes largement. Tu n'arrêtes pas de le faire. Si ça te facilite les choses, on pourrait commencer par s'envoyer des photos de nous. Comme ça, si tu juges que je suis un troll, tu pourras prétexter ce qui te passera par la tête pour ne pas me rencontrer.

— Je ne veux pas qu'on s'échange des photos. Et tu n'es pas un troll, protesta-t-elle.

— Comment le sais-tu ? Si ça se trouve, j'ai une bosse dans le dos, des yeux asymétriques et bigleux, et je fais tout le temps la gueule, la taquina-t-il.

Wendy gloussa.

— N'importe quoi.

— Rencontrons-nous, insista Blade. En amis. Sans pression d'aucune sorte pour quoi que ce soit d'autre. Je n'imagine pas pouvoir t'apprécier moins que maintenant. Et j'ai l'intuition que nous voir en chair et en os ne fera que renforcer notre amitié.

— Je ne suis pas certaine..., hésita Wendy.

— Ce week-end, la coupa Blade. Vendredi soir, après ton service au centre d'aide aux personnes âgées. Tu m'as déjà dit, il y a quelques jours, que tu ne travaillais pas ce soir-là pour ton entreprise de télémarketing. Tu peux venir tout droit du travail et on dînera de façon décontractée quelque part. Ça ne te dirait pas, le nouveau bar des sports branché dans le centre de Temple ?

Il retint son souffle, le temps que Wendy réfléchisse à sa question.

— Je t'aime bien, Aspen. Beaucoup même. Et j'ai peur que nous rencontrer modifie notre relation.

— Ça n'arrivera pas.

— Tu ne peux pas le garantir, objecta-t-elle.

— Wendy, notre relation ne changera que si nous le permettons. On continuera à parler tout le temps. Tu continueras à m'appeler pour faire semblant de me vendre quelque chose, afin d'entendre une voix amicale lorsque tu effectues ton job de télémarketeuse. Je vais continuer d'attendre, en retenant mon souffle, que tu appelles quand tu as promis de le faire et je rirai toujours aux blagues que tu m'enverras par texto. Telles que je les vois, les choses ne peuvent que devenir encore mieux. Oui, notre relation peut changer et, honnêtement, en ce moment, j'espère que ce sera le cas. Je me sens plus proche de toi que je ne l'ai jamais été d'aucune femme depuis des lustres. C'est positif à mes yeux. Tu sais à quoi je pensais, avant que tu m'appelles, ce soir ?

— À quoi ?

— Je me disais que j'aurais préféré attendre de te voir surgir sur le pas de la porte plutôt que d'attendre un appel de ta part. J'adorerais passer du temps avec toi. Regarder un film. Discuter. Manger. Je me sens bien en ta compagnie et elles ne sont pas nombreuses, les femmes dont je peux dire ça. Il y a quelque chose chez toi qui m'incite à baisser la garde.

— Je ressens la même chose, lâcha Wendy à voix basse. Mais je suis nerveuse.

— À cause de quoi ? s'enquit Blade. Pas de moi, j'espère ?

— Oui et non.

— Je ne te ferai jamais de mal, Wen. Jamais.

— Ce n'est pas ça, répliqua-t-elle aussitôt.

— Dans ce cas, de quoi s'agit-il ?

— C'est juste... (Blade l'entendit prendre une profonde inspiration avant de poursuivre.) Il y a des choses que tu ignores à mon sujet. Des choses que j'ai faites autrefois. Dont je n'ai jamais parlé à personne.

Il serra les dents et le poing de sa main libre.

— Est-ce que quelqu'un t'a fait du mal ?

— Quoi ? Non.

— T'a harcelé ? Tu as un ex qui ne te laisse pas tranquille ?

— Aspen, non, ça n'a rien à voir avec ça.

Blade poussa un soupir de soulagement.

— Peu importe ce dont il s'agit. Tout ira bien.

Elle eut un petit rire.

— C'est tellement toi, ça.

Comme elle ne développait pas, il demanda :

— C'est-à-dire ?

— Tu es toujours tellement optimiste. Tellement soucieux des autres. Ce n'est pas normal... mais j'aime bien.

— Si plus de gens voyaient le bon côté des choses, il y aurait peut-être moins d'angoisse, de dépression et, plus généralement, de mauvaise humeur dans le monde.

— Exact, confirma-t-elle.

— Alors ? reprit-il. On se voit vendredi ?

— Tu en es sûr ?

— Tout à fait.

— Dans ce cas, OK.

Elle ne paraissait pas très enthousiaste et, tout à coup, Blade se sentit déçu.

— Tu sais quoi ? Si tu n'en as pas vraiment envie, ce n'est pas un problème. Je ne veux pas te forcer à faire quelque chose qui ne te dit rien. Je suis enthousiaste à l'idée de te rencontrer, mais si c'est une perspective que tu appréhendes ou dont tu n'as absolument aucune envie, on laisse tomber.

— J'en ai envie, protesta aussitôt Wendy. Comme je te l'ai dit, je suis juste nerveuse à cette idée. Tu es la première personne avec laquelle je sens une véritable connexion depuis très longtemps et je ne veux pas gâcher ce que nous avons. La dernière chose dont j'aie envie, c'est de te décevoir. Et ça va me tuer si, après m'avoir rencontrée, tu te rends compte que je ne suis pas celle que tu imaginais ou si tu refuses que je continue à t'appeler.

— Tes appels sont le temps fort de ma journée, mon cœur, avoua-t-il sans détour. À moins que tu sois complètement défoncée et que tu commences à danser sur les tables, tu ne vas pas me décevoir et j'aurai envie que tu continues à me parler après notre entrevue, je n'ai aucun doute là-dessus. OK ?

— OK. Comment vais-je te reconnaître ? On devrait peut-être s'envoyer nos photos, après tout ? suggéra Wendy, plus animée, désormais.

— J'aime assez l'idée de te découvrir pour la première fois vendredi soir, répliqua-t-il.

— Une espèce de rendez-vous surprise, quoi, commenta-t-elle avec un petit gloussement, avant d'ajouter bien vite, dès qu'elle eut recouvré son calme : Non que ce soit un rencard ou quelque chose du genre, je voulais juste dire...

— Oh, c'est bel et bien un rencard, la coupa Blade. Et oui, c'est en effet un véritable rendez-vous surprise. Mais tu sauras que c'est moi parce que je porterai un jean, un T-shirt noir et je t'apporterai un sac de chocolat Kisses, puisque je sais à quel point tu les aimes.

— Oh... ce n'est pas la peine, protesta-t-elle.

— Je sais, mais je le ferai quand même, répliqua-t-il. Comment vas-tu être habillée, histoire que je t'identifie ?

— Euh... En général, je porte une blouse, au travail, mais j'aurai un jean, vendredi. Euh... mince, tu ne peux pas me demander mardi ce que je vais porter vendredi, le taquina-t-elle. Je suis une femme. Je vais devoir sortir tous les vête-ments de mon armoire, les examiner, et je vais changer d'avis une bonne dizaine de fois.

Blade s'esclaffa.

— Un point pour toi. Que dirais-tu de m'envoyer un texto vendredi, pour me tenir au courant ?

— C'est envisageable.

— Super. Le rendez-vous est pris, donc.

— Aspen ?

— Oui, ma chérie ?

— Merci.

— De quoi ?

— D'être aussi stupéfiant. D'être aussi abordable. De ne pas m'avoir raccroché au nez lorsque je t'ai appelé la première fois, pour essayer de te vendre une assurance-vie. Juste... merci.

— Tu n'as pas à me remercier, Wendy. Je te suis tout aussi reconnaissant de m'avoir rappelé la deuxième fois. Et la troisième. Et la quatrième. De m'avoir fait assez confiance pour me communiquer ton numéro de portable. Et d'avoir accepté de me rencontrer en chair et en os, après tout ce temps. C'est moi qui devrais te remercier. Oh, et je veux rencontrer aussi ton frère à l'occasion. Enfin... si tu penses que ça ne pose pas de problème.

— Il veut te rencontrer, lui aussi.

— Tu lui as parlé de moi ?

— Oui, Aspen. Il est au courant de ton existence.

Blade eut toutes les peines du monde à déglutir. Wendy était peut-être stressée à l'idée de le rencontrer, mais il était heureux qu'elle se sente assez à l'aise pour avoir parlé de lui à son frère.

— J'aimerais en savoir davantage à son sujet... si ça ne t'embête pas de partager ça avec moi.

— Bien sûr. Vendredi ?

— Tout à fait. Je t'attendrai près du bar, promit Blade. Vers 17 heures ?

— Parfait.

— Je vais te laisser, Wen, mais il y a une chose que tu dois savoir.

— Quoi ? demanda-t-elle.

— Cela fait des années que je ne suis pas sorti avec quelqu'un. Ce n'est pas dans mes habitudes. Mais il y a chez toi quelque chose à quoi je n'arrive pas à résister et je n'en ai d'ailleurs pas envie. Vendredi, ça va être le point de départ de quelque chose entre nous. À moins que nous ne découvrions que nous ne pouvons pas nous supporter – ce qui m'étonnerait fort –, je tiens à avoir l'exclusivité : je ne veux pas que tu sortes avec quelqu'un d'autre.

— Je ne veux pas fréquenter qui que ce soit d'autre, répliqua Wendy d'une voix douce. De toute façon, entre mes deux emplois et l'éducation de Jack, je ne suis pas sortie avec grand monde, moi non plus.

En entendant ces mots, Blade ne put retenir la vague de joie qui déferla sur lui.

— OK, mon cœur. Je te laisse. Je suis impatient de te rencontrer. De te voir en chair et en os.

— Moi aussi.

— Dors bien. Au revoir.

— Au revoir.

Blade raccrocha, sachant qu'un sourire niais s'était peint sur son visage, mais il ne pouvait rien y faire. Il avait envie d'appeler Casey et de lui annoncer qu'il allait enfin rencontrer la femme à laquelle il ne cessait de penser. Il avait tout raconté à sa sœur, à propos de Wendy, et elle avait été enchantée pour lui.

Cela s'expliquait peut-être par le fait que Casey baignait dans un bonheur répugnant avec son ami et coéquipier Beatle, mais Blade savait qu'elle tenait avant tout à ce que son frère soit heureux. Il était proche de sa sœur et il n'avait aucun doute que si quelque chose arrivait à leurs parents – Dieu les en préserve –, Casey et lui feraient tout ce qu'il fallait afin d'être là l'un pour l'autre.

Blade s'assit dans son canapé et regarda la télévision un long moment avant de se relever et de monter dans sa chambre. Il aurait voulu rencontrer Wendy dès ce soir-là. Ou le lendemain, mais il savait qu'elle travaillait. Il n'avait pas non plus le moindre doute sur le fait que le reste de la semaine allait passer lentement. Il brûlait d'impatience d'être vendredi.

2

Wendy Tucker ouvrit la porte du nouveau bar des sports et entra. Elle était pile à l'heure pour son rendez-vous avec Aspen, mais il lui avait envoyé un texto, deux minutes plus tôt, pour l'informer qu'il allait avoir du retard. Il avait promis de lui expliquer quand il arriverait, que c'était lié à son travail.

Elle n'était pas enchantée d'avoir à l'attendre toute seule dans le bar – la sociabilité n'était pas vraiment son point fort. Jackson se moquait toujours de sa propension à déballer l'histoire de sa vie à de parfaits inconnus quand elle était nerveuse, or en société, elle était en général nerveuse. Elle avait toujours peur de dire ce qu'il ne fallait pas à la mauvaise personne et de voir ensuite les forces de l'ordre enfoncer sa porte.

Elle avait tenté de changer – de se montrer plus prudente avant de lâcher quelque propos –, mais rien n'y faisait, elle parlait trop quand elle était déstabilisée. Elle était étonnée de ne pas avoir été déjà retrouvée à cause de ce qu'elle avait révélé aux gens par le passé.

Après toutes ces années, Wendy commençait à penser qu'elle était peut-être tirée d'affaire.

Elle avait prévu d'arriver dans le bar au moins dix minutes en avance, mais elle avait été mise en retard, elle aussi, parce qu'elle avait dû se changer, après qu'un résident du centre d'aide aux personnes âgées lui avait vomi dessus. Elle aidait une infirmière à le déplacer de son lit dans un fauteuil, pour qu'elles puissent changer ses draps, quand il lui avait littéralement rendu tout son déjeuner sur le chemisier. Les gouttes de vomi lui avaient dégouliné le long du corps, pour finir par tremper son jean. Le temps qu'elle installe le résident dans le fauteuil, la substance dégoûtante et poisseuse avait atteint sa peau sous les vêtements.

Elle n'avait rien d'autre qu'une tenue de travail à enfiler après la douche. Elle aurait bien aimé porter des vêtements plus féminins pour sa première rencontre avec Aspen, mais elle n'avait pas le temps de rentrer chez elle entre la fin de son service et l'heure à laquelle elle était censée le retrouver au bar.

Elle lui avait texté dans la matinée pour l'informer qu'elle porterait un jean et un joli chemisier noir qui, pensait-elle, affinait ses courbes et révélait un peu de peau sans être vulgaire. Malheureusement, à l'heure qu'il était, cette tenue était en train de tremper dans un évier du centre avec l'espoir d'être sauvé. Elle allait envoyer un texto à Aspen pour lui parler de sa nouvelle tenue, mais elle se dit qu'elle aborderait le sujet quand il arriverait. Afin de lui expliquer pourquoi elle avait changé d'avis et qu'il s'agissait d'une longue histoire. En fait, elle était impatiente de lui en parler de vive voix, pour une fois. Elle savait qu'il serait, avec le plus grand à-propos, à la fois consterné et amusé. Et elle saurait qui il était en raison des chocolats qu'il avait promis de lui apporter. Elle n'aurait donc qu'à s'approcher de lui quand il entrerait au lieu d'attendre que ce soit lui qui la repère.

Elle se dirigea vers le bar principal et se hissa sur un tabouret à une extrémité du long comptoir. De cette façon, elle avait toujours la porte d'entrée dans sa ligne de mire, ce qui lui permettrait d'apercevoir Aspen dès qu'il entrerait.

— Bonjour, lui lança la jolie femme qui servait au bar, quand Wendy se fut installée. Qu'est-ce qui vous ferait plaisir ?

— Un soda, s'il vous plaît, répondit-elle.

— Ça marche.

Sur un hochement de tête, la serveuse se détourna pour préparer la boisson.

— Un soda ? répéta une brune. C'est vendredi soir. Vous avez sûrement besoin de quelque chose d'un peu plus fort.

Wendy se retourna pour dévisager la femme perchée sur le tabouret à côté du sien. Elle paraissait seule, mais, avec son sourire éclatant, elle lui sembla assez amicale. C'était une femme grande et mince, qui portait une jupe courte et un chemisier noir au décolleté extrêmement plongeant. Son soutien-gorge pigeonnant témoignait très clairement de ses efforts pour tirer tout le parti possible de ce que Dieu lui avait donné. Elle avait de longs cheveux bruns qui tombaient en boucles sur sa poitrine et attiraient très efficacement l'attention au bon endroit. Son maquillage était lourd, mais plein de goût. Les jambes croisées, elle en balançait une d'avant en arrière, attirant le regard de Wendy sur ses escarpins rouge vif aux talons de dix centimètres.

Elle semblait prête pour une soirée à tout casser et Wendy se sentit extrêmement mal fagotée dans sa tenue de travail en coton.

Le commentaire de la femme sur son choix de boisson toujours présent à l'esprit, elle était un peu sur la défensive, mais elle tenta de ne pas prendre personnellement les paroles de son interlocutrice.

— Je pourrais sans doute commander quelque chose de plus fort, mais je rencontre un homme pour la première fois, ce soir, alors je tiens à m'assurer de ne pas être éméchée ou quoi que ce soit quand il va se montrer.

— Je m'appelle Christine, répliqua l'autre femme en lui tendant la main.

— Wendy, répondit-elle avant de la serrer.

— Donc... c'est un rendez-vous surprise, c'est ça ? insista son interlocutrice.

— En quelque sorte, oui. On a beaucoup échangé au téléphone, mais on ne s'est jamais vus en vrai. On a décidé de franchir le pas ce soir. Évidemment, si cette soirée se déroule à l'image du reste de ma journée, ça risque de ne pas être un moment très agréable.

— J'ai supposé que quelque chose avait dû se produire parce que je préférerais crever plutôt que de porter cette tenue de travail en public... alors pour rencontrer un homme, surtout la première fois...

Wendy fronça le nez. Elle avait envie de dire à Christine d'aller au diable, que tout le monde n'était pas né avec les gènes qu'elle semblait posséder. Mais il était plus simple de laisser couler plutôt que d'entamer une dispute.

— Oui, en effet, on m'a vomi dessus au travail et je n'ai pas eu d'autre choix.

— Beuuurk ! s'exclama Christine. Pauvre de vous, où travaillez-vous donc ?

— À Cottonwood Estates. C'est une résidence pour personnes âgées. On propose un logement indépendant pour ceux qui sont encore autonomes, mais désirent vivre parmi des personnes de leur âge avec qui passer du temps ou ont besoin d'un peu d'aide ménagère et, éventuellement, d'un repas par jour. Nous proposons également des soins liés aux déficiences de la mémoire, des services infirmiers, de l'aide à l'autonomie et même de la rééducation.

— Autrement dit, vous travaillez avec des vieux, conclut Christine, le visage impassible.

Wendy lutta pour ne manifester aucune émotion. Elle n'appréciait vraiment pas la femme assise à côté d'elle, mais n'avait jamais aimé déclencher une scène. Elle avait appris, il y avait longtemps, qu'il était préférable de se montrer gentille et se fondre dans le paysage plutôt que de faire des histoires et d'attirer l'attention sur elle.

— Avec les anciens, oui.

La barmaid s'approcha avec son soda et le plaça sur une serviette devant Wendy, à qui elle sourit. Wendy s'empara de son verre dont elle but une longue gorgée, alors que Christine lui demandait :

— Donc comme ça, on vous a dégueulé dessus et vous avez dû vous changer, aujourd'hui. Vous en avez parlé au gars que vous retrouvez ? C'est quoi, son nom, déjà ?

— Aspen, et non, je me suis dit que je lui raconterais toute l'histoire quand il arriverait, répondit Wendy.

— Aspen ? C'est un nom de quelle origine, ça ?

Wendy serra les dents. Elle avait aimé le prénom d'Aspen dès qu'elle l'avait entendu.

— C'est anglais.

— Y a pas une station de ski qui s'appelle comme ça, dans le Colorado ? insista Christine.

— Si. C'est aussi le nom d'un arbre.

— Hmmm. Qu'est-ce qu'il fait ?

— Qui, Aspen ?

— Oui.

Wendy avala une nouvelle gorgée de soda. Elle aurait bien aimé qu'Aspen franchisse la porte en cet instant, pour lui épargner les questions indiscrètes de Christine. Elle aurait pu se lever et s'éloigner, mais ce comportement aurait été extrêmement impoli et elle ne voulait pas déclencher une scène. Elle détestait la confrontation et la dernière chose qu'elle voulait, c'était que Christine se vexe à cause d'elle.

— Il travaille dans l'armée.

— Ah, un militaire. Je parie qu'il est musclé, non ?

Wendy haussa les épaules.

— J'imagine. Il fait beaucoup d'exercice. Il n'arrête pas de parler des entraînements qu'il a avec ses amis.

— À quelle heure est-il censé arriver ?

Wendy jeta un coup d'œil à sa montre et se dit : *Pas assez tôt.* Au lieu de quoi, elle répondit :

— Nous étions censés nous retrouver à 17 heures, mais il m'a envoyé un texto pour me prévenir qu'il serait en retard. Il devrait arriver d'un instant à l'autre.

— Comment allez-vous savoir que c'est lui ? Puisque vous ne vous êtes encore jamais rencontrés en vrai, je veux dire. Laissez-moi deviner : il aura une rose rouge à la main, je parie ? C'est tellement romantique !

— Non, un sachet de chocolat Kisses. Je lui ai dit que je les adorais au cours d'une de nos conversations téléphoniques.

Christine leva les yeux au ciel, puis examina Wendy de la tête aux pieds.

— Oui, en effet, ça se voit.

Wendy en resta bouche bée. Elle savait qu'elle n'avait pas exactement une taille mannequin, mais la remarque de cette garce dépassait tellement les bornes qu'elle n'était même pas drôle. Qu'est-ce que ça pouvait faire si elle n'était pas mince comme une brindille ? Mais bien entendu, maintenant que Christine l'avait souligné, elle commençait à se sentir mal à l'aise. Elle avait prévenu Aspen qu'elle n'était pas squelettique, non ? Tout à coup, elle n'arrivait plus à se rappeler. Que se passerait-il s'il attendait une femme mince et élancée ? Elle lui avait dit qu'elle était brune et ça s'arrêtait là. Zut !

— Eh, vous avez un truc entre les dents, constata Christine.

Wendy porta les mains à sa bouche pour la masquer.

— Vraiment ?

— Oui, un truc noir. Vous devriez peut-être courir aux toilettes pour régler le problème avant l'arrivée d'Aspen, non ?

Wendy reposa son verre et hocha la tête.

— Oui, c'est ce que je vais faire. Merci beaucoup de m'en avoir informée.

Elle se sentit soudain coupable d'avoir mal jugé Christine. Elle ne pouvait pas être aussi mauvaise si elle essayait de lui éviter une situation gênante pour son rendez-vous surprise.

— De rien, répondit la femme en balayant ses remerciements du revers de la main. Nous, les femmes, on doit se serrer les coudes.

Wendy sauta de son tabouret et se dirigea vers le fond du bar, où elle dut faire la queue derrière trois autres clientes avant de pouvoir atteindre les toilettes. Comme on aurait pu s'y attendre. Il n'y avait qu'une cabine, et seule une femme à la fois pouvait accéder aux toilettes. Pendant le bref laps de temps au cours duquel elle avait échangé avec Christine, le bar avait commencé à se remplir. À l'évidence, il était très populaire pour les *afterworks*.

Le tour de Wendy arriva enfin, après plusieurs minutes d'attente. Elle referma et verrouilla la porte derrière elle pour se pencher au-dessus du petit lavabo. Elle retroussa les lèvres et dénuda ses dents, afin de repérer ce qui avait bien pu se loger entre elles, mais elle eut beau tourner la tête dans un sens puis dans l'autre, elle ne vit rien.

Ouvrant tout de même le robinet, elle porta un peu d'eau dans sa bouche pour la rincer. Après l'avoir recrachée, elle dénuda de nouveau ses dents. Toujours rien. Elle passa la langue dessus, sans davantage de succès. Dieu merci, ce qui s'était coincé entre ses dents avait dû partir tout seul.

Elle recula d'un pas et s'examina. Elle s'était appliqué un peu de mascara après le travail et une touche de fard sur les joues. Elle avait opté pour un gloss brillant, rejeté en arrière ses cheveux qu'une queue-de-cheval avait retenus toute la journée. À cause du nœud bizarre qui s'y était formé, elle n'avait pu les laisser lâchés et les avait alors relevés en un chignon désordonné et, l'espérait-elle, artistique.

Wendy contempla son reflet en soupirant. Elle n'était pas une beauté, mais pas un laideron non plus. Elle avait des pommettes hautes et de très longs cils. Elle se rappelait les compliments que sa mère lui faisait à propos de ses beaux yeux marron foncé. Ses épais cheveux refusaient en général de se plier à ses désirs, mais elle les aimait quand même et n'avait jamais voulu les couper court : depuis toujours, ils lui tombaient en dessous des épaules.

Certes, sa tenue de travail n'était pas exactement à la pointe de la mode, mais Aspen savait où elle travaillait. Il savait qu'elle côtoyait de vieilles personnes. Elle pressentait qu'il trouverait son histoire hilarante. Du moins l'espérait-elle. L'homme dont elle avait fait la connaissance au téléphone se moquerait qu'elle porte une tenue de travail en lieu et place d'un jean à la mode et d'un joli chemisier.

Après un dernier coup d'œil à son reflet, Wendy prit une

profonde inspiration et sortit des toilettes pour regagner le bar.

En découvrant que Christine n'occupait plus le siège voisin du sien, sa première pensée fut le soulagement. Tout en retournant vers son tabouret, elle jeta des regards à la ronde et se rendit compte que la femme se trouvait désormais à l'autre extrémité du bar.

Mais elle n'était plus seule.

Un homme l'accompagnait.

Il tournait le dos à Wendy, si bien qu'elle ne voyait pas son visage, mais il portait un jean et un T-shirt noir. Elle entrevit aussi une paire de bottes de cow-boy à ses pieds.

Christine, qui avait les jambes croisées, avait placé son tabouret de telle sorte que ses jambes touchaient presque celles de l'homme. Elle souriait et riait, tendait de temps à autre la main pour effleurer le genou de l'homme. Ils étaient assis tout près, penchant la tête l'un vers l'autre.

Pendant les dix minutes qu'avait duré l'absence de Wendy, le bar s'était encore rempli. Un match de football était retransmis à la télévision au fond de la salle. Les conversations étaient sonores et, où qu'elle porte le regard, elle voyait des couples en train de rire et de se sourire.

Le ventre de Wendy se serra. Avec la sensation de ne pas être du tout à sa place dans cet endroit, elle alla se planter près de son tabouret et tira son téléphone pour vérifier si Aspen lui avait envoyé un texto. Bingo !

Il y avait onze minutes.

Elle avait manqué la vibration caractéristique de l'arrivée d'un message quand elle s'était rendue aux toilettes.

Aspen : Je suis là dans une minute. Je brûle de te rencontrer !

· · ·

La crispation s'intensifia dans son ventre. Aspen était quelque part... ici. Elle ne voulait surtout pas qu'il pense qu'elle lui avait posé un lapin. On lui avait fait faux bond une fois et jamais elle ne s'était sentie aussi mal.

Plus elle repensait Christine et à la façon dont elle lui avait dit qu'elle avait quelque chose entre les dents, juste au moment où Aspen lui avait envoyé un texto, plus ses soupçons s'intensifiaient.

Mais comment cette femme aurait-elle pu savoir ?

Jackson n'arrêtait pas de répéter à Wendy qu'elle devait mieux se battre pour ses intérêts. Qu'elle devait cesser de se laisser marcher dessus. Elle ne se plaignait jamais au restaurant quand la nourriture n'était pas bonne. Elle ne renvoyait pas les produits achetés en ligne quand ils ne convenaient pas. Et elle ne faisait jamais au grand jamais la moindre scène en public.

Mais la situation paraissait tout à fait propice pour s'entraîner à s'affirmer davantage.

Elle glissa un billet de dix dollars sous son verre de soda à moitié bu, soit assez pour payer la consommation et donner un bon pourboire à la serveuse – ayant été serveuse un jour, Wendy connaissait la difficulté du travail et l'importance des pourboires – et prit une profonde inspiration.

Elle commença à se diriger vers Christine et l'homme, espérant une fois de plus que ce n'était pas Aspen qui était assis devant cette femme. Elle dut se frayer un chemin entre les groupes de gens désormais attroupés autour du bar et, en s'approchant, elle vit un sachet transparent posé sur le bar entre eux et noué d'un ruban rose. Wendy distingua nettement le papier argenté des chocolats dans le sac.

La garce !

Christine savait que Wendy attendait Aspen.

Bien sûr qu'elle le savait, puisque Wendy lui avait tout

raconté concernant leur rendez-vous. Le fait qu'ils ne s'étaient jamais rencontrés. Qu'elle ignorait le physique de son rencard et vice versa. Christine avait dû bien rire pendant tout ce temps qu'elle mettait à profit pour lui soutirer des informations.

Christine n'en avait rien à faire de l'endroit où Wendy travaillait. Seulement elle voulait obtenir le plus d'informations possible afin de se faire passer pour elle aux yeux d'Aspen.

Prenant quelques instants pour s'adresser un petit discours d'encouragement – et pour se calmer, sachant qu'elle aurait à affronter cette sale menteuse –, Wendy entendit le rire profond et masculin de l'homme en face de Christine. Levant les yeux, elle le vit sourire à cette femme.

Son cœur s'arrêta de battre.

On aurait dit qu'il passait le meilleur moment de sa vie.

Christine lui touchait le genou de manière suggestive et Aspen vint placer sa main sur la sienne.

Wendy jugea qu'elle devait se déplacer pour mieux observer cet homme... parce que si elle confrontait Christine et que l'homme devant elle n'était pas Aspen, elle se sentirait bien bête.

Évidemment, ce serait la coïncidence du siècle si le gars que Christine était en train de rencontrer lui avait apporté à elle un sachet de chocolat, mais ce n'était pas totalement impossible.

Elle contourna un gros groupe de personnes plantées à proximité du bar et passant un bon moment, jusqu'à ce qu'elle puisse voir le visage de l'homme assis en face de Christine.

Elle faillit pousser un cri.

Il était beau.

Il avait des cheveux noirs, coupés à la façon typique des

militaires : courts sur les côtés et un peu plus longs sur le dessus. Son T-shirt n'était pas moulant, sauf autour des biceps. Ses bras étaient musculeux et plus imposants que chez la plupart des militaires qu'elle avait vus. Mais c'étaient ses avant-bras qui firent flageoler les genoux de Wendy. Elle distinguait nettement les veines qui les sillonnaient. Il y avait simplement quelque chose qui la touchait dans ces veines, couvertes d'une fine toison de poils noirs.

Il avait de grandes mains et une ombre de barbe. Il lui avait confié un jour qu'il détestait la vitesse à laquelle poussaient les poils de son visage... car cela l'obligeait à se raser deux fois par jour quand il était en entraînement de base, sans quoi ses sergents instructeurs lui en faisaient voir de toutes les couleurs pour ne pas s'être rasé.

Aux yeux de Wendy, cette ombre de barbe était irrésistiblement belle... pas quelque chose dont il doive s'inquiéter. Ses dents de devant étaient légèrement de travers : elle les voyait nettement à cause du large sourire qu'il arborait.

Plus elle l'observait, plus sa colère s'évacuait, de même que son désir de le détromper concernant l'identité de la femme assise en face de lui.

Il avait l'air heureux, dévisageant Christine comme si elle était la plus belle femme de la salle... ce qu'elle était.

Wendy baissa les yeux vers sa tenue de travail vert pâle, puis revint sur le chemisier échancré de Christine, sur ses longues jambes mises en valeur par la mini-jupe. Impossible d'entrer en compétition avec une femme pareille. Elle n'en avait même pas envie.

Tout en se délectant de nouveau du visage d'Aspen, Wendy souhaita pour la millième fois que sa vie ait été différente. Que ses parents ne soient pas morts. Qu'elle ne soit pas devenue la mère de substitution de son frère. Qu'elle ait pu aller à l'université comme la plupart des femmes de son âge. Qu'elle n'ait pas sans cesse à vivre en surveillant ses arrières.

Peut-être que si sa vie avait été différente, elle aurait pu être le genre de femme à aller hardiment trouver Christine pour l'affronter. À dire à Aspen qu'il se faisait duper. Qu'elle était celle qu'il était venu rencontrer.

Mais ce n'était pas le cas et elle manquait totalement de confiance pour le moindre de ses coups d'éclat.

S'autorisant l'un de ses rares moments d'apitoiement sur soi, Wendy observa Aspen.

À l'évidence, elle l'avait dévisagé trop longtemps, car tout à coup, il détacha les yeux de la femme en face de lui et croisa son regard.

Il fronça quelques secondes les sourcils tandis que ses beaux yeux marron l'examinaient de la tête aux pieds, avant de repartir dans l'autre sens. Il ouvrit la bouche, comme sur le point de dire quelque chose, puis, juste à ce moment-là, les doigts artistement manucurés de Christine se posèrent sur sa joue et il détourna les yeux de Wendy pour voir ce qu'elle voulait.

Profitant de sa distraction, Wendy fit un pas de côté et se dissimula derrière un groupe de gens pour se diriger vers la porte. Pourquoi regarderait-il une deuxième fois dans sa direction quand il avait Christine ? Elle devrait se réjouir qu'il soit heureux. Mais juste une fois, elle aurait bien aimé qu'un homme la regarde comme Aspen dévisageait Christine.

Elle en ricana presque. Ben voyons !

L'heure était venue pour elle de revenir à sa vraie vie. Aspen avait été une agréable distraction, mais il restait encore deux années d'école à Jackson. Peut-être qu'après son bac, elle pourrait s'essayer encore à rencontrer quelqu'un... quand elle aurait moins à perdre.

3

———

Blade tira sur sa chemise et prit une profonde inspiration avant d'ouvrir la porte du pub. Il aurait voulu arriver tôt pour occuper une bonne place. Il savait que ce bar était populaire et serait bondé de gens sortant du travail. Il souhaitait trouver un coin qui leur aurait garanti un minimum d'intimité, afin de mieux faire la connaissance de Wendy.

Mais il y avait eu un incident à la base et son commandant leur avait demandé, à lui et aux autres, de se tenir à disposition, juste au cas où. L'incident s'était finalement révélé insignifiant et l'équipe superflue, mais l'épisode l'avait mis en retard. Il avait dû rentrer chez lui pour se changer et récupérer le sachet de chocolats pour Wendy avant de se mettre en route pour son rendez-vous.

Il lui avait envoyé un texto pour la prévenir de son retard et elle lui avait brièvement répondu que ce n'était pas grave, qu'elle venait juste d'arriver.

Entrant dans le bar, il jeta un coup d'œil à la ronde. Il tenait le sachet de chocolats bien en évidence tout en s'efforçant de deviner laquelle des femmes qui grouillaient autour du bar était Wendy.

— Salut. Tu es Aspen ?

Il se retourna et découvrit une belle femme. Elle se mordillait nerveusement la lèvre, les yeux levés vers lui.

Pendant un instant, tout ce que Blade put faire, ce fut de la regarder. Elle ne ressemblait pas du tout à ce qu'il avait imaginé. Elle avait bien les cheveux bruns, comme elle le lui avait dit, mais sinon, rien ne correspondait. Elle portait de hauts talons, qui la mettaient presque à hauteur d'yeux de son mètre quatre-vingt-dix. Il ne se rappelait pas si Wendy lui avait jamais parlé de sa haute taille, mais il fut distrait de ses réflexions par la main que la femme lui tendait.

Ses ongles, vernis de rouge, paraissaient manucurés. Elle portait une mini-jupe qui mettait en valeur ses longues jambes minces et le chemisier noir qu'elle portait était profondément échancré sur sa poitrine. Il était visible qu'elle portait une espèce de soutien-gorge pigeonnant, parce que ses seins généreux étaient remontés, ce qui lui offrait une vue stupéfiante sur son décolleté.

— Wendy ? demanda-t-il, confus.

— C'est moi, répondit la femme, rayonnante. C'est tellement chouette de te rencontrer !

Sur quoi, elle s'approcha pour le serrer dans ses bras.

Les bras de Blade se refermèrent automatiquement sur elle. Son odeur était agréable, légèrement florale. Elle demeura contre lui un peu plus longtemps que cela n'aurait été approprié, s'ils n'avaient pas parlé au téléphone et appris à se connaître pendant les deux derniers mois.

— C'est bon de faire enfin ta connaissance, lui dit Blade quand elle recula. Je t'ai apporté ça, ajouta-t-il en lui tendant le sachet de chocolats.

— Merci ! Tu veux qu'on s'assoie un moment au bar ?

En regardant autour de lui, Blade constata que tous les box étaient occupés. Il soupira. Oui, arriver en retard était décidément un inconvénient.

— Ça me semble une bonne idée, répondit-il.

Wendy lui attrapa la main et l'entraîna à l'extrémité la plus éloignée du bar. Il s'efforça de ne pas s'en agacer, mais il ne put s'empêcher de sentir une pointe de déception en constatant à quel point elle était sûre d'elle. Ça ne le gênait pas de lui tenir la main et il n'avait pas non plus de problème avec l'idée de la suivre. Bon sang, son cul dans cette jupe et la façon dont ses talons accentuaient ses mollets harmonieux pendant qu'elle se pavanait jusqu'au bar l'avait rendu dur comme l'acier, mais il l'avait supposée plus... docile.

Non, ce n'était pas exactement le mot qu'il cherchait. « Moins sûre d'elle » peut-être ? Il s'était imaginé obligé de prendre les choses en main pour la mettre à l'aise, puis qu'elle s'ouvrirait davantage quand elle le connaîtrait mieux.

Mais cette Wendy affirmée, sûre d'elle, le prenait au dépourvu.

Ils arrivèrent au bar et Blade lui posa une main sur l'épaule pour l'aider à grimper sur un tabouret. Elle lui sourit, radieuse, pendant qu'il s'installait à ses côtés. Elle s'accouda au bar et se pencha vers lui pour demander :

— Tu me trouves à ton goût ?

Blade cilla et tenta de ne pas reluquer de façon flagrante ses seins qui, du fait de sa position, jaillissaient presque de son chemisier. Le bar était bruyant et il entendait à peine ce qu'elle lui disait. Il leva la voix pour répondre :

— Tu es superbe.

Elle lui sourit et se redressa sur son siège.

— Merci.

— Qu'est-il arrivé à ton jean et à ton chemisier ? demanda-t-il.

Wendy leva les yeux au ciel.

— Comme je te rencontrais pour la première fois, j'ai finalement décidé que je devais faire un effort de toilette. Me mettre sur mon trente-et-un.

Elle lissa l'avant de sa jupe du plat de la main, ce qui, une fois de plus, attira efficacement le regard de Blade vers ses jambes.

— Comment s'est passée ta journée au travail ? demanda-t-il, déstabilisé par la tournure un peu étrange de cette entrevue.

Même la première fois qu'il avait parlé à Wendy au téléphone, il n'avait pas ressenti ces ondes bizarres émaner d'elle. Peut-être avait-elle raison et la rencontrer en chair et en os n'était pas la meilleure idée qui soit. Il avait affirmé que rien ne modifierait leur relation, mais il avait soudain la sensation d'avoir parlé trop vite.

— Tu ne croiras jamais ce qui m'est arrivé, reprit Wendy.

— Raconte-moi, l'exhorta-t-il.

Plus il la regardait, plus il se rendait compte de sa beauté. Le maquillage qu'elle avait appliqué sur ses yeux les rendait plus grands. Son sourire était gentil et il appréciait la façon dont ses cheveux retombaient en boucles sur ses épaules, effleurant les globes de ses seins quand elle bougeait.

Il lui rendit son sourire pour l'encourager à lui raconter sa journée. C'était la première fois depuis longtemps qu'elle ne lui avait pas demandé d'entrée de jeu comment s'était passée la sienne avant qu'il ne l'interroge.

— J'étais en train d'aider un vieux type à passer de son lit à un fauteuil, et il a gerbé ! s'exclama Wendy avec une grimace. (Toute au récit de son histoire, elle fronça son petit nez.) J'ai réussi à faire un bond de côté avant que le jet m'atteigne. Tu imagines ? Beurk, la gerbe, c'est ce qu'il y a de pire. Enfin bref, il a dégueulé partout par terre et moi, j'étais là, à tenter d'esquiver les morceaux de gerbi volants sans le faire tomber par terre pour autant. Comme j'ai réussi à le coller dans son fauteuil sans marcher dedans, le vieux schnock m'a sorti : « Purée, fillette, tu as bougé trop vite. Moi qui espérais un concours de T-shirts mouillés. Tu sais qu'il ne m'en faut pas beaucoup pour être émoustillé. »

Blade éclata de rire. Puis il sentit la main de Wendy sur son genou et baissa les yeux. Sans réfléchir, il posa sa main sur la sienne et la recouvrit alors qu'elle cherchait à remonter le long de sa cuisse. Il s'était attendu à ressentir quelque chose quand elle le toucherait. Des picotements, du désir, quelque chose. Mais tout ce qu'il sentait, c'était le poids de leurs mains réunies sur sa jambe.

Wendy lui adressa un large sourire et, s'il ne se trompait pas, elle s'était ingéniée pour rapprocher sa chaise.

— Eh bien, on dirait que tu as passé une sacrée journée.

— En effet. Mais la meilleure partie, espérons-le, est toujours à venir.

Gêné par la façon dont Wendy l'observait, comme s'il était une sucette qu'elle s'apprêtait à lécher de la tête aux pieds, Blade détourna le regard. Ses yeux parcoururent le bar désormais plein à craquer. Il y avait des gens dans toutes les tenues, depuis des costumes, cravates et autres accessoires d'une tenue de travail, jusqu'à des jeans et T-shirts.

Un hurlement monta à l'autre bout du bar, dans un groupe qui regardait un match de football à la télévision, et Blade tourna la tête pour voir ce qui se passait. Toutefois, à la dernière seconde, son œil fut retenu par une femme qui se tenait non loin de Wendy et lui.

Elle portait une tenue de travail vert pâle, le genre de

vêtements plus appropriés pour un hôpital ou un cabinet médical que pour un bar bondé où les gens venaient se détendre après le travail. Elle avait une paire de tennis blanches aux pieds et serrait un sac à main devant elle.

Ses cheveux foncés étaient relevés sur le sommet de son crâne en un chignon désordonné que Blade ressentit soudain le besoin pressant de défaire. Elle n'était pas petite, mais pas grande non plus. Son corps était tout en courbes et les éléments de son corps que le tissu de sa tenue laissait à son imagination lui donnèrent envie de plaquer une main dans le bas de son dos pour l'attirer contre lui, afin qu'il puisse voir par lui-même comment elle était faite.

Le temps parut s'arrêter pendant qu'ils se dévisageaient. Il baissa les yeux vers ses pieds avant de remonter le long de son corps, puis de nouveau sur son visage. Il eut l'impression de connaître cette femme, même s'il ne l'avait jamais vue auparavant.

Il s'apprêtait à l'appeler pour l'inviter à venir s'asseoir près de lui, quand les doigts de Wendy rompirent, en se posant sur son visage, le charme étrange qui l'avait ensorcelé.

— Qu'est-ce que tu regardes ? lui demanda-t-elle.

Blade sentit ses doigts lui remonter le long de la jambe, jusqu'à ce qu'elle puisse utiliser ses longs ongles rouges pour lui gratter l'intérieur de la cuisse. La main qu'elle avait posée sur sa joue lui effleura l'épaule, puis elle passa légèrement ses ongles le long de son bras.

Avec une certitude qui aurait dû le frapper dix minutes plus tôt, Blade sut sans l'ombre d'un doute que la femme assise devant lui n'était pas Wendy.

Il ignorait qui elle était, mais la Wendy qu'il connaissait n'aurait jamais traité de « vieux schnock » l'un de ses patients.

Elle n'aurait pas non plus été aussi agressive que cette femme. Non seulement ça, mais elle ne lui avait toujours pas demandé comment s'était passée sa journée. Lors de chacune de leurs conversations, Wendy l'avait d'emblée interrogé sur sa journée, avant même qu'il puisse placer un mot.

Cette femme pouvait prétendre être Wendy, il n'y avait aucune comparaison possible entre la femme qu'il connaissait et cette usurpatrice.

Blade s'en voulait de s'être laissé duper aussi facilement. Quel soldat des forces spéciales il faisait !

Les seules questions qui demeuraient, c'était... qui était cette femme et où se trouvait donc Wendy ?

En temps normal, Blade était extrêmement direct. Il n'avait pas le temps de s'amuser, mais il ne put résister à l'envie de voir la fausse Wendy s'empêtrer un peu.

— Comment va Josh ? demanda-t-il.

— Josh ? répéta la femme d'une voix aiguë. Il va bien.

— Est-ce que ça se passe bien, sa cinquième ?

— Autant que faire se peut, j'imagine. Eh, qu'est-ce que tu dirais de sortir d'ici pour aller quelque part où on ferait mieux connaissance ?

Blade plissa les paupières. Chacune des paroles de cette femme confirmait ses soupçons.

— Où voudrais-tu aller ? demanda-t-il en se penchant vers elle comme pour l'encourager.

La main se déplaça à nouveau sur sa cuisse et elle lui effleura le sexe des doigts. L'épaisseur de son jean l'empêchait en fait de percevoir sa légère caresse, mais même s'il avait pu la ressentir, il n'aurait pas réagi. Il était si furieux contre cette créature, qui qu'elle soit, qu'il n'aurait pas pu bander, même si sa vie en avait dépendu.

— Il y a un hôtel tout près d'ici. On pourrait y aller.

Blade serra la main posée sur son sexe. Sans ménagement.

— Combien ? cracha-t-il, sans plus se soucier de faire semblant d'ignorer qu'elle n'était pas celle qu'il devait retrouver.

— Pardon ?

Sous l'effet de la surprise, les yeux de la femme s'étaient écarquillés.

— Tu prends combien ? répéta Blade.

— Mais... c'est un rendez-vous surprise, balbutia-t-elle en essayant de dégager sa main.

Blade tint bon.

— Arrête les conneries. Tu n'es pas Wendy, c'est évident. Il s'appelle Jack, et pas Josh, et il n'est pas en cinquième. Tu es habillée comme une pute et tu me dragues avec une insistance si désespérée que tu ne peux être rien d'autre qu'une prostituée. Visiblement, tu t'es mis en tête de m'attirer dans un hôtel, de m'exciter à mort, tu m'aurais peut-être un peu sucé la queue, montré tes seins – qui sont sur le point de dégringoler de ton chemisier, entre nous soit dit –, et ensuite, tu m'aurais annoncé tes tarifs. Donc je me demande juste combien ça prend, une pute menteuse et sournoise, ces jours-ci.

À ces mots, le masque qu'elle avait porté disparut en un éclair. Elle avait peut-être été jolie au départ, mais désormais, sa laideur transparaissait, claire et nette. Elle retroussa les lèvres.

— Cette petite souris ne t'aurait même pas satisfait une seconde, siffla-t-elle. Pourquoi voudrait-on quelqu'un d'aussi nul et naïf qu'elle ? Cette imbécile m'a bien facilité la tâche pour que je mette la main sur toi. Et puis, qui est-ce qui aurait l'idée de mettre un putain de pyjama pour aller à un rendez-vous surprise ?

En entendant ces mots, Blade eut la confirmation que la femme dont il avait croisé le regard était la véritable Wendy. Sa Wendy.

Comprenant qu'il devait larguer la pute s'il voulait la retrouver, il écarta sa main de lui et se leva. Puis il se pencha et passa un doigt sur le sommet de ses seins qui ballottaient au rythme de son agitation.

— Je baiserais Wendy tous les jours dans ce pyjama et deux fois le dimanche avant de seulement songer à fourrer ma queue dans ta chatte de garce, lâcha-t-il à voix basse.

— Connard ! cracha la femme.

— Tu vas devoir aller pratiquer ton business ailleurs, parce que je vais veiller à ce que la barmaid et le propriétaire des lieux sachent qui tu es et que tu essaies de lever des types dans leur établissement, la menaça-t-il. C'est un sympathique bar de quartier, pas un bar à putes, ici.

— Va te faire foutre, rétorqua la femme, mais elle s'empara de la lanière de son sac pour le passer à son épaule et se dirigea vers la porte.

Blade, qui oublia la prostituée à l'instant où elle lui eut tourné le dos, balaya frénétiquement le bar du regard, en quête de la femme en tenue de travail vert pâle. Deux tours d'horizon plus tard, il comprit qu'elle était partie.

Se passant une main sur le visage, Blade jura. Elle l'avait vu avec la pute et en avait à l'évidence tiré la mauvaise conclusion. Non qu'il songe à l'en blâmer, vraiment. Attrapant son téléphone, il vérifia ses messages. Rien.

Pas même un « Va te faire foutre », qui ne l'aurait pourtant pas plus surpris que ça. Pinçant les lèvres, il tapa un bref texto.

Appelle-moi, Wen.

. . .

Il attendit cinq minutes puis, voyant que Wendy ne répondait pas, il soupira de frustration. Il envoya un nouveau texto. Puis un autre. Et encore un autre.

Je l'ai prise pour toi.
S'il te plaît, parle-moi.
Ça va ?
Où es-tu ?
Dis-moi au moins que tu es bien rentrée chez toi.

Elle ne répondit à aucun de ses textos et, pour autant qu'il sache, elle ne les avait même pas lus. Puisqu'elle ignorait ses messages écrits, il tenta de l'appeler.

Mais elle ne décrocha pas. Il laissa un message.

Puis il la rappela et en laissa un autre.

Finalement, Blade lui laissa cinq messages, devenant de plus en plus inquiet au fur et à mesure. Ainsi que légèrement agacé.

C'était lui qui avait été dupé. Pourquoi devait-elle lui en vouloir ? Vu qu'ils n'avaient pas échangé de photos, il ignorait à quoi elle ressemblait. Et comme il avait ces chocolats avec lui, elle aurait dû venir le trouver. Alors pourquoi était-elle restée plantée là, à le regarder parler avec la pute ? Pourquoi n'était-elle pas venue le trouver pour lui dire qu'elle était la femme qu'il était censé rencontrer ?

Tout ce qu'elle avait à faire, c'était de s'approcher et il aurait su. Mais elle s'en était abstenue. Elle était demeurée en retrait pour l'observer, puis elle était partie. Elle s'était contentée de partir, merde !

Blade abattit le poing sur le volant de sa Jeep. C'était idiot. C'était elle qui s'était trompée. Pourquoi était-il aussi furieux de ce qui s'était passé ?

Parce qu'il attendait ce rendez-vous depuis longtemps. Parce qu'il n'avait jamais senti une telle connexion avec une autre femme qu'avec elle.

* * *

Wendy referma la porte de son appartement aussi doucement qu'elle put. Si Jackson était dans sa chambre, elle ne voulait pas l'avertir du fait qu'elle était déjà rentrée. Il était bien trop tôt. Elle aurait dû tourner plus longtemps avec sa voiture, mais l'essence coûtait cher et la seule chose qu'elle voulait, c'était grimper dans son lit et pleurer.

Bien sûr, elle n'eut pas la chance de trouver son frère dans son lit. Non. Il était installé à la table de la salle à manger.

— Tu es rentrée tôt, constata-t-il, comme une évidence.

— Oui.

— Ça n'a pas marché ? demanda-t-il.

— Pas vraiment.

— « Pas vraiment » ? Soit ça a marché, soit ça n'a pas marché, insista-t-il, exaspéré.

Wendy laissa tomber son sac sur la table et se dirigea vers leur petite cuisine toute en longueur. Elle se servit un verre d'eau et le but d'un trait, appuyée contre le plan de travail. Comme elle se refusait à regarder Jackson, elle resta dans la cuisine, s'efforçant de retarder l'inévitable.

— Qu'est-ce qu'il a fait ? demanda son frère.

Il s'était levé et adossé au mur conduisant à la cuisine. Les bras croisés, il avait les yeux braqués sur elle.

Wendy leva les yeux vers lui, surprise. Un simple regard

41

sur son frère suffisait parfois à lui couper le souffle. Il ressemblait de façon si frappante à leur père que c'en était étrange. Il avait des cheveux et des yeux noirs, comme elle, mais les traits de son visage étaient plus proches de ceux de leur père que les siens. Des lèvres pleines, une mâchoire carrée et, dès à présent, elle devinait une barbe naissante, là où elle avait poussé au cours de la journée. Son père lui avait confié un jour que s'il s'était laissé pousser une barbe, c'était parce qu'il était épuisé de se raser.

Wendy aimait la barbe de son père et elle voyait bien son frère en porter une, exactement comme lui.

Mais elle n'avait pas le temps d'apprécier les ressemblances entre son frère et lui, parce que Jackson était manifestement impatient. Il tanguait d'un pied sur l'autre, sans cesse de la regarder. D'ordinaire, Jackson était facile à vivre. Comme elle, il en fallait beaucoup pour l'énerver. Mais à la différence d'elle, une fois qu'il était énervé, il agissait en conséquence. Cela faisait un moment que Wendy n'avait pas été appelée à l'école parce qu'il avait eu une altercation physique, mais pour en avoir fait l'expérience assez souvent, elle savait que son frère n'avait pas peur de se battre en cas de besoin.

Et en cet instant, on aurait dit qu'il avait l'intention d'affronter Aspen en raison de ce qu'il lui avait fait.

— Il n'a rien fait, s'empressa-t-elle de le calmer. C'est moi, la fautive, ajouta-t-elle avec un soupir.

— Ben voyons, répliqua Jackson en attrapant le coude de sa sœur pour la conduire vers la table.

Il tira une chaise et l'aida à s'y asseoir. Puis il s'empara de la chaise sur laquelle il était assis quand elle était arrivée et la retourna pour l'enfourcher, coudes appuyés sur son dossier.

— Raconte-moi tout, sœurette, ordonna-t-il.

Wendy fixa ses mains qu'elle avait posées sur ses genoux. Elle remarqua son pantalon de travail vert pâle et se sentit humiliée une fois de plus. Sans plus tergiverser, elle raconta à son frère qu'on lui avait vomi dessus au travail et qu'elle n'avait pas de tenue de rechange, à l'exception de son pantalon et de sa blouse de travail. Elle lui expliqua qu'elle était arrivée en avance au bar, qu'elle avait rencontré Christine et eu la stupidité de lui confier des tas de renseignements sur Aspen.

— Elle a prétendu que j'avais quelque chose de coincé entre les dents et moi, en bonne fille naïve, je me suis précipitée aux toilettes pour vérifier ça. Je suppose qu'elle avait aperçu Aspen dehors ou quelque chose du genre, parce que quand je suis sortie des toilettes, elle était assise avec lui au bar.

— Quoi ? Tu es sérieuse ? demanda Jackson, les poings serrés. Qu'a répondu Aspen quand tu lui as exposé la situation ?

Wendy détourna les yeux de son frère pour scruter leur vieux papier peint défraîchi, comme s'il contenait les réponses aux plus difficiles questions de la vie.

— Tu ne lui as pas exposé la situation, en conclut Jackson. Bon sang, Wendy, sérieusement ?

Wendy reporta le regard vers son frère.

— Tu ne comprends pas.

— Dans ce cas, explique-moi, répliqua-t-il. Tu étais si excitée à cette perspective. Tu discutais avec Aspen depuis des mois. Je t'entends encore me répéter quelque chose qu'il t'avait dit. Tu apprécies ce gars. Vraiment. Tu lui as même parlé de nos parents et je ne pense pas que tu l'aies fait avec qui que ce soit depuis qu'on a déménagé. Je n'arrive pas à croire que tu aies laissé cette garce te le voler, pile sous ton nez, sans même protester !

— Je ne pouvais pas, affirma Wendy.

— N'importe quoi, rétorqua Jackson. Ça fait des années que je te le dis : tu dois mieux te défendre, mais toi, tu t'en moques et regarde ce qui est arrivé.

— Il avait l'air tout content, lâcha Wendy. (Incapable de supporter la tristesse qui s'était peinte sur le visage de son frère, elle détourna les yeux.) Je m'apprêtais à aller les trouver, je te le jure : j'étais plantée là, en train de rassembler mon courage et je les ai observés ; il a éclaté de rire à quelque chose qu'elle a dit. Il souriait tellement que ça m'a presque aveuglée, Jackson. Il était à l'évidence très satisfait en sa compagnie. Ils se tenaient presque la main. Oui, elle s'est conduite comme une garce et elle lui a mis le grappin dessus pendant que j'étais aux toilettes, mais au bout du compte, Aspen avait l'air absolument ravi d'être avec elle.

— Sauf qu'elle s'est fait passer pour toi.

— Je sais. Le problème, c'est ce qui se serait passé si j'étais allée les trouver pour leur dire que Wendy, c'était moi et pas elle... et qu'il avait été déçu ? Je n'aurais pas pu le supporter. Et tu n'as pas vu l'allure de cette femme. Elle était belle : mini-jupe, poitrine jusque-là (Elle agita la main devant elle pour montrer la taille des seins de Christine.) La dernière chose dont j'avais envie, c'était de voir la joie d'Aspen se muer en déception quand il découvrirait que la femme à laquelle il parlait n'était pas celle qu'il était censé rencontrer. Je ne voulais pas être le numéro 2... et je suis toujours le numéro 2.

— Et s'il n'avait pas été déçu ? avança Jackson. C'est de toi qu'il avait fait la connaissance, pas d'elle.

— Je sais, tu es mon frère et tu es en quelque sorte destiné à prendre ma défense en toute circonstance, mais sérieusement, Jackson, laisse tomber.

L'adolescent secoua la tête.

— Je ne te crois pas, sœurette. Sérieusement. Je t'aime plus que tout, mais tu t'es gourée, ce soir.

Wendy dévisagea son frère. Elle n'aimait pas l'irritation qui s'était plaquée sur son visage, surtout qu'elle n'était pas dirigée contre elle. Pendant l'essentiel de son existence, il n'avait eu qu'elle dans sa vie. Ils avaient traversé ensemble des situations plutôt graves et la déception qu'elle lisait sur sa tête faillit l'achever.

— Si j'étais Aspen, je serais furax, reprit-il.

— Mais il s'imagine être avec moi, objecta-t-elle, les sourcils froncés, tant elle était perdue.

— Je te parie un million de dollars qu'il a compris assez vite que cette garce n'était pas toi, répliqua Jackson sans la moindre nuance de doute.

— Pourquoi ?

— Tu as dit que tu avais discuté environ cinq minutes avec elle avant d'aller aux toilettes. Tu as échangé avec Aspen pendant des heures et des heures sur deux mois. Tu penses qu'il est stupide au point de ne pas se rendre compte qu'elle n'est pas toi ?

— Il n'est pas stupide, s'empressa-t-elle de le défendre. Et oui, j'ai bien pensé qu'il finirait par s'en apercevoir, mais je me suis dit aussi que finalement, il s'en ficherait.

— Non, Wen. Je parie que si tu étais restée un peu plus longtemps là-bas, tu aurais vu Aspen larguer cette fille. Et comme tu es partie, il ne t'a pas trouvée. Il s'est sans doute inquiété. Puis mis en colère que tu lui aies posé un lapin.

— Je ne lui ai pas posé de lapin, protesta faiblement Wendy. En fait, il m'a regardée droit dans les yeux, puis il s'est retourné vers elle.

Elle ignorait depuis quand son frère était devenu si mature. Il n'était qu'au lycée. Cependant, il avait en fait dix-sept ans, même si l'école considérait qu'il avait un an de moins. La supercherie avait été nécessaire après la mort de leurs parents et leur départ de la ville. Mais la plupart du temps, elle le voyait toujours comme un petit garçon.

En cet instant, elle se rendit compte brutalement qu'il était presque un homme. Qu'il était en fait plus âgé qu'elle ne l'avait été quand sa vie avait basculé en un éclair.

— Il t'a vue ? demanda Jackson. (Wendy hocha la tête.) Bon sang, Wen. Ensuite, je parie qu'il a vraiment été furax quand il a réalisé que tu n'étais pas venue le trouver. Que tu n'avais pas voulu rester dans les parages. C'était vraiment nul de ta part.

Wendy aurait dû être en colère, mais elle était trop épuisée et démoralisée. Elle se rendait compte que Jackson avait raison, mais ignorait comment elle pouvait arranger la situation, désormais.

— Je vais me coucher, annonça-t-elle à son frère. Vérifie bien que les portes sont verrouillées et mets-toi à tes devoirs, d'accord ?

— Wendy..., voulut répliquer Jackson, mais elle leva la main pour l'arrêter.

— Je ne peux pas, là, maintenant. Je t'en prie.

— Qu'est-ce que tu vas lui dire la prochaine fois que tu l'appelleras ?

— Je ne l'appellerai pas.

— Wen..., répéta-t-il, mais elle l'interrompit derechef.

— Je ne peux pas. Tu as raison, je lui ai posé un lapin. Je suis partie sans lui dire qu'il y avait eu erreur sur le casting. Il est sans doute furieux. Mince, pour ce que j'en sais, il est au lit avec cette garce, à l'heure qu'il est. Je ne peux pas supporter l'idée de lui reparler. De l'entendre me hurler dessus. Je suis gênée et dégoûtée de moi-même et, si j'étais à sa place, je ne voudrais plus jamais m'adresser la parole. Je suis sûr qu'il ressent la même chose.

— Il mérite une explication, insista Jackson.

Wendy haussa les épaules. Elle savait que son frère avait raison, mais elle ne pouvait réfléchir à la question pour l'instant.

— À demain matin.

Sur quoi, elle se retourna et traversa le petit couloir qui menait aux chambres. Il n'y avait que trois portes : deux chambres et une salle de bains. Leur appartement était petit, mais bon marché. Et un prix modique, c'était tout ce que Wendy pouvait s'autoriser, même avec ses deux emplois.

Elle voulut claquer la porte sous l'effet de la frustration, mais se retint. Ce n'était pas la faute de Jackson si elle était trop confiante. Trop naïve. Et ce n'était pas sa faute non plus si le spectacle d'Aspen heureux avec une autre femme l'avait dévastée.

Sans prendre la peine de se changer – qu'est-ce que ça pouvait bien faire qu'elle dorme dans sa foutue tenue de travail ? –, Wendy grimpa dans son lit et serra son oreiller supplémentaire sur sa poitrine. Les genoux remontés en position fœtale, elle se mit à pleurer.

Jackson Tucker suivit sa sœur du regard pendant qu'elle se dirigeait vers sa chambre. Il l'aimait, cependant elle était sacrément démunie parfois. Il savait pourquoi elle fuyait les conflits, pourquoi elle avait besoin de passer sous les radars, mais il n'en éprouvait pas moins une immense frustration. Tout ce qu'elle aurait dû faire, c'était s'approcher d'Aspen et lui annoncer qu'elle était Wendy. Tout se serait ensuite déroulé comme sur des roulettes.

Il en avait assez entendu sur le genre d'homme qu'était

Aspen Carlisle pour en être à quatre-vingt-dix pour cent certain. Il savait qu'Aspen était dans l'armée, avait une sœur ayant récemment traversé une épreuve terrible, même si Wendy ne lui avait pas raconté de quoi il s'agissait (il n'était pas certain qu'elle sache). Un soir, Jackson avait même parlé à Aspen : Wendy avait oublié son téléphone et il avait répondu quand Aspen avait appelé, afin qu'il ne s'inquiète pas pour sa sœur. Ils avaient discuté près de dix minutes. Sur rien de particulier, mais le fait que Wendy ne pète pas un plomb quand il lui avait mentionné leur conversation en disait long.

D'ordinaire, elle se montrait ultra protectrice avec lui. Non qu'elle soit sortie avec beaucoup de types, mais par le passé, jamais elle n'avait dit à personne qu'elle élevait son petit frère, avant, au minimum, le cinquième rendez-vous.

Et la courte conversation qu'il avait eue avec Aspen avait suffi à Jackson pour avoir l'impression que cet homme serait plutôt fâché d'apprendre que la femme avec qui il avait parlé n'était pas Wendy.

Juste à cet instant, le téléphone dans le sac de Wendy se mit à vibrer.

Jackson jeta un coup d'œil à l'autre bout du couloir et vit que la porte de sa sœur était déjà fermée.

Elle était furieuse des reproches qu'il lui avait adressés, mais il ne pouvait laisser passer ça. Pas après avoir remarqué la tristesse au fond de ses yeux. Si Aspen avait compris que la femme avec laquelle il avait parlé n'était pas Wendy et qu'il s'en moquait, Jackson devait le découvrir dès à présent. Le cas échéant, Aspen ne serait pas quelqu'un pour sa sœur.

Tendant le bras, Jackson attira le vieux sac noir élimé de Wendy. Il en fit glisser la fermeture éclair et fouilla dedans pour attraper son téléphone. Ce n'était pas un appareil dernier cri et le sien était exactement identique, mais il savait que c'était tout ce qu'elle pouvait leur payer et il ne s'en était jamais plaint.

Alors qu'il le sortait du sac, l'appareil vibra dans sa main, ce qui lui flanqua une frousse bleue. Il entra son mot de passe – Wendy avait insisté pour qu'ils aient tous les deux accès au téléphone de l'autre, juste au cas où – et cliqua sur l'icône des textos.

Elle en avait manqué plusieurs, lesquels, comme il s'y attendait, provenaient tous d'Aspen. Les six messages paraissaient plutôt calmes. Il se faisait du souci pour elle.

Jackson grimaça. Le moins que sa sœur aurait pu faire, c'était d'informer Aspen qu'elle était rentrée chez elle saine et sauve.

Puis il vit qu'elle avait aussi reçu au moins un message vocal.

Lire ses textos était une chose, écouter ses messages vocaux une autre, tout à fait différente...

Juste à l'instant où il décida qu'il valait mieux pour elle qu'il les écoute, le téléphone vibra une nouvelle fois, annonçant un nouvel appel.

Voyant qu'il s'agissait d'Aspen, Jackson prit une décision éclair. Il se leva et se rendit dans la petite entrée de leur appartement. Wendy pouvait toujours l'entendre, mais les probabilités étaient moindres que s'il restait assis à leur table.

— Allô ? chuchota-t-il une fois qu'il eut accepté l'appel.

Il y eut une pause à l'autre bout du fil, avant qu'une voix masculine ne demande :

— Je pourrais parler à Wendy ?

— Vous êtes Aspen, c'est ça ? demanda Jackson.

Il avait vu son nom sur l'écran du téléphone avant de répondre, mais il tenait à s'en assurer.

— Oui. Jack ? Est-ce que ta sœur va bien ? Elle est rentrée chez vous ?

Et en entendant cette question, Jackson se détendit. Il voyait bien qu'Aspen était contrarié, mais le fait qu'il se soit d'abord enquis de l'état de Wendy et ait cherché à savoir si elle était bien rentrée incitait Jackson à penser qu'il avait agi comme il le fallait.

— Elle est à la maison. Je ne peux pas dire que ça va, mais elle est ici.

— Elle t'a parlé ?

— Oui. Elle m'a raconté ce qui s'était passé.

— Je jure devant Dieu que j'ignorais que cette garce n'était pas Wendy. Elle s'est fait passer pour ta sœur.

— Je l'avais compris.

— Il faut vraiment que je parle à Wendy, insista Aspen, dont la voix perdit de son uniformité.

— Pas ce soir, répliqua Jackson.

— C'est entre elle et moi, répliqua Aspen.

— C'est là que vous vous trompez. Je l'informe de tout ce qui m'arrive et vice versa. On n'a pas de secrets l'un pour l'autre et je dois m'assurer que vous n'allez pas vous en prendre à elle une fois que je vous laisserai lui parler.

Jackson entendit Aspen soupirer à l'autre bout du fil, mais il ne dit rien pendant de longues secondes. Finalement, il reprit :

— Je ne comprends pas pourquoi elle n'a pas démasqué cette garce.

— Wendy n'aime pas les conflits, répondit Jackson.

— Je sais.

— Non, je ne crois pas. Elle n'aime vraiment pas le conflit. Elle fait toujours tout son possible pour l'éviter, coûte que coûte. Même si cela signifie qu'elle se fait avoir dans le processus. Elle n'aime même pas se disputer avec moi, alors qu'on est aussi proches que des frères et sœurs peuvent l'être. Donc quand elle a vu cette femme avec vous, cette garce avec qui elle avait bavardé parce qu'elle était nerveuse, avant que vous arriviez, à qui elle avait tout raconté sur son rendez-vous surprise et sa nervosité, elle était littéralement incapable d'interrompre votre tête-à-tête. Cette salope lui a dit qu'elle avait un truc entre les dents et Wendy est allée aux toilettes pour régler le problème. Et c'est à ce moment-là que vous êtes arrivé et qu'elle vous a sauté dessus.

— J'ai vu Wendy, se contenta de murmurer Aspen. Nos yeux se sont croisés et j'ai eu la sensation que c'était elle. Elle n'avait même pas besoin de dire quoi que ce soit. Si elle s'était approchée de l'endroit où nous étions assis, je l'aurais reconnue.

— Elle affirme que vous aviez l'air très heureux, objecta Jackson.

— Quoi ?

— Ma sœur. Elle m'a dit qu'elle rassemblait son courage pour aller vous trouver, qu'elle tentait de surmonter son aversion pour les scandales, mais que vous avez éclaté de rire et posé une main sur cette femme et que vous aviez l'air heureux. Wendy a voulu laisser passer sa chance avec vous parce qu'elle refusait de vous priver du bonheur qu'elle voyait dans vos yeux ou éteindre votre sourire.

— Bordel de merde ! jura Aspen. Cette garce m'a raconté une histoire censée lui être arrivée ce soir dans l'établissement où travaille Wendy. C'était amusant. Point à la ligne.

— Je parie que c'est Wendy qui lui a raconté cette histoire pendant qu'elle vous attendait.

— C'est sûr et certain. Même si j'ai l'impression que l'histoire de la vraie Wendy manifestait plus de compassion envers le résident concerné que le récit de la pseudo Wendy.

— Écoutez, voici le truc. Ma sœur est fâchée. Elle est gênée et ne veut plus vous recontacter.

— Non, répliqua aussitôt Aspen. Pas question.

Jackson sourit. Si Aspen s'était montré faible ou ne s'était pas conduit ainsi, il aurait laissé les choses en l'état. Mais l'adolescent était assez bon juge en matière de caractère et il avait la sensation qu'Aspen ne se laisserait pas aussi facilement repousser.

— Donc vous dites que vous avez toujours l'intention de rencontrer Wendy ?

— Non.

Jackson sentit son ventre se nouer. Ce n'était pas la réponse à laquelle il s'était attendu.

— Je ne veux pas me contenter de la rencontrer, poursuivit Aspen. Je veux sortir avec elle. Apprendre à la connaître. Me tenir à ses côtés quand des gens l'envoient sur les roses. Si elle ne se défend pas elle-même, je le ferai à sa place. Je ne sais pas ce qui l'a rendue si rétive aux conflits, mais je veux faire de mon mieux pour lui montrer que c'est une bonne chose de dire le fond de sa pensée.

Jackson apprécia cette tirade. Il n'aurait pas cru cela possible, mais il aimait l'idée que quelqu'un seconde sa sœur. Il ne serait pas toujours là pour faire bouclier et s'assurer qu'on ne la roulait pas.

— Je n'ai pas l'intention de vous donner notre adresse, le prévint-il néanmoins.

— Je ne vous l'aurais pas demandé. Ce n'est pas prudent.

— Bien. Mais je n'ai rien contre le fait de vous dire que lundi matin, elle sera au centre d'aide aux personnes âgées. Elle prend son service le matin, cette semaine, et travaillera en soirée au centre d'appel.

— D'accord, l'encouragea Aspen.

— Je vous donnerai le nom de l'établissement à une condition, répondit Jackson.

— Vas-y.

— Ne merdez pas avec elle.

— Marché conclu, répliqua aussitôt Aspen.

— Je suis sérieux, le prévint Jackson. On parle de tout, elle et moi. Je saurai tout de vos rendez-vous. Où vous allez, ce que vous faites, si vous l'avez embrassée. Ce que vous avez mangé et ce que vous lui avez dit. Si vous faites quoi que ce soit qui la rende triste ou la fasse pleurer, je vous botterai les fesses. Du moins j'essaierai. Ma sœur a traversé des choses horribles et mis sa vie entre parenthèses pour moi. Elle a placé mon bien-être et ma sécurité avant les siens et je n'hésiterai jamais si je vois quelqu'un la rouler ou lui faire du mal. Vous avez saisi ?

Jackson ne savait pas trop comment Aspen allait réagir, car un long et inconfortable silence s'installa à l'autre bout de la ligne pendant plusieurs secondes. Quand il ouvrit finalement la bouche, ce ne fut pas pour prononcer les paroles auxquelles Jackson se serait attendu :

— Elle a placé ta sécurité avant la sienne.

— Oui. Et c'est toujours le cas.

— Tu ne me connais pas, Jack, mais je vais te confier quelque chose que ta sœur aurait vraiment dû entendre d'abord de ma bouche. J'ai apprécié Wendy dès son premier appel. Il y avait quelque chose en elle qui m'a donné envie de mieux la connaître. Mais quand je l'ai vue ce soir, plantée au milieu de ce bar bondé, dans sa tenue de travail, tout ce dont j'ai eu envie, c'était de l'attirer contre moi pour la protéger du reste du monde. Je ne doute pas un instant qu'elle soit solide comme un roc et qu'elle m'envoie paître si je fais quoi que ce soit qui lui déplaise, mais ce besoin de la protéger est toujours là. Si j'ai mon mot à dire, elle n'aura plus jamais à se mettre en danger, pour toi ou pour qui que ce soit d'autre. Je ferai tout ce qui est en mon pouvoir pour veiller à ce qu'elle ait tout ce dont elle a besoin afin de se sentir en sécurité, afin de l'être ou que tu le sois.

— Et si elle n'en a pas besoin ou qu'elle le refuse ? insista Jackson. Elle a beau ne pas aimer le conflit, elle ne supporte pas que je la protège. Je n'arrive pas à imaginer qu'elle laisse quelqu'un d'autre la traiter comme si elle était une petite chose fragile.

— Elle n'est pas une petite chose fragile. J'ai la sensation de ne connaître qu'une fraction de son histoire, de votre histoire. Mais ce que je sais, c'est qu'elle est une sacrée bonne femme et que je suis très impatient de mieux la connaître. Je suis très proche d'un groupe d'hommes. Leurs épouses et petites amies sont parmi les femmes les plus fortes que je connaisse... mais ça ne signifie pas que ces hommes ne feraient pas tout ce qui est en leur pouvoir pour qu'elles n'aient pas à se montrer fortes. Tu comprends ?

Bizarrement, oui, Jackson comprenait.

— Oui. Elle travaille à Cottonwood Estates. C'est une énorme maison de retraite dans le sud de la ville. Vous connaissez ?

— Oui.

— Elle travaille jusqu'à 14 heures, puis elle rentre à la maison et prépare mon dîner avant de prendre son autre job à 18 h 30. Elle n'apprécierait pas que vous soyez là au tout début de son service, parce qu'elle aura besoin d'entrer et de prêter main-forte à ses collègues pour les routines matinales des résidents, mais si vous arrivez vers 13 h 30, vous pourrez l'attraper juste au moment où elle part.

— Merci, murmura Aspen.

— Ne lui faites pas de mal.

— Jamais. Jack ?

— Oui ?

— Elle a vraiment dit qu'elle n'était pas venue me trouver parce que j'avais l'air heureux ?

— Oui.

— Elle se trompait. Je me sentais extrêmement mal à l'aise et déçu parce que la Wendy que j'imaginais assise en face de moi ne ressemblait pas à la femme dont j'avais fait la connaissance au téléphone. Peut-être que j'ai ri, mais je n'étais pas du tout heureux, bon sang !

— Ce n'est pas moi que vous devez convaincre, répliqua Jackson. C'est ma sœur.

— Je n'y manquerai pas. Je te suis redevable.

— Non, protesta Jackson. Je n'ai pas fait ça pour vous, mais pour ma sœur.

— Elle a beaucoup de chance de t'avoir.

— Non, c'est l'inverse. J'espère qu'on aura l'occasion de se rencontrer, vous et moi, ajouta Jackson.

— C'est une certitude, répondit Aspen. Tu es un sacré bonhomme et je serai honoré que tu me considères comme un ami. Toute personne aussi intelligente et loyale que toi envers sa famille est quelqu'un que j'ai envie de rencontrer.

Jackson ressentit une vague de plaisir le submerger à ces mots. Il n'avait pas essayé d'impressionner Aspen, mais c'était tout de même agréable d'y être parvenu.

— Je peux te demander une faveur ? demanda Aspen.

— Peut-être.

Aspen ricana.

— Un homme intelligent ne donne jamais son accord avant de savoir de quoi il s'agit. Pourrais-tu effacer les messages vocaux que j'ai laissés à Wendy ?

Jackson se raidit.

— Pardon ?

— N'hésite pas à les écouter, répondit Aspen, sans

paraître le moins du monde nerveux. C'est juste que je voudrais lui faire une surprise, lundi. Je ne veux pas qu'elle soupçonne un seul instant que je vais venir la voir.

— Pourquoi irait-elle s'imaginer une chose pareille ?

— Parce que je lui ai dit franchement que si elle pensait s'être débarrassée de moi, maintenant que j'avais vu comme elle était mignonne dans sa tenue de travail, elle pouvait toujours rêver. Je lui ai dit que j'allais la trouver, avec ou sans son aide, et qu'elle me verrait bientôt.

Jackson partit d'un petit rire.

— Vous en seriez capable ? Je veux dire, si je ne vous avais pas donné le nom de l'endroit où elle travaille, vous auriez quand même pu la localiser ?

— Oui. J'ai des contacts qui me restent de mon passage à l'armée et qui auraient été en mesure de l'identifier en quelques secondes.

Jackson sentit sa gorge se nouer. Merde, c'était bien la dernière chose dont ils avaient besoin.

— Mais vous n'allez demander à personne de la localiser, maintenant, n'est-ce pas ?

— Y a-t-il une raison pour laquelle je devrais m'en abstenir ?

Jackson tenta de répondre avec nonchalance :

— Peu importe. Maintenant que vous avez l'info, vous n'en avez plus besoin.

— En effet. Merci encore, Jack.

— De rien.

— À plus.

— À plus.

Jackson raccrocha et pressa aussitôt sur l'icône des messages vocaux. Il voulait entendre de ses propres oreilles ce qu'Aspen avait dit à sa sœur. Si c'était méchant, il lui révélerait ce qu'il avait fait et elle pourrait se débrouiller pour quitter son travail plus tôt, afin de manquer la visite d'Aspen.

Deux minutes plus tard, Jackson replaçait le téléphone dans le sac de sa sœur. Les messages étaient bien tels qu'Aspen les avait dépeints. On sentait que l'homme était contrarié par son départ, mais il ne lui criait pas dessus, il parlait d'une voix calme et contrôlée et l'informait qu'il n'allait certainement pas la laisser s'échapper, maintenant qu'il l'avait vue.

L'adolescent sourit. Il n'aimait pas cacher des choses à Wendy et il allait sans doute lui parler de cette conversation avec Aspen... une fois qu'elle l'aurait rencontré et se serait réconciliée avec lui.

Il regagna la table pour achever ses devoirs et sourit. Il avait l'impression qu'Aspen Carlisle serait une bonne chose pour sa sœur.

4

Trois jours plus tard, Blade, assis dans sa voiture, attendait que les heures filent, afin qu'il puisse entrer dans Cottonwood Estates et rencontrer enfin Wendy. Laisser passer le week-end sans l'appeler ni entendre sa voix, ça avait été pénible, mais il attendait son heure et de pouvoir lui parler de vive voix de ce qui s'était passé.

Il était arrivé tôt sur place et, pour un homme pourtant habitué à rester des heures dans la chaleur ou le froid sur une mission, à guetter le moment idéal pour porter un coup, il s'était trouvé très impatient de voir le temps s'écouler. Il avait regardé sa montre au moins vingt fois au cours des dix dernières minutes... ce qui n'accélérait en rien le passage du temps.

Finalement, agacé par lui-même, il bondit de sa Jeep et se dirigea vers les portes de l'entrée. Il avait à la main le même sachet de chocolats que le vendredi soir et espérait, en dépit de tout, que Wendy ne s'énerverait pas quand elle le verrait.

Blade tint la porte à une femme âgée et à une autre, plus

jeune, qui devait être sa fille, alors qu'elles entraient dans le bâtiment. Il ne savait pas à quoi s'attendre, mais certainement pas au hall d'accueil chaleureux et confortable où il pénétra. D'accord, il n'avait pas fréquenté de nombreuses maisons de retraite, mais il s'était imaginé qu'il y régnait la même odeur que dans les hôpitaux et que des chaises et des banquettes en plastique devaient accueillir les visiteurs attendant leur tour.

Au lieu de quoi, il flottait une odeur d'eucalyptus. Un épais tapis et des fauteuils de cuir donnaient à la zone des allures de salon plutôt que de salle d'attente. Il se dirigea vers la femme assise à un bureau derrière une vitre dont le badge indiquait le prénom de Carol.

— Bonjour, lança-t-elle gaiement. Que puis-je pour vous ?

— Je cherche Wendy Tucker, répondit-il.

La réceptionniste le dévisagea de haut en bas, avant de répliquer, un sentiment d'excuse sincère au fond des yeux :

— Je suis désolée, monsieur, mais je ne peux vous donner aucune information sur nos résidents ou nos employés.

Appréciant de plus en plus l'endroit à mesure que les minutes passaient, heureux qu'ils prennent la sécurité au sérieux, Blade reprit :

— Je comprends tout à fait. C'est une amie à moi et elle ne sait pas que je suis ici. Comme nous ne nous sommes pas vus depuis longtemps, je tiens à lui faire la surprise. (Il sortit son portefeuille et en tira sa carte militaire qu'il plaça sur le comptoir, devant la femme.) Je ne suis pas ici pour lui causer le moindre tort, je le jure. Tout ce que je veux, c'est la voir.

Il redoubla de charme, déterminé à faire tout ce qu'il faudrait, sans la moindre vergogne, pour amener cette femme à l'aider. Posant le sachet de chocolats sur le comptoir, il se pencha en avant.

— Si ça ne vous dérange pas, j'aimerais simplement m'asseoir ici et attendre qu'elle termine son service. Mais je ne voudrais pas la manquer... vous savez, si elle empruntait une autre porte. Pensez-vous pouvoir l'inciter d'une manière ou d'une autre à sortir par ici ? Vous pourriez observer nos retrouvailles et vérifier par vous-même que je ne suis pas là pour lui faire du mal. Jamais je ne lui en ferais d'ailleurs.

Pendant quelques secondes, Blade pensa que son charme n'allait pas marcher : la femme observa sa carte, puis leva les yeux vers lui, puis revint à sa carte, puis inscrivit son nom sur un bout de papier devant elle et récupéra enfin sa carte pour la lui tendre.

— Je pense que c'est faisable. Parfois elle tarde à sortir. Si elle est au milieu d'une activité avec les résidents, elle ne les laisse jamais en plan... à la différence de certains autres membres du personnel.

Les derniers mots avaient été marmonnés, mais Blade les entendit. Il n'était pas surpris que Wendy n'ait pas l'œil rivé sur la pendule.

— Merci, lâcha-t-il en glissant la carte dans son portefeuille. Cela signifie énormément pour moi.

La réceptionniste hocha la tête et Blade alla s'asseoir dans un coin de la salle, dans l'un des immenses fauteuils de cuir à disposition. Il fit de son mieux pour ne pas gigoter pendant qu'il attendait de poser son premier regard sur Wendy.

Vingt minutes plus tard, il entendit la réceptionniste parler à quelqu'un derrière la vitre qui séparait son poste de travail de la salle d'attente, et quand son interlocutrice répondit, il se leva. Il avait aussitôt reconnu la voix de

Wendy, ce qui lui fit prendre conscience de l'étendue de sa stupidité, ce fameux vendredi soir. Même si le bar était bruyant, il aurait dû savoir à la seconde où cette catin avait ouvert la bouche que ce n'était pas Wendy.

Il tenait le sac de chocolats bien serré dans sa main, attendant de la voir surgir.

Elle franchit la porte, les yeux toujours tournés vers la réceptionniste. Elle souriait et Blade se délecta de sa vue. Elle portait un jean, aujourd'hui, et en haut une autre blouse de travail. Celle-ci était décorée d'une multitude de petits chiens de dessin animé et de bornes d'incendie. Ses mains étaient pleines : un sac dans l'une et un petit pot de fleurs dans l'autre.

Elle salua sa collègue et se tourna pour traverser le hall. Mais quand elle le vit planté là, elle s'arrêta net.

— Salut, Wendy, dit-il doucement.

De façon comique, elle s'immobilisa, bouche bée, fixant sur lui un regard choqué.

— Ton ami m'a dit qu'il voulait te faire une surprise, expliqua la réceptionniste en se penchant à travers le guichet vitré. Est-ce que c'est bel et bien le cas ?

Wendy se passa la langue sur les lèvres et, sans le quitter du regard, répondit :

— Pour ça, oui, Carol, je suis sidérée.

— Youpi ! s'exclama la réceptionniste en battant des mains, tout excitée.

— Salut, Wen, répéta Blade.

— Euh... salut, répondit-elle.

Se rappelant la manière dont la garce s'était jetée dans ses bras pour le serrer contre elle, Blade se botta mentalement les fesses une énième fois. Wendy n'aurait jamais fait ça... n'allait pas faire ça. Elle se montrait réservée et prudente et il avait le sentiment que seule une partie de ce comportement était liée à ce qui s'était passé dans le bar. Pour l'essentiel, c'était juste... elle.

Il fit un pas vers elle et, profitant de ce que ses mains étaient pleines, il se pencha pour l'embrasser doucement sur la joue. Elle n'avait pas une odeur florale, non, elle ne portait aucun parfum artificiel. Il percevait une senteur de noix de coco, sans doute son shampooing, et de friture. Blade sourit en reculant. Il était bizarre tout de même : comment pouvait-il apprécier de sentir une odeur de nourriture sur elle ?

Parce que c'est Wendy, voilà pourquoi.

Ses yeux marron foncé étaient immenses et il prit le temps d'assimiler ses traits. Ses cheveux bruns étaient une fois de plus relevés en un chignon lâche sur le sommet de son crâne, sauf qu'aujourd'hui, des boucles éparses encadraient son visage et son cou. Sa blouse avait un col en V, mais elle portait un T-shirt en dessous, si bien qu'il n'avait aucun aperçu sur son décolleté ni un excès de peau. Non que cela importe : d'une certaine manière, l'absence d'exhibition était plus sexy. Une sorte de provocation, dans le bon sens du terme.

Le jean qu'elle portait la moulait et il apprécia le galbe de ses jambes. Elle avait la même paire de baskets blanches qu'au bar. Elle paraissait pragmatique et amicale. Blade se rendit compte qu'il s'agissait en partie de ce qui l'attirait chez elle. Il n'avait pas envie d'une femme artificielle. De ces créatures qui prennent des heures pour se préparer avant d'aller à l'épicerie.

Il avait envie de pouvoir ébouriffer la chevelure de sa femme sans qu'elle pique une crise. Il voulait pouvoir partir en randonnée avec elle et l'emmener dans des restaurants de luxe. Il savait, de ses conversations avec Wendy, qu'elle aimait bien le camping et les activités d'extérieur, traîner chez elle avec son frère et dîner à l'occasion à une table élégante.

Pour l'heure, elle se mordillait la lèvre, hésitante.

— Qu'est-ce que tu fais ici ? demanda-t-elle, les yeux rivés sur lui.

— J'ai merdé, vendredi, répondit-il. Je suis ici pour réparer mon erreur.

Elle secoua aussitôt la tête.

— Non, tu n'as rien fait de mal. J'aurais dû...

— Ça te dirait qu'on en parle autour d'un déjeuner tardif ? la coupa-t-il.

Elle fronça les sourcils, confuse.

— Mais il est près de 14 heures.

Blade sourit.

— En effet. Si tu n'as pas faim, on peut faire autre chose. La chaleur n'est pas trop forte, aujourd'hui. On pourrait s'installer dans la cour ombragée que j'ai vue à côté du bâtiment, si tu préfères.

Il décela de l'indécision dans son regard. Et de la peur. Peut-être le croyait-elle ici pour la réprimander de son départ inopiné, vendredi soir. Désireux de la rassurer, Blade tendit lentement la main pour venir la placer dans son cou. Du pouce, il effleura la peau près de son oreille, puis il se pencha et chuchota :

— Tu n'as pas à t'inquiéter, Wen. Je ne suis pas fâché pour ce qui s'est passé, l'autre soir.

— Ah bon ?

Il secoua la tête.

— Non, mon cœur. Je suis furieux contre cette salope qui s'est fait passer pour toi, mais je ne suis pas fâché contre toi.

— J'aurais dû dire quelque chose.

En entendant ces mots, l'inquiétude qui l'habitait encore, même s'il ne s'en était pas rendu compte, glissa de ses épaules telle une chemise de soie.

— Je comprends pourquoi tu ne l'as pas fait... du moins en partie. Tu es d'accord pour venir discuter avec moi ?

Les longs cils de Wendy se soulevèrent et elle croisa son regard :

— Oui. J'aimerais beaucoup.

Il lui adressa un sourire rayonnant, puis tendit la main pour attraper le pot de fleurs qu'elle portait.

— Tu quittes toujours le travail avec des fleurs ?

Elle gloussa.

— Non, mais Mme Epson est populaire par ici. Des tas d'hommes l'apprécient et elle reçoit au moins trois ou quatre bouquets par semaine. Cette pauvre petite plante ne se portait pas trop bien, alors elle m'a demandé de l'emporter chez moi pour la ranimer.

— J'ignorais que tu avais la main verte, dit Blade en les guidant vers la porte d'entrée.

— Ce n'est pas le cas. Je tue toutes les fleurs qui osent franchir le seuil de mon appartement.

Blade la dévisagea pendant quelques secondes, perplexe, puis ses lèvres se retroussèrent.

— Une tueuse de fleurs. C'est noté. Je garderai l'info à l'esprit. J'imagine que la douzaine de roses que je comptais t'envoyer demain est donc exclue ?

Elle leva les yeux vers lui, stupéfaite.

— Pourquoi m'enverrais-tu des roses ? Je veux dire, elles coûtent très cher !

Pour commencer, Blade se dit qu'elle plaisantait, mais il réalisa ensuite que ce n'était pas le cas.

— Personne ne t'a jamais offert de fleurs, ma chérie ?

— Non, mais là n'est pas la question. Ce n'est pas pratique et...

Blade lui posa un doigt sur les lèvres pour la faire taire.

— Peut-être, mais chaque femme mérite de se sentir spéciale et d'avoir pour cela un homme qui lui offre des fleurs.

Elle ne répondit rien, se contentant de le fixer de ses grands yeux innocents.

— Amusez-vous bien ! leur lança la réceptionniste avant qu'ils quittent le hall.

Blade lui adressa un petit signe du menton et tint la porte à Wendy.

Tandis qu'ils se dirigeaient vers la zone ombragée que Blade avait vue en chemin, elle lui demanda :

— Comment s'est passée ta journée ?

On y était. Elle l'interrogeait sur sa journée. Blade sourit.

— Mieux, maintenant que je suis avec toi.

— C'est ringard, protesta-t-elle en levant les yeux au ciel.

— Je suis sincère, répliqua Blade. Je n'arrivais pas à me concentrer sur mon entraînement, ce matin, et mon commandant m'a cassé les pieds. Ensuite, Ghost m'a pris entre quatre yeux pour m'obliger à lui dire ce qui me préoccupait. Je lui ai parlé de toi et de la façon dont j'avais merdé. Je lui ai dit que j'allais venir ici pour te voir et il m'a permis de prendre mon après-midi. J'ai fait un peu de paperasse et appelé ma sœur, puis je suis rentré chez moi pour me changer et je suis arrivé ici, il y a environ une heure. J'ai dû manger à peu près trois de tes chocolats, tellement j'étais nerveux, et ensuite, comme j'étais incapable d'attendre plus longtemps, je suis entré dans l'établissement, il y a environ vingt minutes.

— Tu étais nerveux ? Pourquoi ?

— Sérieusement ? lui demanda Blade.

Elle hocha la tête tout en s'assoyant sur un banc de béton, sous un grand arbre. Il n'y avait pas le moindre souffle d'air, mais les feuilles leur offraient un havre aussi ombragé qu'agréable à tous les deux. Blade s'assit à côté d'elle et se réjouit qu'elle ne s'écarte pas brusquement quand il appuya sa jambe contre la sienne.

Elle se pencha pour déposer son sac sur le sol et il l'imita avec le pot de fleurs. Quant aux chocolats, il les posa sur le banc à côté de lui. Puis, les mains désormais libres, il tendit le bras pour prendre une de ses mains dans les siennes et l'y garder.

— Wendy, cela fait des mois que je te parle. C'est la première fois qu'on se voit, qu'on se parle en chair et en os. Pourquoi ne serais-je pas nerveux ?

— Parce que tu pourrais avoir toutes les femmes dans un rayon de cent kilomètres ? suggéra-t-elle de façon purement rhétorique.

— Je ne suis pas sûr que les femmes dans mon entourage immédiat, à l'exception de celle qui s'y trouve en ce moment, soient mon style, la taquina-t-il. Elles sont un peu trop vieilles pour moi, ajouta-t-il avant de reprendre son sérieux. Je n'ai pas envie d'être avec qui que ce soit, à l'exception de toi. Je n'ai pas eu de petite amie depuis très longtemps, parce que j'ai vu ce qu'était le véritable amour, grâce à mes amis. Je veux avoir ce qu'ils ont. Et coucher avec une poule levée dans un bar ne présente plus le moindre attrait pour moi. Je t'ai aperçue vendredi soir, tu sais.

En entendant ces derniers mots, elle tenta immédiatement de retirer sa main, mais il refusa de la lâcher.

— Autant tout dévoiler, j'ai aussi parlé à Jack un peu plus tard, ce soir-là, alors que je cherchais à te joindre, poursuivit Blade.

Ses yeux s'écarquillèrent encore, si c'était possible.

— Ah bon ? chuchota-t-elle.

— Oui. Je t'ai envoyé un texto et appelée, et tu ne répondais pas. Il a décroché alors que je t'appelais pour la quatre-vingt-septième fois. (Il sourit pour lui faire comprendre qu'il exagérait... mais seulement un tout petit peu.) Il m'a dit où tu travaillais et quel était ton emploi du temps.

— Le fourbe, grommela Wendy.

— Je n'étais pas heureux, Wen, expliqua-t-il.

— Quoi ?

— Tu lui as dit que si tu ne t'étais pas approchée, au bar, c'était parce que tu avais trouvé que j'avais l'air heureux. Mais ce n'était pas le cas. Cette conne m'a raconté une histoire censée lui être arrivée dans cet établissement et j'ai éclaté de rire, parce que ça ressemblait à quelque chose que tu aurais pu me dire... mais pas exactement. J'ai ri pour me montrer poli.

— Tu as posé tes mains sur les siennes, objecta Wendy.

— J'ai posé mes mains sur les siennes pour l'empêcher de me toucher de manière inappropriée.

Les yeux de Wendy s'écarquillèrent encore, en même temps que ses sourcils se fronçaient.

— Elle t'a touché de façon inappropriée ?

Blade sourit et lui serra légèrement les doigts.

— Elle a essayé. Ce que je veux dire, c'est que, d'après ce que tu as raconté à Jack, tu ne nous as pas interrompus parce que tu as pensé que j'étais heureux, mais ce n'était pas le cas. Je ne veux plus que tu te sentes gênée ou mal à l'aise de m'interrompre à l'avenir. Je me moque de l'endroit où nous nous trouverons ou de ce que je serai en train de faire. En plus, je vais compter sur toi pour me sauver si une autre femme a les mains baladeuses avec moi.

— Elle était jolie, insista Wendy en fixant du regard leurs mains entrelacées.

Blade éprouva une pointe de frustration. Il comprenait son sentiment d'insécurité. Il avait souri à la pseudo Wendy et, si leurs rôles avaient été inversés, il aurait été fâché contre elle, lui aussi. Mais il avait besoin qu'elle comprenne son point de vue : elle était celle qu'il appréciait.

— Tu connais l'expression : « La beauté n'est que superficielle » ? demanda-t-il.

Après que Wendy eut hoché la tête, il tendit le bras pour placer un doigt sous son menton et l'obliger à tourner le visage vers lui.

— Elle était peut-être jolie, mais à l'intérieur, c'était une pourriture. Toute personne qui cherche à avoir le dessus sur quelqu'un comme toi, qui tente de nous abuser tous les deux n'est rien d'autre qu'un troll immonde.

Les lèvres de Wendy se tordirent.

Blade poursuivit :

— Je suis allé au bar pour rencontrer la femme qui avait retenu mon attention à l'instant où elle avait tenté de me vendre une assurance-vie. Je n'avais aucune attente particulière concernant ton physique, mais ce que je vois là, maintenant, ça m'époustoufle.

Elle baissa les yeux, sans qu'il ôte pour autant le doigt de sous son menton.

— Quelqu'un qui est bien dans sa peau et qui se soucie davantage des sentiments d'autrui que des siens propres. Tu sens le poulet frit, ce que tu juges sans doute embarrassant, mais à mes yeux, cela signifie que tu es assez prévenante pour t'asseoir avec les résidents pendant qu'ils mangent leur repas. Cela m'évoque un foyer et me donne envie de te dévorer. Tu as dépassé toutes mes attentes, Wendy.

Elle reporta son regard vers le sien et prit une profonde inspiration.

— Je suis désolée de ne pas être venue te trouver dans le bar, admit-elle.

— Excuses acceptées, répliqua-t-il aussitôt. (Il vit la tension disparaître alors de ses épaules.) Si tu étais restée cinq minutes de plus, tu m'aurais vu lui rentrer dans le lard.

— Ah bon ?

— Tout à fait. C'était une prostituée, tu sais.

— Purée, vraiment ?

Blade abandonna à contrecœur son menton pour lui reprendre la main.

— Oui. Elle disposait de tout juste assez d'informations pour se jouer un peu de moi, mais, d'emblée, elle ne m'inspirait pas confiance. Elle a creusé sa propre tombe quand je l'ai interrogée sur « Josh » et s'il se plaisait bien en cinquième.

Wendy gloussa.

— C'est vrai que je ne lui avais rien dit de mon frère.

— À l'évidence. Pourtant, même avant, je savais que quelque chose clochait, depuis l'instant où je l'avais rencontrée.

— Comment ?

— Elle ne m'avait pas demandé comment s'était passée ma journée.

Wendy inclina la tête.

— Que veux-tu dire ?

— Tu es très douée pour détourner la conversation quand elle porte sur toi, Wendy. Et l'une des premières choses que tu me demandes toujours, c'est comment s'est passée ma journée. Comme elle ne l'a pas fait, ça m'a alerté.

— Oh.

— Puis elle a cherché à attraper mon matos en plein

milieu du bar et j'ai compris que tu ne ferais jamais une chose pareille non plus.

— Oh, mon Dieu, non ! s'exclama Wendy.

Blade s'esclaffa.

— Bref, je l'ai mise face à son mensonge et, crois-moi, la gentille fille a laissé place à la garce en deux secondes.

— Et donc, tu es juste parti ? demanda Wendy.

— Pour commencer, j'ai parlé avec le propriétaire du bar, pour qu'il la chasse de son établissement, afin qu'elle ne puisse pas recommencer ce genre de connerie avec qui que ce soit. Puis j'ai regardé dans tous les coins et recoins en espérant contre toute attente que tu serais encore là. Et enfin, je suis parti.

— Je ne pouvais pas rester, murmura Wendy.

— Je sais. Tu n'allais vraiment plus jamais me contacter ? demanda Blade.

— Bon sang, Jackson, maugréa Wendy avant de hausser les épaules. Quel bavard ! Non, je me suis dit que tu avais dû prendre du bon temps avec cette femme ou que tu étais furieux contre moi.

— Donc c'est une bonne chose que je sois obstiné ? demanda-t-il.

Wendy se contenta de hocher la tête.

Une heure plus tard, ils étaient toujours à discuter sur leur banc, à l'ombre d'un arbre. En jetant un coup d'œil à sa montre, Blade fut stupéfait de voir le temps qui avait passé. Il ne s'était jamais senti aussi à l'aise avec une femme comme avec Wendy. Leur conversation n'avait pas faibli un instant et jamais il n'avait autant ri qu'avec elle.

Elle lui avait expliqué ce qui s'était passé le vendredi, au travail, et pourquoi elle s'était rendue au bar vêtue de sa tenue professionnelle. Même si l'histoire était la même que celle de la garce du vendredi, celle de Wendy avait davantage de sens. Le fait qu'elle ait placé la sécurité du résident avant son confort et qu'elle l'ait laissé vomir sur elle plutôt que de risquer de le faire tomber ne fit que renforcer la haute opinion qu'il avait de son empathie.

Il n'avait pas manqué de remarquer qu'elle avait appelé son frère « Jackson » plutôt que « Jack », comme elle l'avait nommé dans ses premières conversations avec lui, mais il ne fit aucun commentaire sur le sujet. Le détail pouvait être insignifiant. Jack était à l'évidence un surnom... mais quelque chose dans la façon dont elle avait prononcé son prénom complet l'amenait à penser autrement.

Ils parlèrent ensuite de son emploi du temps, des frasques de certains résidents et de son travail dans le télé-marketing. Il lui parla plus en détail de ses amis et de leur proximité quasi fraternelle. Il évoqua longuement sa sœur, Casey, et lui donna davantage de précisions sur son kidnapping au Costa Rica.

Finalement, Wendy jeta un coup d'œil à sa montre et déclara :

— Il va vraiment falloir que j'y aille. Jack va bientôt rentrer. Il...

— Quand vais-je pouvoir te revoir ? demanda-t-il en lui passant le pouce sur le dos de la main.

Il la maintenait pressée sur sa cuisse, dans la sienne.

— Oh, euh... Je ne sais pas.

— Demain ?

Elle rougit et se mordilla la lèvre.

— Quoi ? Tu travailles ?

— Non, mais il y a une soirée à l'école.

Il sourit. Elle était si mignonne parfois.

— Je comprends.

Ce qui était bel et bien le cas. La dernière chose dont il avait envie, c'était d'interférer dans la routine que son frère et elle avaient établie.

— Mais... il va à un truc de l'école dans l'après-midi et ne sera pas rentré avant le dîner. Peut-être qu'on pourrait faire quelque chose à ce moment-là ? Si tu en as envie.

— Bien sûr que oui, répondit Blade en souriant. (Il porta sa main à sa bouche et en embrassa le dos, savourant le rouge qui avait envahi ses joues.) Au cas où ça ne serait pas évident, je t'apprécie beaucoup, Wendy Tucker.

— Moi aussi.

— Tu veux que je te retrouve quelque part ? proposa-t-il.

— Tu pourrais... euh... venir chez moi, si tu voulais.

Sa proposition le surprit, mais il s'abstint d'en laisser transparaître quoi que ce soit.

— Ce n'est pas chic, mais j'avais envie d'essayer une nouvelle recette de haricots verts. Évidemment, je préparerais quelque chose à côté, mais je me disais que tu pourrais peut-être venir dans l'après-midi et on dînerait ensuite. Tu rencontrerais Jack... ou alors on pourrait aussi sortir quelque part, si tu préfères. Je ne sais pas à quelle heure ton chef... ou peu importe son nom... te laissera quitter ton poste.

Blade n'avait pas imaginé qu'elle l'invite aussi rapidement chez elle, sans même parler de rencontrer son frère. Il savait, de leurs conversations, qu'elle tenait à Jackson comme à la prunelle de ses yeux, aussi, sa proposition de le rencontrer signifiait énormément.

— Mon commandant me laissera partir un peu plus tôt. J'adorerais venir, mon cœur. Si tu es sûre que c'est OK.

— J'ai la sensation que du moment où j'aurai raconté à Jack notre rencontre d'aujourd'hui, il va insister pour te rencontrer le plus vite possible. Et ne prends pas l'habitude de faire des choses derrière mon dos et de conspirer avec lui, le prévint-elle, une lueur taquine au fond des yeux.

Blade sourit.

— Plus jamais.

— Pourquoi est-ce que je ne te crois pas ?

Il ricana.

— Parce que tu es une petite futée. Viens, je te raccompagne à ta voiture.

Sur quoi, Blade se leva et aida Wendy à faire de même. Il attrapa la plante et les chocolats, elle ramassa le sac qu'elle portait, et ils se dirigèrent vers sa vieille Chevy Equinox. Le petit SUV noir avait connu des jours meilleurs… il y avait de la rouille sur son pare-chocs et un gros trou sur le siège conducteur. Blade sentit ses mâchoires se crisper. On aurait dit que quelqu'un avait embouti cette voiture, un jour, et la pensée que Wendy se trouvait à l'intérieur quand l'accident s'était produit le rendait encore plus inquiet pour elle.

Mais il ne dit rien tandis qu'elle ouvrait son coffre pour y ranger son sac. Elle lui prit la plante des mains afin de l'attacher avec une ceinture de sécurité sur la banquette arrière, ce qui le fit sourire. Puis il lui tendit le petit sachet de chocolats. Quand elle essaya de le lui retirer des mains, il le retint jusqu'à ce qu'elle lève les yeux vers lui.

— Si j'étais un autre homme, j'insisterais afin d'obtenir une reconnaissance de dettes pour chacun de ses Kisses, la taquina-t-il.

Comme il s'y était attendu, les rougeurs qui s'étaient retirées de ses joues un peu plus tôt revinrent en force.

Mais au lieu d'ignorer ses paroles, elle le surprit en répliquant :

— Si j'étais une autre femme, je te les donnerais toutes maintenant.

Il fallut du temps à Blade pour assimiler ses paroles et, quand ce fut le cas, il ne put s'empêcher de pouffer.

— Tu viens de pouffer ? le taquina Wendy.

— Non, mentit Blade. Les hommes comme moi ne pouffent pas.

— Les hommes comme toi ?

— Les hommes virils qui savent ouvrir des bouteilles de bière avec leurs dents.

Elle gloussa et le cœur de Blade manqua un battement. C'était ainsi qu'il aimait la voir. Heureuse, sans souci, sans nervosité ni timidité provoquées par lui. Il se fit le serment de veiller autant que possible à la garder ainsi.

— N'importe quoi, répliqua-t-elle, en levant les yeux au ciel.

Elle lui prit les chocolats et déposa également le sachet sur la banquette arrière, avant de claquer la portière. Elle resta quelques secondes plantée devant le siège conducteur, l'air de nouveau mal assurée.

— Tu veux me donner une heure pour que j'arrive ou tu préfères m'envoyer un texto quand ça t'arrangera ?

— Que dirais-tu de 15 heures ? Un des copains de Jack le ramènera à la maison, donc je n'aurai pas à aller le chercher après l'école. Et ça me laissera le temps de rentrer chez moi et de vérifier que j'ai tout ce qu'il faut.

— Tu veux que j'apporte quelque chose ? proposa Blade.

Elle secoua la tête.

— Non, je me charge de tout.

— Jack ne conduit pas ?

Elle marqua un temps d'hésitation avant de répondre :

— Pas encore. Il n'y a pas urgence à ce qu'il ait son permis. Pour le moment, j'arrive à le conduire là où il a besoin d'aller.

Blade n'aurait pas accordé plus d'importance que cela à

sa réponse, mais elle ne le regardait plus dans les yeux. Son regard avait dérivé sur la gauche pendant ses explications. Il n'avait pas le temps d'approfondir les raisons pour lesquelles elle avait pu mentir sur ce qui avait amené son frère à refuser de passer le permis : ce n'était ni le lieu ni l'heure.

— 15 heures, c'est parfait pour moi, répondit-il. Je suis impatient de passer plus de temps avec toi.

— Moi aussi, répliqua-t-elle avec un sourire.

Les yeux rivés aux siens, Blade se pencha, guettant un indice lui donnant à penser qu'il allait trop vite ou qu'elle ne voulait pas d'un baiser de sa part.

Voyant qu'elle plaçait une main sur son biceps et se hissait sur la pointe des pieds à mesure qu'il approchait, Blade se détendit. Il effleura ses lèvres des siennes et, même s'il ne désirait rien tant que de plonger la langue dans sa bouche pour découvrir le goût qu'elle avait, il déplaça les lèvres sur ses joues, pour l'y embrasser tout aussi doucement. Puis il lui posa une main au creux des reins et fit ce qu'il avait eu envie de faire ce vendredi soir, au bar.

Il attira le corps de Wendy contre le sien, beaucoup plus grand, et ne mit un terme à son mouvement que quand ils se touchèrent, des hanches à la poitrine. Alors il soupira de contentement. Il enveloppa les bras autour d'elle pour la serrer fort. Raide au départ, elle fondit bientôt contre lui. Il eut l'impression que là était sa place, qu'elle s'accordait parfaitement à son torse.

Chaque courbe de son corps se moulait au sien. Il ferma les yeux et savoura l'expérience. Wendy était moelleuse, là où il le fallait, et il eut envie de la porter pour qu'elle le chevauche et qu'il puisse l'appuyer contre le flanc de sa voiture afin de l'avoir à sa merci.

Surpris et très alarmé par la tournure que prenaient ses

pensées qui, d'affectueuses, s'étaient faites passionnées en l'espace d'un battement de cœur, Blade recula. Wendy levait les yeux vers lui avec le regard hébété qu'il devinait être aussi le sien.

Il lui effleura la joue du bout des doigts, puis recula d'un pas. Comme elle chancelait un peu, il la retint en lui attrapant le bras.

— Ça va ?

— Oui, désolée.

— Sois prudente sur la route, Wen. Envoie-moi ton adresse par texto et on se voit demain à 15 heures. OK ?

Elle hocha la tête.

— OK.

— Au revoir.

— Au revoir.

Blade s'obligea à tourner les talons pour regagner sa Jeep. Un regard en arrière lui révéla Wendy, toujours plantée devant la portière ouverte de sa voiture. Il lui adressa un petit signe de la main et elle leva la sienne en réponse, puis elle s'assit enfin et referma sa portière.

Blade ne la quitta pas des yeux jusqu'à ce que sa voiture ait démarré et quitté le parking. Il avait envie de la suivre, de lui parler encore. Mais il savait que c'était impossible.

Au lieu de quoi, il se força à tourner la clef dans le contact de son propre véhicule et de prendre calmement la route pour rentrer chez lui.

Leur rencontre s'était passé mille fois mieux que ce qu'il avait espéré. Surtout grâce à Wendy. Elle était facile à vivre et n'avait pas hésité à s'excuser... même si, à proprement parler, c'était lui qui avait tout fait foirer en premier lieu dans ce bar.

Blade se fit une note mentale de ne pas oublier qu'elle pouvait le suivre dans une décision simplement parce qu'elle n'aimait pas les conflits. Elle avait besoin d'apprendre à donner son avis quand elle n'aimait pas quelque chose ou était en désaccord avec lui. Souriant, il décida que telle serait sa mission : l'aider à surmonter son aversion des conflits interpersonnels. Cela faisait un bail qu'un projet ne l'avait pas autant motivé que celui de faire mieux connaissance avec Wendy.

5

L'après-midi suivant, Wendy voletait dans son appartement, stressée. Après être rentrée, elle s'était inquiétée. Elle avait été idiote d'inviter Aspen aussi tôt, mais Jackson l'avait rassurée : tout se passerait bien.

Elle avait été fâchée que son frère ait parlé à Aspen dans son dos, mais finalement, elle avait dû admettre que son initiative avait en fait été une bonne chose. Elle avait aimé discuter avec lui et se sentait excitée à la perspective de passer du temps avec un homme pour la première fois depuis très longtemps.

Avec Jackson, elle s'était rendue à l'épicerie, dans l'après-midi de la veille, avant de se rendre à son second emploi, et elle avait acheté les ingrédients nécessaires pour préparer le plat de haricots verts et le reste du dîner.

Pour l'heure, les haricots étaient en train de mijoter sur la cuisinière, tandis que le gratin de pâtes qu'elle avait concocté en accompagnement se trouvait au frigo. Il ne lui restait plus qu'à préchauffer le four et à l'y enfourner.

Aspen lui avait envoyé un texto pour l'informer qu'il arriverait dix minutes plus tard.

Autrement dit, tout ce qui lui restait à faire, c'était perdre les pédales.

Wendy balaya son appartement du regard et grimaça. Ce n'était pas ce qu'on pourrait appeler un palace. En fait, il était plutôt merdique, mais son loyer très bas lui laissait un peu d'argent pour payer à Jackson des choses qu'elle n'aurait pas été, sans cela, en mesure de lui offrir. Cette année, il s'était inscrit au club de robotique et ses camarades et lui ne cessaient de faire des descentes au magasin de bricolage pour pouvoir fabriquer leurs prototypes et leurs appareils électroniques.

Il faisait également partie de l'équipe de hockey et d'une demi-douzaine d'autres clubs ou programmes à l'école. Il était bien plus populaire que Wendy ne l'avait jamais été, mais elle était aussi fière de lui qu'on peut l'être. Très souvent, elle ne le voyait pas plus de quelques minutes, en début ou en fin de journée, parce que leurs emplois du temps ne coïncidaient pas, mais Wendy ne se faisait pas beaucoup de soucis pour lui. Jackson était un chouette gosse et il méritait bien plus que ce que sa courte vie lui avait donné pour l'instant. Elle avait pour projet de faire tout ce qui était en son pouvoir, de tout sacrifier afin qu'il aille à l'université et reçoive l'éducation dont elle avait été privée.

Wendy repoussa ces pensées moroses. Elle menait une vie agréable et, honnêtement, elle ne changerait rien de ce qu'elle avait fait. Oui, elle aurait aimé qu'ils vivent dans un endroit plus joli, mais Jackson ne se plaignait jamais.

Toutefois, en regardant autour d'elle pendant qu'elle attendait l'arrivée d'Aspen, Wendy réalisa combien leur appartement était exigu. Ils avaient une petite cuisine en longueur et un coin repas tout aussi petit, à peine assez grand pour accueillir une table ronde et trois chaises qu'elle avait récupérées à proximité d'une benne à ordures dans leur immeuble.

Le salon jouxtait le coin repas. Il était meublé d'un vieux canapé défoncé et d'un fauteuil inclinable. La table avait également été abandonnée un jour par quelqu'un, mais Wendy l'avait poncée, peinte et lui avait globalement rendu sa beauté. Ils possédaient une télévision à écran plat qu'elle avait pu acheter pour rien dans la maison de retraite où elle travaillait, quand la direction avait fait refaire certaines chambres. Elle avait acheté des tapis colorés pour couvrir l'épaisse moquette crème qui était là quand ils avaient emménagé.

Il y avait deux chambres au bout du couloir. Aucune n'était grande, mais ils ne faisaient qu'y dormir, donc les pièces n'avaient pas besoin d'être spacieuses. Jackson et elle partageaient la même salle de bains, ce qui n'était pas aussi problématique qu'il y paraissait, car elle prenait sa douche le soir, quand Jackson se lavait le matin.

L'un dans l'autre, Wendy était fière du foyer qu'elle avait réussi à créer pour eux, malgré le peu dont elle disposait... mais elle ignorait quelle serait la réaction d'Aspen.

Un coup frappé à sa porte la tira de ses réflexions et elle prit une profonde inspiration. S'il la prenait de haut en raison de l'endroit où elle vivait, elle ne voulait plus le fréquenter, de toute façon.

Sur le court trajet jusqu'à la porte, elle s'enjoignit au calme. Aspen était son ami. Rien de ce qu'il avait dit ou fait par le passé ne lui donnait à penser qu'il serait rebuté par son lieu de vie.

Après une pause de quelques secondes devant sa porte, Wendy posa une main sur son ventre pour intimer au tumulte de s'apaiser. Sachant qu'elle ne faisait qu'accroître sa nervosité avec ses hésitations, elle colla un sourire sur son visage et ouvrit.

* * *

Blade grimaça en examinant les environs. La veille au soir, Wendy lui avait envoyé son adresse et il s'était aussitôt inquiété. Ce n'était pas le meilleur quartier de Temple et il avait détesté l'apprendre.

En conduisant vers son immeuble, si on pouvait appeler ainsi son bâtiment, il sentit son inquiétude augmenter. La vieille bâtisse de brique avait besoin de réparations. De beaucoup de réparations. Sur le flanc de l'immeuble, Blade voyait les endroits où les briques s'effritaient. Il y avait douze portes, toutes en façade, six au rez-de-chaussée et six à l'étage.

Il prit la peine de remercier le ciel que l'appartement de Wendy se trouve à l'étage. Ce n'était pas grand-chose, mais tout de même mieux que rien. Blade avisa un homme quittant l'un des appartements du rez-de-chaussée. Il n'était pas rasé et donnait l'impression de porter les mêmes vêtements depuis des jours. Il s'essuyait le nez... ce qui pouvait certes signifier qu'il venait d'éternuer ou qu'il avait un rhume, mais les regards furtifs qu'il jetait autour de lui en se dirigeant vers sa voiture racontaient une tout autre histoire.

Blade crispa les mains sur son volant. Bon sang ! Il n'aimait pas que Wendy vive ici, surtout quand des tas de signes suggéraient que les appartements des environs étaient le siège d'un trafic de drogue.

Prenant une profonde inspiration, il descendit de sa Jeep et la verrouilla... en se demandant brièvement si elle serait toujours là quand il repartirait dans la soirée. Il grimpa lentement les escaliers jusqu'au premier étage et s'énerva encore. La rampe tenait à peine et il suffirait que quelqu'un trébuche dessus pour qu'elle s'effondre et que ce quelqu'un fasse la culbute sur le sol. Sous ses pieds, le béton était également écaillé et défoncé.

Wendy vivait dans un vrai taudis et il ne pouvait s'empêcher d'être consterné. Il ne parvenait pas à croire qu'une femme et un adolescent puissent habiter ici. C'était inacceptable et dangereux, malheureusement il ne pouvait rien y faire.

Il frappa à la porte de Wendy... et lança un regard mauvais à l'homme qui, ayant quitté l'appartement du rez-de-chaussée, était à présent assis dans sa voiture, à l'observer. Quelques secondes plus tard, l'individu fit marche arrière et quitta le petit parking.

À l'instant où Blade levait de nouveau la main pour frapper, la porte s'ouvrit : Wendy se tenait devant lui, un grand sourire aux lèvres. Cela étant, il était un peu fatigué, ça n'était pas bien difficile à voir.

— Salut, Wen, lança Blade.

— Salut, Aspen. Entre.

Il la suivit à l'intérieur, notant qu'elle avait verrouillé sa porte sur-le-champ, dès qu'il avait franchi son seuil. C'était au moins ça.

— Ça sent divinement bon, la complimenta-t-il.

Le sourire de Wendy s'accrut et ses épaules se relâchèrent en même temps que sa tension.

— Merci. C'est le basilic que j'ai ajouté aux haricots verts. Tu veux venir t'asseoir ? Il est un peu tôt pour enfourner le gratin de pâtes, mais Jack ne devrait plus tarder.

— Pas de problème.

Blade suivit Wendy de la minuscule entrée au salon. La cuisine y était adjacente et l'endroit meublé d'une petite table et de deux chaises, derrière le canapé.

— Je suis désolée, ce n'est pas grand-chose, fit Wendy en haussant les épaules. Mais c'est chez moi.

En effet. Blade regarda autour de lui, surpris. La différence entre l'extérieur du bâtiment et l'intérieur de cet appartement était stupéfiante. Wendy en avait vraiment fait un foyer confortable.

Les tapis éclatants au sol éclairaient la pièce. Il y avait des photos sur presque toutes les surfaces et les murs disponibles. Une couverture rouge ornait le dossier du canapé et le pot de fleurs qu'elle avait rapporté la veille se trouvait à présent sur la petite table blanche, au centre du salon.

L'un dans l'autre, l'ensemble dégageait une impression de calme et de chaleur. Blade se sentit aussitôt à l'aise, ici, et il éprouva une pointe de honte en songeant aux pensées qu'il avait eues en arrivant. Oh, il n'appréciait toujours pas le fait que Wendy et son frère louent un appartement dans ce complexe merdique, mais cet appartement était davantage un foyer que le sien. Il était chaleureux et habité, quand son triplex était froid et stérile.

— C'est joli, ici, commenta-t-il d'une voix douce.

— Vraiment ?

— Vraiment.

— Je sais que les abords sont ignobles, mais le prix est correct et j'ai fait tout ce que j'ai pu pour rendre l'intérieur confortable.

— Tu as réussi, mon cœur.

Il se tourna de nouveau vers elle. Il fut de nouveau frappé par l'attirance entre eux. Elle portait un autre jean, mais ce jour-là, elle l'avait assorti à un chemisier qui, quoique à manches, lui dénudait les épaules. De façon étonnante, le gris pâle du vêtement faisait ressortir plus que jamais la nuance de ses yeux marron foncé.

Sa peau très blanche semblait avoir le côté lisse de la soie. Elle avait lâché ses cheveux sur ses épaules, c'était la première fois qu'il la voyait ainsi coiffée et Blade avait envie de passer les doigts dans ses mèches afin de voir si elles étaient aussi douces qu'il y paraissait. Comme elle était pieds nus, la vision de ses petits orteils vernis lui fit l'effet d'un aperçu intime.

— Tu es ravissante, lança-t-il avec du retard, réalisant qu'il la dévisageait depuis trop longtemps.

— Merci. Toi aussi.

Blade rit. Il était pour l'essentiel vêtu comme chaque fois qu'il rentrait chez lui et ôtait son uniforme. Un jean et un T-shirt.

— Tu veux quelque chose à boire ?

— Volontiers.

— J'ai de la bière, du café, du thé, de l'eau et du jus de pomme.

— Une bière, ça serait génial. Je passerai à l'eau au moment du dîner.

Il la regarda se diriger vers son vieux frigo blanc et lui sortir une bière. Elle utilisa le décapsuleur encastré dans la porte avant de lui tendre sa bouteille.

— J'espère qu'une Shiner Bock, ça te va. C'est la marque que je préfère.

— C'est super, répondit-il.

Il l'avait cataloguée comme une fille buvant du vin ou de l'eau, mais il y avait quelque chose de vraiment simple et naturel, à la voir faire sauter la capsule de sa propre bouteille et prendre une longue gorgée du breuvage malté.

— Tu as des réticences à boire une bière devant ton frère ?

— Pourquoi le devrais-je ? demanda-t-elle en plissant le nez.

— Parce que c'est un adolescent ? Parce qu'il pourrait décider de se saouler un soir, pendant que tu serais au travail ?

Wendy sourit et secoua la tête.

— Non, cette éventualité ne m'inquiète pas du tout.

— Pourquoi ?

— Quand tu auras fait sa connaissance, tu comprendras. C'est un être plein de sagesse. Il n'a pas plus l'intention que moi de se saouler juste pour le plaisir de le faire.

Blade se dit qu'elle était un peu naïve, mais ne lui en fit pas la remarque. Il se contenta de prendre une nouvelle gorgée.

— Je vois bien que tu ne me crois pas, reprit-elle. C'est peut-être inhabituel, mais il boit du vin et de la bière depuis qu'il a treize ans. Je ne veux pas dire qu'il descend des bières ou des fûts tous les soirs, mais je l'ai laissé tremper ses lèvres dans les canettes que je rapportais à la maison, et nous avons même fait une dégustation de vin un jour, quand il avait quinze ans. Je me suis dit que s'il voyait ce dont il retournait et que je n'en faisais pas toute une affaire, il ne serait pas plus intéressé que ça par le fait de boire et de se saouler dans mon dos. À l'étranger, les enfants ont un accès bien plus libre à la bière qu'ici, aux USA, et je voulais avoir la même attitude indifférente que les étrangers concernant l'alcool... ou du moins l'attitude que j'imagine être la leur.

— Et ça fonctionne ?

— Oui, répondit Wendy avec un sourire rayonnant. Parfois, il me demande une bière pour accompagner son dîner, mais la plupart du temps, il s'en tient à l'eau ou aux jus. Je sais que c'est illégal de lui procurer de l'alcool et certains jugeraient mon attitude irresponsable, mais pour le moment, il n'a pas abusé de la situation. Crois-moi, quand j'étais adolescente, je me faufilais hors de la maison familiale pour aller faire la fête et me saouler... Je trouvais que c'était tellement adulte et cool de boire de la bière. J'ai essayé de lui apprendre que ce n'était pas le cas.

Blade frissonna à la pensée d'un adolescent s'esquivant d'un appartement dans ce quartier de la ville.

— Est-ce qu'il sort en douce ? demanda-t-il en serrant sa bouteille embuée.

— Non. (Wendy leva la main comme pour prévenir la question qu'elle le pensait sur le point de poser.) Et avant que tu me le demandes, je le sais parce que pendant un moment, j'ai piégé la porte. J'ai acheté un de ces trucs que tu fixes au montant de la porte et qui fait du bruit si le sceau est brisé. Il n'a pas une seule fois quitté l'appartement en plein milieu de la nuit.

— Pour commencer, qu'est-ce qui t'a fait penser qu'il pourrait vouloir se faire la belle ?

Wendy détourna le regard et Blade ressentit une drôle de sensation au creux du ventre. Il savait qu'elle était sur le point de lui mentir. Il avait vu assez de gens s'adonner au mensonge dans sa vie pour en reconnaître les signes.

— Parce que c'est un adolescent. Tu sais comment ils sont.

— Non, pas vraiment. T'a-t-il donné des raisons de le soupçonner ?

Wendy secoua la tête, puis haussa les épaules.

— Je voulais juste m'en assurer.

Blade n'aima pas vraiment sa réponse. Il n'allait pas la juger sur le fait que son frère s'échappe en douce ou pas de son appartement. Bon sang, il avait assez fait ça lui-même quand il avait l'âge de Jack. Était-elle embarrassée ? Pensait-elle qu'il allait la blâmer ? Blade n'était pas certain de ce qu'elle cachait, mais une fois de plus, il sentit qu'elle ne lui disait pas tout.

Il tenta de laisser tomber, en se disant qu'ils venaient de se rencontrer et qu'elle n'avait aucune raison de lui parler de sa vie. Mais il ne put se départir d'un sentiment de méfiance, même quand elle continua comme s'il ne lui avait pas posé cette question.

Elle baissa les yeux sur sa bière et retira l'étiquette de la bouteille.

— En plus, il sait que le quartier est très dangereux. Il m'a dit un jour que je n'avais pas besoin de garder ce truc qui sonne sur la porte parce qu'il ne me laisserait jamais toute seule dans cet appartement.

Blade sentit son cœur se gonfler dans sa poitrine. L'attitude de Jack ressemblait beaucoup à celle qu'il avait avec Casey. Il s'était toujours fait du souci pour sa sœur, même si elle n'avait que deux ans de moins que lui. Il supposait qu'il en irait toujours ainsi, indépendamment du fait qu'elle était avec l'un de ses coéquipiers de la Delta Force, maintenant.

— C'est super, mon cœur. On dirait que c'est un bon gars, qui a bien la tête sur les épaules, lui dit-il, en toute sincérité.

— C'est le cas. Et il est intelligent. Il est dans le club de robotique de son lycée. Et ils ne fabriquent pas des jouets. En ce moment, ils travaillent sur un bras artificiel. C'est génial, ce que ce truc peut faire.

— Waouh !

— Tu l'as dit. (Elle lui sourit avant de jeter un coup d'œil à sa montre.) Je vais préchauffer le four et mettre le gratin dedans. Ce sera prêt quand Jack arrivera. C'est bon pour toi ?

— Bien sûr. Tu as besoin d'un coup de main ?

— Non, je gère. Va t'asseoir, si ça te dit. On a seulement quelques chaînes, mais des tas de DVD si tu veux regarder quelque chose d'autre.

— Si ça ne te dérange pas de discuter avec moi, je préférerais.

— Bien sûr, même si je ne suis pas très intéressante.

— Wendy...

Incrédule, Blade laissa le mot en suspens.

— Quoi ?

Elle se tenait dans la cuisine, une main sur la poignée du frigo, la tête inclinée dans l'attente de sa réponse.

— Nous n'avons rien fait d'autre que nous parler au téléphone depuis deux mois. Qu'est-ce qui te fait penser que tu n'es pas intéressante ?

Elle haussa les épaules.

— Je ne sais pas... Ça semble différent, maintenant.

Blade reposa sa bière et s'approcha d'elle. Il plaça les mains de part et d'autre de son cou et lui releva le visage vers le sien.

— La seule chose différente maintenant, c'est que je peux mettre un visage sur la belle voix avec laquelle j'ai parlé pendant deux mois. Tout me fascine chez toi, Wen. Depuis la façon dont tu as réussi à transformer un appartement merdique en un foyer douillet jusqu'à la manière dont tu as élevé ce qui ressemble à un frère mature et équilibré. Ne va jamais t'imaginer que tu n'es pas intéressante. J'ai la sensation que plus je vais en apprendre sur toi, plus je te trouverai intéressante. Et je veux tout savoir.

Elle avait paru se détendre au fil de ses paroles, mais la dernière phrase la crispa de nouveau.

— Je suis juste comme toutes les autres femmes, Aspen. Ne cherche pas à y regarder trop en profondeur.

Il la dévisagea, regrettant de ne pouvoir lire dans ses pensées. Quelque chose l'inquiétait. S'il ne se trompait pas, de la peur se tapissait au fond de ses yeux. L'idée qu'elle lui cachait quelque chose devint une certitude. Mais l'effrayer le répugnait. Il laissa alors retomber les mains et recula aussitôt d'un pas pour lui donner de l'espace.

— C'est bon, mon cœur, la réconforta-t-il. Je n'insiste pas.

Wendy ferma les yeux et prit une profonde inspiration, puis elle se tourna pour ouvrir le frigo et y récupérer le gratin. Elle lâcha un petit rire forcé en se redressant.

— Bien sûr que c'est bon. Excuse-moi, je ne veux pas faire tomber ça.

Blade s'écarta encore de son chemin et reprit une nouvelle fois sa bière pour aller s'asseoir à une extrémité du canapé. Il n'aimait pas la barrière qu'elle avait érigée entre eux mais refusait de s'en offusquer. C'était en effet leur premier rendez-vous et ils devaient encore apprendre à se connaître. Elle apprendrait à lui faire confiance et elle saurait qu'il ne ferait jamais rien qui puisse les blesser, son frère et elle. Ses secrets, quels qu'ils soient, deviendraient les siens.

Elle vint enfin à bout de ses tâches à la cuisine et le rejoignit dans son petit salon pour s'asseoir à l'autre extrémité du canapé.

— Comment s'est passée ta journée ? demanda-t-elle.

Blade ferma les yeux pendant un bref instant, puis les rouvrit.

— J'aime bien quand tu me poses cette question.

— Pourquoi ?

— Parce que tu sembles vraiment vouloir connaître la réponse. Pareil quand tu me demandes comment je vais ou si je suis en forme.

— Bien sûr que je veux vraiment connaître la réponse. Sinon, je ne te poserais pas la question.

— La plupart des gens demandent ça parce que c'est socialement admis.

— Alors ? Comment s'est passée ta journée ? redemanda Wendy.

— Bien. Mes potes m'en ont fait baver quand j'ai demandé quelques heures de congé, cette après-midi.

— Ils ne veulent pas que tu me fréquentes ?

Blade se pencha et effleura le genou de Wendy.

— Non, pas du tout. Ils sont aux anges que je voie quelqu'un. Je suis le dernier de notre groupe à ne pas avoir de petite amie attitrée ou de femme. C'est juste des taquineries bon enfant, rien de plus. Et de toute façon... même s'ils n'approuvaient pas, je n'en aurais rien à faire.

— Parle-moi d'eux.

— De mes amis ?

— Oui. Vous semblez vraiment très proches.

— En effet. On a traversé tellement de bordel tous ensemble. Je donnerais ma vie pour eux, et eux la leur pour moi.

— C'est génial, chuchota Wendy. (Elle pivota légèrement vers lui, les genoux remontés sur le canapé, sa bière posée sur l'un d'eux.) Vous avez effectué votre formation de base ensemble. C'est pour ça que vous êtes si soudés ?

Blade savait qu'il ne pouvait lui révéler qu'ils appartenaient aux mêmes forces spéciales, mais il était en mesure de lui apprendre deux ou trois choses.

— Non, on ne s'est rencontrés qu'il y a cinq ans. On est dans une équipe spécialisée de l'armée et on nous envoie en mission ensemble. On n'est pas vraiment une section ordinaire, d'où les gars vont et viennent en permanence. On est basés ici sur le long terme.

Elle fronça les sourcils et Blade devina qu'elle ne comprenait pas. Mais il poursuivit, espérant qu'elle serait plus intéressée par des informations sur ses amis que sur le fonctionnement de son « équipe spéciale » :

— Ghost, qui est le plus âgé, est notre capitaine. Sa petite amie s'appelle Rayne et ils sont ensemble depuis qu'il l'a sauvée d'un putsch en Égypte.

— Waouh, vraiment ?

— Vraiment. Fletch est marié à Emily et ils ont une fillette adorable du nom d'Annie. Je suis très impatient que tu la rencontres. Elle est absolument stupéfiante. Ils ont un autre petit bout en route. Coach est marié avec Harley et j'ai l'impression que Jack et elle vont très bien s'entendre. Elle est hyper intelligente, elle aussi, et son métier est de concevoir des jeux vidéo. Coach et elle se sont rencontrés quand elle a décidé de faire du parachute et qu'il a été désigné pour être son instructeur, ce jour-là.

— Qu'est-ce qu'il y a de drôle, là-dedans ? s'enquit Wendy, qui avait à l'évidence remarqué son sourire.

— Pas grand-chose, en fait, mais pendant le saut, Coach a été mis K.-O. par un oiseau et c'est Harley qui a dû le ramener sain et sauf au sol.

Wendy prit une profonde inspiration.

— Oh, bon sang ! Ce n'est pas drôle du tout ! s'exclama-t-elle.

— Ça le serait, si tu connaissais Coach. Il est hyper protecteur et il lui avait répété des milliers de fois qu'elle n'avait rien à craindre, qu'il la ramènerait saine et sauve sur la terre ferme.

— Ça n'a toujours rien de drôle, s'entêta Wendy.

Blade ne put empêcher son sourire de s'élargir.

— Oui, je devine que ça ne l'est pas... mais ça nous fait

bien rigoler chaque fois qu'on saute, maintenant. On se moque de lui et on lui dit de « baisser la tête ».

— Les hommes et leur sens de l'humour, marmonna Wendy en levant les yeux au ciel. Ce sont tous les membres de ton équipe ?

— Non. Hollywood est marié avec Kassie. Elle est très proche de sa sœur, elle aussi, mais leurs parents sont toujours là, ce n'est pas exactement comme pour Jack et toi. Elle est enceinte, elle aussi. Fish est *de facto* un membre de notre groupe, mais il vit à présent dans l'Idaho, avec sa femme. C'est un génie. Et je ne veux pas dire qu'elle est simplement intelligente. Elle est un génie au sens propre. Truck est officieusement officiellement avec Mary. On est au courant, mais pour des raisons qui n'appartiennent qu'à eux, ils font semblant de ne pas s'apprécier. C'est bizarre, mais Truck est raide dingue de cette femme.

— Autrement dit, elle joue avec lui ?

— Non, répondit Blade aussitôt. Elle l'aime bien, elle aussi... C'est compliqué.

— On dirait, en effet, marmonna Wendy.

— Et puis il y a Beatle et ma sœur, Casey.

— Ta sœur est avec l'un de tes amis ? Ce n'est pas contraire au code viril ou quelque chose du genre ?

Blade s'empressa de secouer la tête.

— Va savoir, mais quand il m'a dit qu'il était intéressé par elle, j'ai été fou de joie. Évidemment, il m'a avoué la chose quand on était au milieu de la jungle, pour la libérer des connards qui l'avaient kidnappée, mais l'effet aurait été le même si nous avions été assis dans mon salon. Je connais Beatle aussi bien que moi. Il déplacerait des montagnes pour la rendre heureuse et s'assurer qu'elle est en sécurité. Pourquoi ne voudrais-je pas qu'il soit avec l'une des personnes qui comptent le plus pour moi ?

— Purée, quand tu l'expliques de cette façon… Tous les hommes ne sont pas de ton avis, pourtant.

— C'est vrai, convint Blade en hochant la tête. J'ai vu des tas de situations merdiques au cours de ma vie. Des trucs que personne ne devrait voir ou vivre. La seule chose qui me permet de gérer ces expériences, c'est les six hommes avec lesquels je travaille. Ils sont tous aussi stupéfiants les uns que les autres. La chose que nous avons le plus en commun, c'est le profond désir de rendre heureux les gens que nous aimons. De nous assurer qu'ils sont en sécurité. Il y a quelque chose dans notre ADN qui nous empêche de nous calmer quand il s'agit de nos partenaires. Chaque fois, à la seconde où mes amis ont vu leur petite amie ou femme actuelles, ils ont su que c'était la bonne.

Désireux qu'elle comprenne bien, Blade ne détourna pas le regard des yeux écarquillés de Wendy.

— Nous nous battons jusqu'au bout, nous jouons jusqu'au bout, nous aimons jusqu'au bout. C'est comme ça et c'est tout. L'amour de Beatle pour ma sœur, c'est comme si on avait tous les deux gagné à la loterie. Il a toujours été mon frère d'armes et, au bout du compte, il va devenir aussi mon frère sur le plan légal.

— Tu as de la chance, murmura Wendy.

— Oui, confirma-t-il aussitôt. Je me dis qu'en dédommagement de ce que je fais et de ce que je vois, on m'a donné ce groupe d'hommes étonnants et maintenant de femmes avec qui me lier d'amitié. Je suis béni des dieux.

— Je suis vraiment contente pour toi.

— Merci. Et toi ?

— Quoi, moi ?

— Qu'en est-il de tes amis ?

Une fois de plus, Wendy détourna les yeux et Blade

devina qu'elle allait éluder la question. La frustration le submergea.

— J'ai eu beaucoup à faire avec Jackson. Je n'avais pas vraiment le temps de nouer des amitiés.

— Tout le monde trouve du temps pour ça, répliqua doucement Blade. Tu ne t'es pas liée aux parents de ses amis ? Ou aux personnes avec qui tu travailles ?

— Je suis plus jeune que la plupart des autres parents et, comme je suis juste une auxiliaire médicale, je n'ai pas grand-chose en commun avec les infirmières de l'établissement.

— Quel âge as-tu ? demanda Blade.

— Quelle importance ?

Elle refusait toujours de lever les yeux vers lui.

— Aucune, j'imagine, concéda-t-il, sachant qu'il n'obtiendrait aucune autre réponse pour le moment.

— Je peux te poser une question ? demanda-t-elle.

Elle allait changer de sujet et il décida de la laisser faire. Il ne voulait pas se montrer trop insistant. Comme il aimait passer du temps en sa compagnie, il ne souhaitait rien brusquer et risquer de nuire à leur relation. Il aurait des tas d'autres occasions pour mieux la connaître. Une fois qu'elle se sentirait plus à l'aise avec lui, elle s'ouvrirait davantage. Du moins l'espérait-il.

— Bien sûr. Demande-moi ce que tu veux. Je te dirai tout, je n'ai rien à cacher... même si, tu dois le savoir, je ne peux te promettre de pouvoir toujours tout te dire à propos de mon travail. Ce n'est pas que je ne veux pas, mais parce que je n'en ai littéralement pas le droit. Une grande partie de ce que je fais est classée top secret. Je ne peux en parler ni à ma sœur, ni à toi, ni à qui que ce soit d'autre. Ne le prends pas personnellement, si je ne suis pas en mesure de te parler de quelque chose.

— Oh... d'accord. Tout ce que j'allais te demander, c'était à propos du nom de tes amis. Ils sont plutôt inhabituels.

Blade partit d'un rire si bruyant qu'il tourna au grognement et tira un sourire à Wendy.

— Ce sont des surnoms, mon cœur. Ghost s'appelle ainsi parce qu'il se déplace aussi silencieusement qu'un fantôme ; Fletch parce que son nom de famille, c'est Fletcher. Coach doit son surnom au fait qu'il n'arrête pas de coacher son monde. Hollywood est le beau gosse de la bande. Il aurait facilement pu devenir un acteur, mais il a préféré intégrer l'armée. Fish a toujours été le meilleur nageur de tous. Beatle, le « scarabée », a Lennon pour nom de famille. En revanche, il ne supporte pas les insectes, ce qui est hilarant et rend son surnom deux fois plus drôle. Truck... Eh bien, tu comprendras quand tu le rencontreras.

— Et le tien ? Tu as un surnom ?

Blade hocha la tête.

— Tu vas me le dire ou il est top secret ?

Il se sentit légèrement mal à l'aise. Ses amis avaient tous des noms qui pouvaient passer pour quelque chose de drôle ou d'inoffensif. Le sien, qui signifiait « lame », non. Il hésita à le lui révéler, puis décida qu'il ne voulait rien lui cacher. Il espérait une relation avec elle. Sur le long terme. Et s'ils l'entamaient en gardant des secrets, cela augurait mal de son avenir.

— C'est Blade.

— Comme dans le film avec Wesley Snipes ?

— Pas exactement. Avant, on m'appelait simplement par mon nom de famille, Carlisle... je n'avais pas de surnom sophistiqué, mais après un combat particulièrement acharné à l'étranger, j'ai reçu le surnom de Blade. On était au pied du mur, nos réserves de munitions épuisées. Alors on a dû se résoudre à un combat au corps-à-corps et je pense que mes... aptitudes... avec un couteau ont alors impressionné mon capitaine.

Blade ne quittait pas Wendy du regard. Il n'avait pas honte de son surnom, simplement il ne pensait pas que cela contribuerait à le faire aimer de la femme assise à ses côtés.

— Hmmm, murmura-t-elle. Je suppose que ça vaut mieux qu'Arbre, par exemple, surtout si l'on considère ton métier. Les méchants ne risquent pas vraiment de trembler dans leurs godasses s'ils apprennent qu'Arbre est sur leurs talons, n'est-ce pas ?

Il lui fallut une seconde pour assimiler le fait qu'elle n'était pas repoussée ou gênée par son surnom, mais, une fois que ce fut le cas, il ne put s'empêcher de rire. Il rit d'ailleurs si fort qu'il se mit à grogner presque sans relâche. Mais le meilleur de tout, ce fut que Wendy se joignit à lui. Elle gloussait tellement qu'elle dut poser sa bière sur la table afin de ne pas la renverser.

Quand Blade eut repris le contrôle de lui-même, il lâcha :

— Oui, je pense que je vais garder Blade. Arbre, ça ne sonne pas exactement pareil. Mais tu n'es pas autorisée à suggérer, ne serait-ce qu'une seule fois, ce surnom aux gars. Sans quoi ils vont décider sur-le-champ qu'il est parfait et dorénavant refuser de m'appeler Blade.

— Qu'est-ce que j'y gagne ? le taquina Wendy.

— Tu es en train de me faire chanter ? demanda Blade, les sourcils haussés.

Elle sourit d'un air faussement effarouché.

— Peut-être.

Blade se pencha lentement pour poser sa bière sur la petite table et faire pivoter son corps vers elle. Si elle l'avait mieux connu, elle aurait réalisé qu'il se préparait à bondir, mais ce n'était pas le cas.

— Les soldats dans mon genre réagissent mal quand on les soumet au chantage ou qu'on les menace, lâcha-t-il.

Et il se jeta brusquement sur elle. Wendy poussa un cri, puis gloussa quand il l'attrapa par la taille et pivota pour la coucher lentement sur les coussins du canapé. Lui emprisonnant les poignets de ses mains, il s'agenouilla au-dessus d'elle.

Il aima la sentir amollie sous son emprise : elle ne paniquait pas, ne semblait pas le moins du monde effrayée par lui. Il était sans doute allé trop loin, mais il avait été incapable de s'en empêcher.

— Laisse-moi me relever, Aspen ! s'écria-t-elle en se tortillant finalement.

Il n'en fallut pas davantage pour que l'atmosphère, au départ décontractée et taquine, se charge de tension érotique. À califourchon sur elle, Blade durcit à la seconde où elle remua sous lui. En baissant les yeux, il vit ses tétons pointer sous son chemisier et sa respiration se faire haletante.

— Aspen, gémit-elle, à bout de souffle.

Son seul nom sorti de ses lèvres le fit encore durcir.

Il souleva les hanches pour s'empêcher de se frotter entre ses cuisses et baissa les yeux sur elle. Il la désirait. Il brûlait qu'elle l'autorise à lui lâcher les poignets pour promener la main le long de son corps. Il brûlait de prendre ses seins dans ses mains et de les titiller jusqu'à ce que ses tétons deviennent aussi durs que deux petites pointes. Il voulait avoir le privilège de la faire exploser passionnément, avant de plonger en elle.

Les mains de Blade se resserrèrent autour des poignets

de Wendy pour s'empêcher de faire tout ce qu'il venait de fantasmer.

Il ouvrit la bouche pour dire quelque chose, il ne savait trop quoi, quand la porte de l'appartement s'ouvrit dans un claquement sonore. Ce bruit mit efficacement un terme au moment chargé d'énergie sexuelle et, en clignement d'yeux, l'ambiance, jusque-là suave, se fit intense.

6

———

Wendy avait à peine entendu la porte se refermer qu'Aspen avait déjà changé de position. Il s'était agenouillé à côté du canapé, une main protectrice sur son épaule, l'autre tenant un couteau.

Elle ignorait qu'il avait un couteau avec lui, mais avec un surnom tel que Blade, elle se dit qu'elle n'aurait pas dû être étonnée. Elle aurait dû en revanche être effrayée par le fait qu'il en trimballe un sur lui mais, pour une raison qui lui échappait, elle ne l'était pas. Bizarrement, elle se sentait protégée. Ce n'était pas elle qu'il menaçait de son couteau et il était plus qu'évident qu'il savait le manier.

Presque à l'instant où elle l'aperçut dans sa main, il le fit disparaître, car il avait vu qui se tenait sur le seuil.

Ce qui avait étonné Wendy, c'était l'alchimie entre eux. À un moment, elle le taquinait, et l'instant suivant, elle était allongée sous lui, avec son érection pressée contre son sexe. Dès qu'elle avait senti son excitation, il avait soulevé ses hanches à bonne distance, mais ça n'avait pas fait disparaître la soudaine flambée de désir qu'elle avait éprouvée à se retrouver ainsi allongée sous lui.

Elle appréciait Aspen. Beaucoup. Et si elle ne se trompait pas, c'était réciproque. Elle n'aimait pas lui cacher des choses, mais elle ne pouvait absolument pas lui révéler qu'elle n'avait pas d'amis parce qu'elle ne se faisait pas confiance, qu'elle risquait de laisser échapper sur son passé trop de choses susceptibles de leur causer des ennuis, à Jack et à elle. Aspen avait été frustré, elle l'avait vu, toutefois il n'avait pas insisté, ce qu'elle avait apprécié.

Il y avait encore des tas de choses qu'elle ignorait sur lui, elle aussi, mais ce qu'elle savait d'ores et déjà lui plaisait. Énormément. Elle aimait qu'il se montre protecteur envers sa sœur. Qu'il ait des amis aussi proches que des frères. Qu'il semble intéressé par ce qu'elle lui racontait sur Jackson.

Elle était sortie avec des hommes autrefois, qui n'en avaient strictement rien à faire de son frère. En fait, ils avaient même l'air agacés qu'elle tienne à leur parler de lui. Ces relations n'avaient pas duré, parce que quiconque était incapable d'accepter que Jackson soit l'une des personnes les plus importantes de sa vie n'avait rien à faire avec elle.

Wendy se releva lentement sur le canapé, jusqu'à ce qu'elle voie qui avait fait irruption dans l'appartement.

Son frère se tenait dans l'encadrement de la porte, fixant Aspen du regard. Il avait l'air extrêmement irrité et agacé.

— Jackson ? dit-elle, alors qu'Aspen s'écartait d'elle pour se relever lentement.

Il ne répondit rien, mais attrapa la porte et la referma dans un claquement.

Wendy fit la grimace. Cela faisait longtemps qu'elle n'avait pas vu son frère dans une humeur aussi massacrante. D'ordinaire, il était d'un caractère très égal. Le fait qu'il puisse être en colère contre elle l'inquiéta, malgré elle, mais il lui avait dit plus tôt qu'il appréciait Aspen. Qu'il était heureux pour elle. Donc il ne pouvait pas vraiment être fâché à ce point de la retrouver sur le canapé en compagnie de cet homme, si ?

Elle se leva et observa son frère avec circonspection.

— Qu'est-ce qui ne va pas ? (Il marmonna quelques paroles indistinctes tout en se dirigeant vers la cuisine.) Jackson, qu'est-ce qui ne va pas ? répéta-t-elle.

Son frère laissa échapper un soupir et s'appuya au plan de travail.

— Rien que tu puisses arranger, lâcha-t-il enfin.

Fronçant les sourcils, Wendy voulut se rendre elle aussi à la cuisine, mais Aspen l'arrêta, d'une main posée sur son bras.

— Tu veux que je m'en aille ?

Pas du tout. Mais Jackson paraissait extrêmement mécontent. Elle reporta le regard vers son frère, désespérée, sans cesser de se mordiller la lèvre sous l'effet de sa perplexité.

— Il peut rester, répondit Jackson à sa place. Je suis juste en colère à cause de quelque chose qui s'est produit cette après-midi, après le cours de hockey.

— Si tu veux parler à ta sœur, je peux aller faire un tour, proposa Aspen.

Les yeux de Wendy croisèrent les siens. Elle était d'une certaine manière choquée de sa suggestion.

Jackson ricana.

— Faire une petite balade dans un quartier comme celui-ci n'est pas exactement la meilleure idée qui soit, répliqua-t-il avant de soupirer et de répéter : Vous pouvez rester.

— Je peux peut-être t'aider. J'aurais sans doute un autre point de vue que ta sœur ou toi, suggéra Aspen.

Wendy voulait s'approcher de son frère pour le réconforter. À l'évidence, il lui était arrivé une tuile. Elle ne l'avait pas vu aussi agité depuis un bon moment. En général, il ne se laissait pas facilement affecter par ce qui lui arrivait.

Elle sentit les caresses du pouce d'Aspen sur son bras une seconde avant qu'il ne la relâche. Levant les yeux vers lui, elle constata qu'il fixait son frère avec la plus grande attention. Elle aimait pouvoir compter sur son soutien. La sensation était... agréable.

Elle chassa l'espèce de torpeur qui l'avait enveloppée et s'approcha de Jackson. Décidant de le laisser parler à son rythme, elle vint se poster entre Aspen et lui.

— Jack, j'aimerais officiellement te présenter Aspen. Aspen, voici mon petit frère, Jack.

Il était un peu tard pour les présentations, mais mieux valait tard que jamais.

— Il ne m'a pas l'air si petit que ça, répliqua Aspen avec un léger sourire.

Il s'avança et tendit la main à Jackson. Les deux hommes se saluèrent et Wendy en profita pour examiner son frère. Aspen avait raison, ce n'était plus le petit garçon qu'elle avait pris sous son aile, dix ans plus tôt. Il faisait quelques centimètres de plus que son mètre soixante-quinze à elle et elle avait l'impression qu'il n'avait pas fini de grandir. Il mangeait comme s'il avait un puits sans fond à l'intérieur du corps et, tous les deux mois, elle devait débourser de l'argent pour de nouveaux pantalons, car les anciens étaient devenus trop petits. Jackson était maigre tandis qu'elle était... moelleuse. Un début de barbe lui ombrageait les joues, rappelant à Wendy qu'elle devrait lui montrer un jour comment se raser.

Il avait bel et bien grandi et la pensée qu'il devrait bientôt déménager pour mener sa propre vie était presque déprimante. Elle avait passé la dernière décennie à l'élever, occupant chaque minute de son temps avec lui, et elle comprit soudain pourquoi les mères pouvaient devenir si pleurnichardes quand leurs enfants, bac en poche, quittaient le nid.

— Le dîner ne devrait plus tarder, annonça-t-elle aux deux hommes qui se jaugeaient dans la cuisine.

— J'étais sérieux quand je proposais de t'écouter, précisa Aspen, comme s'il n'avait pas entendu le commentaire insignifiant de Wendy à propos du dîner.

Jackson prit une longue gorgée de l'eau qu'il avait récupérée dans le frigo et hocha la tête.

Wendy était surprise. Enfin, peut-être pas. Il était extrêmement facile de parler à Aspen. Elle se dit que, tout comme elle, Jackson l'avait perçu de manière instinctive.

Son frère s'approcha de la table et se laissa tomber sur l'une des chaises. Elle le suivit lentement et alla se poster à sa droite. Elle sentit la main d'Aspen au creux de ses reins : sa présence rendait les choses plus faciles, allégeait son inquiétude.

Il lui tira une chaise sur laquelle elle se laissa tomber, elle aussi. Aspen s'assit à côté d'elle, apparemment à son aise... comme s'il avait passé beaucoup de temps en leur compagnie.

— Qu'est-ce qu'il y a ? demanda-t-elle à Jackson.

— Je ne devrais pas du tout être aussi en colère, commença-t-il, mais ces gars me rendent dingue.

— Quels gars ? demanda Wendy.

— Les connards qui ont décrété que ce serait marrant de se pointer et de nous harceler pendant l'entraînement d'aujourd'hui.

— Commence par le commencement, ordonna Wendy, complètement perdue.

Elle aurait voulu le gronder pour son langage, mais il

était désormais à un âge où ce genre de reproches devenait un peu idiot.

Jackson prit une profonde inspiration avant d'entamer son récit :

— On était sur le terrain, comme d'habitude, quand un groupe de types s'est pointé sur le parking du lycée. Ils faisaient vrombir leur moteur et, pour faire bref, se comportaient comme des cons. Ensuite, ils sont venus sur le terrain. Ils se sont installés dans les gradins pendant le reste de l'entraînement, pour passer leur temps à nous interpeller. Honnêtement, c'était plus agaçant qu'autre chose. L'entraîneur nous a dit de les ignorer. Après l'entraînement, on a regagné nos voitures et on était prêts à partir quand ceux du cours de théâtre sont eux aussi sortis. Les connards ont décidé que, puisqu'ils ne parvenaient pas à nous faire réagir, ils allaient s'en prendre à eux.

Énervé, Jackson fourragea dans sa tignasse. Sa jambe s'agitait dans tous les sens et il n'arrêtait pas de remuer la bouteille d'eau devant lui.

— Qu'ont-ils fait ? demanda Wendy.

— Ils ont entouré un groupe de filles de seconde et ils leur ont dit qu'elles étaient jolies, qu'ils pariaient qu'elles étaient géniales au lit... ce genre de conneries. Deux gars de l'équipe et moi, on a décidé que ça suffisait et on s'est approchés. Deux des gars les plus costauds tripotaient les filles, ils leur caressaient les bras, tout ça. Ils leur disaient qu'ils voulaient qu'elles viennent à une soirée. Les filles flippaient à mort.

— Quels connards ! marmonna Aspen.

— Oui. Donc bref, David, Patrick et moi, on leur a dit de laisser tomber. Ils se sont immédiatement retournés contre nous, en se moquant et en nous demandant si on était leurs petits amis, et ainsi de suite. On s'est interposés entre les filles et eux. J'ai dit à Jenny de courir à l'intérieur et d'aller chercher un prof. Les mecs se sont encore plus déchaînés. Ils ont fait semblant de pleurer, nous ont sorti qu'on était des chochottes et des merdes.

— Oh, bon sang, Jackson ! s'exclama Wendy. Que s'est-il passé ?

Il haussa les épaules.

— Deux profs sont sortis, accompagnés de notre entraîneur, et les gars sont partis.

— Sans faire d'histoire ? demanda-t-elle.

— Sans faire d'histoire, confirma Jackson.

— De qui s'agissait-il ? demanda Aspen.

— Je pense qu'ils ont eu leur bac il y a quelques années, répondit Jackson. Je crois que l'un d'eux s'appelle Charles, même si ses potes l'appelaient Chuck. C'est des losers qui n'ont rien de mieux à faire que de terroriser un groupe d'élèves de seconde.

— Les filles vont bien ? demanda Wendy.

La mine de son frère changea. L'irritation qui s'était peinte sur ses traits laissa place à de l'inquiétude.

— Oui. Elles étaient plutôt secouées. Toutes les autres étaient parties, mais Jenny avait peur que Chuck et les autres reviennent pour l'embêter, car sa mère avait du retard. Alors Patrick et moi, on est restés un moment pour parler avec elle, histoire de s'assurer qu'elle allait bien. Et sa mère a fini par arriver. À ce moment-là, on est partis.

— Qu'a dit votre entraîneur à propos de ces gars ?

Jackson haussa les épaules.

— Pas grand-chose. Il nous a juste prévenus que si on prenait part à une bagarre, même si ce n'était pas nous qui l'avions déclenchée, on serait laissés sur le banc de touche pour au moins deux matchs.

— Ce n'est pas juste, protesta Wendy. Surtout si vous

n'avez pas commencé et que vous protégiez d'autres personnes.

— C'est les règles, marmonna Jackson.

— Tu as donné ton numéro à Jenny ? demanda Aspen.

Comme il était resté presque muet pendant l'histoire de Jackson, sa question surprit Wendy.

— Non.

— Tu aurais dû.

— Vraiment ?

Wendy examina son frère. Elle se dit qu'il allait protester en entendant la suggestion d'Aspen et lui répliquer qu'il n'était pas intéressé de cette manière par l'élève de seconde. Ou que ce n'était pas la peine. Au lieu de quoi, Jackson parut pensif.

— Vraiment, confirma Aspen. Je n'aime pas la tournure qu'ont prise les événements. Ces types cherchaient quelqu'un à harceler et, quand tes potes et toi vous êtes interposés pour protéger les filles, ils ont trouvé leur cible.

— Moi ou elles ? demanda Jackson.

— Je ne sais pas trop. Mais dans un cas comme dans l'autre, ce n'est pas une bonne chose. Tu ne voudrais pas que Jenny se retrouve dans une situation où elle serait de nouveau vulnérable, pas de cette façon. Si tu lui donnes ton numéro, elle pourra t'appeler au cas où elle reverrait ces types ou qu'elle aurait peur.

— Elle n'a pas voulu l'admettre, mais j'ai vu qu'elle a été terrorisée quand l'un de ces mecs l'a touchée, confirma Jackson.

— Personne n'a le droit de toucher une femme sans sa permission, décréta Aspen, dont la voix avait la dureté de l'acier. Ces connards vont sans doute prétendre qu'ils ne lui faisaient pas de mal. Qu'ils se contentaient de lui toucher le bras, mais ce n'est pas la question.

— Je n'ai pas apprécié ce que j'ai vu dans leurs yeux, admit Jackson. On aurait dit qu'ils s'amusaient à leur faire peur. Qu'ils prenaient leur pied ou quelque chose du genre.

— Probablement, en effet, convint Aspen.

— Si tu les revois, tu dois en avertir ton proviseur, intervint Wendy.

— Je sais.

— Et ton entraîneur.

— Je le ferai.

— Et tous les adultes dans les parages.

— Je sais, sœurette, grogna Jackson. Je ne suis pas idiot. Mais s'ils reviennent, je ne vais pas m'enfuir comme un trouillard pour aller chercher un adulte. Ils ne toucheront plus Jenny ou l'une de ses copines. Pas si je peux l'empêcher.

Wendy se sentait à présent aussi agitée que son frère quand il était arrivé chez eux.

— Ne fais rien qui puisse te causer du tort, le prévint-elle. Je ne pourrais pas supporter qu'il t'arrive quelque chose.

— Rien ne va m'arriver, répliqua-t-il. C'est les gens comme Jenny et les autres victimes de harcèlement par ces connards qui m'inquiètent. Ça craint. Je pige pas. Chuck et ses potes sont plus âgés : pourquoi ils ne vont pas à l'université ou bien travailler ? Pourquoi il faut qu'ils reviennent et choisissent comme cibles des gens plus jeunes et plus vulnérables qu'eux ?

— Parce qu'ils en ont la possibilité, répondit Aspen. J'ai vu ça des milliers de fois pendant mon service. Choisir des gens incapables de se battre leur donne du pouvoir.

— Mais qu'est-ce que je peux faire ? demanda Jackson.

Aspen haussa les épaules.

— Je ne préconise pas de les affronter, mais si c'est ce

qu'ils veulent, ils ne vont pas s'arrêter avant d'avoir eu gain de cause.

Wendy poussa un cri.

— Aspen !

Il poursuivit :

— Espérons qu'ils s'ennuyaient juste et que tu ne les reverras plus. Peut-être qu'ils ont eu ce qu'ils voulaient, cette après-midi, et que ça ne se reproduira plus.

— Mais ce n'est pas ton avis, devina Jackson.

Aspen haussa les épaules.

— Malheureusement, non. Les types comme eux prennent leur pied en terrorisant les autres. Maintenant qu'ils ont trouvé une cible sur laquelle exercer leur pouvoir, ils auront envie de plus. Ça fonctionne comme une drogue.

— Donc... je devrai me battre contre eux.

— Jackson, non ! s'exclama de nouveau Wendy.

Aspen tendit la main et la posa sur elle. Il exerça une brève pression, mais sans la regarder. Ses yeux restaient fixés sur Jackson.

— Pas si tu peux l'éviter. Ils ne se battent pas dans les règles. Ils vont se liguer contre toi et ça tournera mal pour tes fesses. La meilleure chose que tu puisses faire, c'est de ne pas leur laisser la possibilité d'exercer leur pouvoir. Ils se sont sans doute montrés au moment où ils l'ont fait parce qu'ils savaient qu'il n'y aurait pas beaucoup de professeurs et ils savaient aussi que ce serait la fin des clubs et des cours de sport à cette heure-là. Tu as dit qu'ils étaient plus âgés que vous et tu as pensé qu'il s'agissait d'anciens élèves parce qu'ils connaissaient les habitudes des lieux. Contacte les lycéens inscrits dans les clubs et assure-toi qu'aucun d'eux ne rentre chez lui tout seul. Veille aussi à ce que le proviseur soit au courant de la situation. Ça n'arrêtera sans doute pas leur harcèlement, ça peut les rendre plus sournois, mais si tu les prives de toute capacité d'atteindre qui que ce soit, ils finiront par se lasser.

Le regard de Wendy passait de son frère à Aspen. Ce qu'il disait était sensé, mais ça ne signifiait pas qu'elle doive l'apprécier. En revanche, Jackson buvait ses paroles. Pour la énième fois, elle ressentit un pincement de tristesse. Elle avait fait de son mieux afin d'être une mère, une sœur, une amie et une autorité pour son frère. Mais elle savait que, par moments, il avait très envie d'une influence masculine dans sa vie et c'était la seule chose qu'elle ne pouvait pas lui donner, quels que soient ses efforts.

— J'irai trouver Jenny demain et je lui passerai mon numéro pour qu'on échange sur la situation. Avec un peu de chance, elle pourrait parler au prof en charge du club théâtre. Je ne suis pas certain que le proviseur fera grand-chose, mais au moins, il sera au courant.

Aspen acquiesça d'un mouvement de tête.

— Encore une fois, je ne veux pas te faire peur, mais espérons qu'ils perdront tout intérêt à vous harceler, les gars.

— Merci, Aspen, répondit Jackson.

— De rien. Je suis désolé de ce qui t'est arrivé aujourd'hui.

Jackson haussa les épaules.

— C'est juste que je déteste les brutes. Je n'arrive pas à piger pourquoi ils se comportent autant comme des connards. Pourquoi les gens ne peuvent-ils pas vivre leur vie et laisser les autres tranquilles ?

— Je ne sais pas, mon pote. Je ne sais vraiment pas.

Le silence se fit pendant un instant autour de la table, puis Jackson lâcha, avec un petit rire suffisant :

— Donc je vous ai interrompus, Wen et vous, pendant que vous étiez en train de vous peloter, non ?

— Jackson ! s'insurgea Wendy, qui savait qu'elle piquait un sacré fard.

Aspen se contenta de ricaner.

— En fait, non. C'est seulement notre premier véritable rendez-vous et je ne manquerais jamais à ce point de respect à ta sœur... en la pelotant alors que je te sais sur le point de rentrer à la maison. Et tu sais, tu peux me tutoyer...

— Mais tu l'aimes bien, non ? obtempéra Jackson.

Wendy leva les yeux au ciel et se repoussa de la table.

— Ça suffit, je vais surveiller notre dîner.

Les deux hommes éclatèrent de rire. Wendy les entendit continuer leur discussion, car la cuisine était juste à côté de la table.

— Oui, Jack, j'aime beaucoup ta sœur. Qu'est-ce qu'on pourrait ne pas aimer chez elle ?

— Eh ben, elle prend des plombes sous la douche. C'est pour ça qu'elle s'est mise à se doucher le soir. Elle appuie vingt fois de suite sur le bouton de répétition de son réveil, et ensuite elle est à la bourre pour son travail. Heureusement que je suis du matin, parce que, sinon, je serais en retard tous les jours. Elle n'aime pas la science-fiction. Je ne sais pas vous, mais pour moi, ce serait une cause de rupture immédiate. Elle n'aime pas non plus les flics. Ni aucun officier de police. En conséquence de quoi, elle conduit comme une mémé. C'est énervant.

Wendy se pencha et posa la tête sur le plan de travail, exaspérée.

— Tuez-moi tout de suite, marmonna-t-elle.

Elle entendit le raclement d'une chaise sur le sol, mais ne prit pas la peine de relever la tête pour voir qui l'avait déplacée.

Une main chaude vint se poser dans le haut de son dos pour le caresser en petits cercles. Aspen.

— Aucune de ces choses ne peut me dissuader de mieux connaître ta sœur, mais tu la mets mal à l'aise, Jack, ce qui n'est pas sympa.

Entendant la réprimande adressée à son frère, Wendy se redressa pour prendre sa défense, mais Jack la devança.

— Tu as raison. Désolé, Wen. J'ai le temps de prendre une douche avant le dîner ? Je pue après l'entraînement.

Les yeux de Wendy, posés sur son frère, se reportèrent sur Aspen. Sa main était descendue au creux de ses reins quand elle s'était relevée et elle sentait son pouce qui la caressait doucement à travers son chemisier.

— Euh… bien sûr.

— Cool, fit Jack en se levant pour se diriger vers sa chambre sans un regard en arrière.

Wendy leva les yeux vers Aspen.

— Je ne sais pas si ça s'est bien passé ou si je dois m'inquiéter.

— Ça s'est bien passé, déclara-t-il fermement.

— Je suis toujours inquiète à son sujet, lâcha-t-elle.

— Il me fait l'effet d'un chouette gosse. Il n'a pas hésité à prendre la défense de ces filles et il se fait du souci pour elles.

— Tu penses que ces types vont revenir ?

Il la dévisagea un long moment avant de porter sa main libre à son visage pour lui glisser une mèche de cheveux derrière l'oreille.

— Oui, mon cœur. Je pense qu'ils vont revenir.

Wendy ferma les yeux, frustrée.

— Mince !

— C'est un chouette gosse, répéta Aspen. Il est capable de gérer.

— J'espère.

— Donc… tu conduis comme une mémé ?

— Je vais le tuer, gémit Wendy. (Aspen rit.) Et non, je ne conduis pas comme une mémé. Je suis prudente. Les gens ne sont pas assez conscients du fait qu'ils sont au volant d'un engin qui peut facilement tuer ou blesser autrui.

— Il y a quelque chose que tu dois savoir...

Wendy fronça les sourcils. Il avait l'air sérieux, mais le pouce, dans le bas de son dos, n'avait pas cessé ses caresses régulières.

— Quoi ?

Aspen l'attira plus près, jusqu'à ce qu'elle soit plaquée contre lui. Son haleine chaude lui effleura l'oreille alors qu'il chuchotait :

— Je n'ai rien contre le fait que tu conduises comme une mémé, je préfère ça plutôt que tu commettes des excès de vitesse et que tu doives montrer tes nichons à un officier pour essayer d'éviter une amende. Je ne veux pas que tu montres ces seins magnifiques à qui que ce soit sauf à moi. Et je n'ai absolument rien contre le fait que tu veuilles rester au lit aussi longtemps que possible. C'est mon meuble préféré.

En l'entendant prononcer ces mots, des images sensuelles affluèrent à l'esprit de Wendy. Elle et lui entrelacés dans un grand lit, la poussée de ses hanches contre elle alors qu'il la dévorait du regard, ses mains plaquées de chaque côté de sa tête pendant qu'ils faisaient l'amour.

Wendy leva les yeux vers lui et se passa la langue sur les lèvres.

— Bon sang, mon cœur. Ne me regarde pas comme ça, la supplia-t-il. Sinon, je vais avoir beaucoup de mal à ne pas oublier ou à me soucier de la présence de ton petit frère à l'autre bout du couloir et du fait qu'il va revenir d'un instant à l'autre.

Wendy se fit violence. Elle n'avait jamais fait une chose

pareille. Elle ne s'était jamais jetée à la tête d'aucun homme. Elle n'avait jamais eu l'impression que si elle ne sentait pas ses lèvres sur les siennes, elle allait entrer en combustion spontanée.

Mais une fois encore, Aspen n'était pas un homme quelconque. Il était l'homme qu'elle avait appris à connaître au cours des deux derniers mois. L'homme qui la faisait rire quand elle était au plus bas après s'être fait raccrocher au nez ou hurler dessus pour la millième fois d'affilée. Il était l'homme à qui elle envoyait des textos, juste pour savoir comment sa journée s'était passée. Et il était l'homme qui avait aidé son frère à se sentir mieux après la journée pourrie qu'il avait passée, bien plus efficacement qu'elle ne l'aurait jamais pu.

— Pourquoi tu n'aimes pas les flics ? demanda-t-il.

Elle se passa la langue sur les lèvres et détourna le regard. Elle n'allait pas lui expliquer qu'elle redoutait de voir un flic lui demander son identité, puis jeter un œil dans sa base de données.

Elle le sentit soupirer et devina qu'elle l'avait une nouvelle fois déçu. Elle détestait ça, mais elle ne pouvait faire autrement. Elle reposa les yeux sur lui et tenta de changer de sujet.

— Embrasse-moi, chuchota-t-elle.

Aspen gémit, mais n'hésita pas. Ses mains vinrent lui encadrer le visage et il l'inclina vers le sien. Il ne jeta pas un coup d'œil au fond du couloir pour vérifier si Jackson arrivait ou non. Il ne manifesta aucune urgence. Le feu au fond des yeux d'Aspen enflamma aussi les siens quand sa tête s'abaissa lentement.

Wendy ferma les yeux, savourant d'avance, et se cramponna aux pans de sa chemise. Dans la seconde qui suivit, les lèvres chaudes d'Aspen étaient sur les siennes.

Il ne l'embrassa pas de façon hésitante ou progressive. Sa langue glissa sur la ligne de ses lèvres, qu'elle ouvrit aussitôt pour lui. Il s'immisça à l'intérieur, comme s'il l'avait embrassée toute sa vie.

Wendy gémit doucement et planta ses ongles dans ses flancs, tandis qu'il lui inclinait la tête, en quête d'un meilleur angle. Elle n'avait jamais rien éprouvé de tel au cours de sa vie. Incapable de se rassasier de lui, elle avait des picotements dans les doigts et les orteils. Elle ouvrit davantage la bouche, entremêlant sa langue à la sienne.

Après l'assaut initial, son baiser s'adoucit. Il titilla sa langue et prit son temps pour découvrir ce qu'elle aimait.

Bien trop tôt, il recula et pressa son front contre le sien. Il avait le souffle court, ce qui la décomplexa vis-à-vis de sa propre respiration haletante.

Elle se passa de nouveau la langue sur les lèvres, pour sentir encore le goût d'Aspen.

— Waouh, lâcha-t-elle au bout de quelques secondes, voyant qu'il n'ouvrait pas la bouche.

Il porta une main dans les cheveux de Wendy pour en dégager son visage.

— Comme tu dis, « waouh », confirma-t-il dans un chuchotement.

Il recula, mais sans ôter les mains de son corps.

— Ça va, mon cœur ?

— Oui.

Il plongea son regard dans le sien avec une intensité qui l'aurait effrayée si elle ne s'était pas sentie aussi déroutée. Il remonta une main vers son visage et effleura ses lèvres de la pointe du pouce, pour étaler l'humidité de leur baiser. Incapable de se retenir, elle le lécha alors qu'il la caressait. Les pupilles d'Aspen se dilatèrent. C'était grisant de savoir qu'elle pouvait l'affecter autant qu'il le faisait.

— Bon sang, cette bouche, gronda-t-il d'une voix rauque qui la fit vibrer jusqu'au creux des cuisses.

Wendy se déplaça, gênée par le désir qui courait à travers son corps. Ça ne lui ressemblait pas. Elle appréciait le sexe, mais elle n'avait jamais eu la sensation de manquer quelque chose quand elle en était privée. Pourtant, d'un seul baiser, Aspen avait apprêté son corps... pour lui.

— Ne me regarde pas comme ça, Wen.

— Comment ? demanda-t-elle en jouant les timides.

Elle avait la sensation de savoir exactement comment elle le regardait... comme si elle voulait qu'il la jette sur le sol pour la baiser vite et fort.

Il eut un petit sourire suffisant.

— Comme si tu me voulais bien dur et bien profond dans ton corps moelleux.

Elle laissa échapper un petit gémissement guttural, signe de son désir.

Aspen enroula alors les bras autour de son corps et la serra contre lui. Elle déplaça les siens pour se cramponner à son dos, enfouit le nez dans son épaule et n'en bougea plus. Ils restèrent ainsi quelques secondes, appréciant la sensation de l'autre, avant qu'Aspen ne finisse par reculer pour la tenir à bout de bras.

— Purée, Wen. Cela faisait longtemps que je n'avais pas été aussi près de perdre mon sang-froid. Je te veux, avoua-t-il avec humilité.

— Moi aussi, répliqua-t-elle, intimidée.

— Ne te méprends pas sur le sens de mes paroles, reprit-il. Je te veux dans mon lit, sous moi, sur moi et de toutes les façons possibles. Mais je te veux aussi assise à côté de moi pendant nos repas, pour regarder la télévision et dans des tribunes, pendant les matchs de hockey de Jackson ou ses compétitions du club de robotique. (Wendy écarquilla les yeux et le dévisagea, à court de mots.) Je veux une relation exclusive. J'ai l'impression de mieux te connaître que n'importe quelle autre des femmes avec lesquelles je suis sorti. Il y a quelque chose à dire sur le fait de faire connaissance avec quelqu'un par téléphone. Quelque chose de positif. Je savais qu'il y avait une alchimie entre nous, mais je n'avais pas réalisé à quel point ce serait explosif dans la réalité. Je sais que je vais un peu vite, mais je n'arrive pas à m'en empêcher. Et tu ne réponds rien... je te fais peur ? demanda-t-il.

Il était nerveux. Wendy n'en revenait pas.

— J'aimerais bien ça... une relation, je veux dire. Ça... ça fait longtemps que je n'en ai pas eu.

Les narines d'Aspen se dilatèrent et il ouvrait déjà la bouche pour réagir quand Jackson demanda :

— Je vous interromps encore en plein pelotage ?

Wendy ferma les yeux, embarrassée, mais Aspen ne s'écarta pas d'elle pour autant.

— Non, tu as juste interrompu un gentil petit câlin d'après baiser.

Wendy ouvrit les yeux d'un coup et lui administra une petite tape sur l'épaule.

— Aspen !

— Quoi ? demanda-t-il, avec un air qu'on aurait difficilement pu taxer d'innocent.

— Lâche-moi, que je puisse aller sortir le gratin du four, marmonna-t-elle en rougissant.

Aspen et Jackson ricanèrent à ses dépens, mais Wendy ne pouvait se fâcher contre eux. Parfois, quand Jackson rentrait de l'école dans une mauvaise passe, il filait dans sa chambre et ne réapparaissait pas jusqu'au lendemain matin. Le fait qu'il se trouve ici à présent, à rire et à la taquiner, était stupéfiant. Et elle était reconnaissante à Aspen de l'aide qu'il lui avait apportée pour réaliser ce miracle.

Elle ne pouvait penser à leur baiser ou à ce que les termes « relation exclusive » signifiaient vraiment. Elle devait apporter le dîner sur la table et souhaitait profiter de la compagnie des deux seules personnes qui, pour l'heure, comptaient à ses yeux. Elle réfléchirait à tout le reste plus tard.

7

———————

Une semaine plus tard, Blade était à l'entraînement quand Truck l'interrogea sur la situation avec Wendy.

— Alors, ça en est où avec ta poulette, Blade ?

— Elle s'appelle Wendy. Et on sort ensemble, répondit-il.

Il n'avait pas honte de Wendy ni de la manière dont ils s'étaient rencontrés. Il avait parlé à tous ses copains de leur premier coup de fil et de sa tentative de lui vendre une assurance-vie. Ça les avait bien fait rigoler.

Le fait qu'elle vive à Temple était un sacré miracle, de son point de vue. Il aurait sans doute continué à être son ami, mais faire fonctionner une relation à distance ne l'intéressait pas trop. C'était déjà assez compliqué comme ça d'avoir une petite amie quand on était un soldat des forces spéciales. C'était presque impossible de bâtir une relation authentique, sérieuse quand les deux partenaires n'étaient jamais au même endroit, sauf pour des histoires purement sexuelles.

Pour le moment, il aimait tout d'elle, à l'exception de son penchant marqué pour esquiver ses questions. Cette attitude commençait vraiment à lui déplaire. Il avait changé sa façon de faire pour se montrer ouvert et honnête avec elle, espérant qu'elle se sentirait assez à l'aise pour l'imiter, mais ça n'avait pas souvent été le cas. Il voyait que quelque chose n'allait pas. Quelque chose d'important. Toutefois, il était démuni, parce qu'elle ne lui fournissait aucun indice pour avancer. Il tenait à la mettre à l'aise, voulait effacer le regard méfiant au fond de ses yeux quand il lui posait les questions les plus insignifiantes, comme l'endroit où elle avait grandi ou sa matière principale à l'université.

Il avait sans cesse envie d'être avec elle. De connaître les moindres détails la concernant, mais sa frustration allait croissant. Et comme ses sentiments augmentaient eux aussi, chaque fois qu'elle éludait l'une de ses questions, il avait l'impression qu'elle n'était pas aussi mordue de lui qu'il l'était d'elle.

— Quand allons-nous la rencontrer ? demanda Beatle.

Blade chassa ses pensées moroses et observa les hommes qui l'entouraient. Ils venaient juste d'achever leurs huit kilomètres de course et se dirigeaient vers la salle de musculation pour la deuxième partie de leur entraînement.

— Je ne sais pas trop. Vous allez bien vous tenir quand je vous présenterai ?

Tous les gars s'esclaffèrent.

— Quoi ? Tu redoutes qu'on lui flanque la frousse ou quelque chose comme ça ? s'enquit Hollywood.

— Pas de façon délibérée, non, leur répondit Blade. Mais je vous connais, les gars. Elle va dire un truc qui va vous amuser, vous allez commencer à la taquiner et elle ne comprendra pas que vous plaisantez. Ou alors vous allez lâcher vos femmes sur elle.

— Et ce n'est pas bien ? demanda Ghost. Je sais qu'à la

seconde où j'annoncerai à Rayne que tu sors avec quelqu'un, elle voudra la rencontrer.

— Et si ta sœur apprend de ma bouche que tu sors officiellement avec quelqu'un, elle risque de ne pas te le pardonner, renchérit Beatle.

Blade soupira. Il savait qu'il devait introduire Wendy dans le groupe de ses amis, mais il aimait beaucoup apprendre à la connaître et l'avoir pour lui tout seul.

— C'est trop tôt, les gars, répliqua-t-il.

Fletch lui tapota l'épaule.

— N'écoute pas ces connards. Prends ton temps. Les filles vont l'adorer.

— Comment tu le sais ? insista Blade.

— Parce que tu l'aimes, répondit Fletch, sans la moindre hésitation.

— Je ne la connais officiellement que depuis une semaine, protesta-t-il. C'est trop tôt pour savoir si je l'aime.

— C'est des conneries, répliqua Truck avec le plus grand sérieux. Ça pourrait être de l'amour avec une bonne dose de désir ajoutée là-dedans, mais je t'ai vu au téléphone avec cette femme. Tu avais cette mine intense, comme si tu utilisais tous tes sens pour l'écouter. Et que tu bloquais tout le reste. Et la semaine dernière, après ce merdier au bar, quand tu es allé la voir ? Tu étais transformé. Dans le bon sens du terme.

— Oui, ajouta Coach. Quand on a participé à la journée familiale de l'armée et qu'on a prêté main-forte à la course à obstacles, tu n'as même pas fait attention aux soldates célibataires qui te mataient... ce que tu fais, en temps normal.

— Et la dernière fois que tu as vu Annie, tu as posé un regard différent sur elle, intervint Fletch. Tu veux partager ce que tu vis avec nous ?

Blade soupira. Il savait que ses amis avaient raison, mais de là à parler d'amour...

Il ne pouvait nier qu'il appréciait énormément Wendy et qu'il pensait à elle sans cesse, mais il n'était pas certain qu'il s'agisse d'amour.

— Wendy élève son frère. Elle s'en occupe depuis qu'il est tout jeune... à peu près de l'âge d'Annie. Je me disais juste que ça avait dû être très dur pour elle... pour tous les deux. Je n'arrive pas à imaginer ce qu'elle a traversé. Elle a dû renoncer à un tas de choses pour assumer cette charge.

Fletch siffla.

— Waouh. C'est un sacré dévouement. Quel âge avait-elle ?

Blade fronça les sourcils, puis avoua :

— Je n'en suis pas sûr. Je lui ai posé la question, mais elle n'a pas vraiment répondu. Jackson a seize ans. Je suppose qu'elle devait être dans le début de la vingtaine quand elle s'est chargée de lui.

— Donc tu sors avec une vieille femme, c'est ça ? le taquina Hollywood. Maintenant, je suis vraiment très impatient de rencontrer ta cougar.

Blade bouscula son ami et chacun s'esclaffa.

— Vous voyez ? C'est pour ça que je ne veux pas que des connards dans votre genre la rencontrent, pour le moment. Ce genre de propos va me la rendre nerveuse et mal à l'aise.

— Tu veux t'assurer qu'elle en pince autant pour toi que toi pour elle, conclut Truck. C'est logique.

— Non, je veux juste...

Les mots de Blade moururent dans sa bouche. Oui, c'était exactement ça. Il aimait ces gars, mais il avait une peur bleue que l'un d'eux lâche quelque chose qui prenne Wendy à rebrousse-poil et qu'elle déguerpisse. Il voyait bien qu'elle était nerveuse et qu'elle ne s'était pas entièrement ouverte à lui sur quelque chose. Il voulait faire tomber ces barrières avant qu'elle rencontre ses amis chahuteurs et parfois un peu rustres.

— C'est bon, le rassura Hollywood en lui tapotant le dos. Mais tu devrais peut-être travailler à te l'attacher un peu plus vite, parce que Fish et Bryn viennent ici dans deux mois.

— Ah bon ? demanda Blade, surpris. Pourquoi ?

— Il a un rendez-vous à l'hôpital des anciens combattants. Bryn l'a convaincu de se faire appareiller d'un bras plus sophistiqué. Et il a dit qu'il pourrait dans ce cas retourner voir les médecins qui ont travaillé au départ sur son bras, parce qu'ils le connaissent déjà.

— C'est génial ! s'exclama Blade. Les filles sont au courant ?

Ils n'avaient pas revu Fish et sa femme depuis le merdier dans lequel Bryn s'était retrouvée fourrée, au fin fond de l'Idaho, puis à leur mariage.

— Oui, répondit Fletch. On va organiser un barbecue à la maison.

Blade posa les yeux sur lui.

— Ça avance, la construction ?

Récemment, la maison de Fletch avait été à moitié détruite par un homme qui y avait tiré une roquette pour débusquer l'objet de ses obsessions. Le frère de Rayne avait sauvé Sadie et ils étaient à présent en couple. La pauvre maison de Fletch, elle, ne s'en était pas aussi bien tirée.

— Ça avance, répondit l'intéressé. L'appartement au-dessus du garage est bien trop petit pour nous tous, mais on s'en sort.

Il y avait quelque chose dans le ton de son ami que Blade n'arrivait pas à déchiffrer.

— Em et le bébé vont bien ? demanda-t-il.

— Oui, tout baigne. Le petit freluquet donne des coups de pied comme un furieux. Emily en a encore pour quelques mois, mais je sais qu'elle est déjà prête à donner naissance à ce petit bout.

— Vous ne savez toujours pas si c'est un garçon ou une fille ? demanda Truck.

— Non. On en a parlé à Annie et, même si elle préfère un petit frère, elle trouve aussi que c'est marrant de garder le mystère jusqu'à ce qu'il ou elle soit né, reprit Fletch.

— Donc barbecue chez toi dans deux mois... La maison sera prête ? s'enquit Coach.

— L'entrepreneur prétend que oui.

Blade sourit. Il devinait que l'entrepreneur aurait l'occasion de voir le soldat létal de la Delta Force se matérialiser en Fletch si la maison n'était pas prête à temps.

— Donc tu nous amèneras Wendy ? Et son frère est invité, lui aussi, ajouta Fletch. Oh, et s'il sort avec quelqu'un, il peut l'amener également, ou bien un pote, si ça peut l'aider à se mettre à l'aise, vu qu'il sera le seul adolescent de la compagnie. Plus on est de fous, plus on rit.

Blade repensa à tous les bons moments que l'équipe avait passés dans la maison de Fletch. Des barbecues, le mariage de Fletch et Emily et les innombrables autres réunions. Il se visualisait aisément assis dans ce jardin, avec Wendy sur ses genoux, à rire et à profiter de la vie en compagnie de ses amis.

— Je l'amènerai, promit-il. Pour le moment, Jackson ne sort avec personne, mais je lui ferai savoir qu'il peut amener un ami, s'il en a envie.

— Super, lâcha Fletch.

— Si tu veux présenter Wendy aux filles une par une, dis-le-nous, ajouta Ghost. Tu sais qu'elles brûlent de rencontrer la femme qui a enfin réussi à retenir ton attention.

Blade leva les yeux au ciel devant cet ordre sans subtilité : il devait présenter Wendy à Rayne et aux autres.

— À vos ordres, chef, répliqua-t-il insolemment.

Tous éclatèrent de rire.

Alors qu'ils poursuivaient leur routine sportive, soulevant des poids et effectuant le circuit qu'ils avaient prévu dans la salle de musculation, Blade pensait à Wendy. Truck avait-il raison ? Était-il vraiment amoureux d'elle ? Il n'en était pas certain, mais il n'avait qu'elle à l'esprit. Recevoir un texto d'elle s'apparentait à gagner à la loterie. Et quand il songeait à son frère et aux problèmes qu'il avait avec les voyous qui continuaient à les harceler, les autres gosses de son lycée et lui, son sang lui bouillonnait dans les veines.

Il ne savait peut-être pas tout concernant Wendy et Jackson, mais ce qu'il savait, c'était qu'il ferait tout son possible pour rendre leur vie meilleure. Plus drôle, plus facile et plus sûre.

Était-ce de l'amour ? Peut-être.

Les seules personnes pour lesquelles il éprouvait ce genre de sentiments étaient Casey et ses parents. Il avait fréquenté d'autres femmes auparavant, mais n'avait jamais pensé à elle pendant qu'il courait, s'entraînait au combat au corps-à-corps ou préparait bêtement son repas. La sonnerie de son téléphone ou le tintement d'un texto accéléraient les battements de son cœur et lui envoyaient des papillons dans le ventre. Il se comportait comme un adolescent en proie à ses premiers émois amoureux, mais il s'en moquait.

C'était la pensée qu'il puisse arriver quelque chose à Wendy qui obligea Blade à admettre que Truck avait raison. Il était sérieusement proche d'être amoureux d'elle. Leurs échanges téléphoniques avaient été la fondation de leur relation. Un lien fort, solide. Ce n'était pas une passade. Il n'y avait rien de désinvolte dans la cour qu'il lui faisait. Il la voulait dans son lit et dans sa vie.

Blade se fit le vœu de faire tout ce qui était en son pouvoir pour amener Wendy à s'ouvrir à lui. À répondre à ses questions. À lui montrer qu'elle pouvait lui confier tous ses secrets et les intégrer peu à peu, Jackson et elle, dans son monde. Quand elle aurait rencontré les autres femmes et, bien entendu, la petite Annie, elle ne pourrait plus s'éloigner de lui. Du moins l'espérait-il.

Lorsque Fish arriverait avec Bryn et qu'ils se rassembleraient autour du barbecue dans le jardin de la maison fraîchement restaurée de Fletch, Blade se jura que Wendy lui rendrait son amour.

Il était d'une obstination farouche et une fois qu'il avait une idée en tête, il la menait toujours à bien.

* * *

Wendy était en retard.

Ce n'était pas exactement une surprise. Elle avait appuyé de trop nombreuses fois sur le bouton de rappel de son réveil, mais pas parce qu'elle voulait dormir plus longtemps, ce matin-là. Bon, d'une certaine manière, si. Elle rêvait d'Aspen. Ils étaient allongés ensemble dans un lit et il promenait les mains sur son corps. Il se montrait doux, aimant, et sa peau la picotait à tous les endroits que touchaient les lèvres d'Aspen.

Cela faisait une éternité qu'elle n'avait pas été avec un homme, elle avait presque oublié l'effet que ça faisait. Elle se procurait de superbes orgasmes avec son vibromasseur, mais ce n'était pas la même chose que de sentir les mains rugueuses d'un homme sur sa peau ou d'être pénétrée par un beau sexe bien dur. Quand elle avait commencé le lycée, elle avait été plutôt intrépide. Ses pauvres parents avaient passé une période difficile avec elle et Wendy était désormais honteuse du côté irresponsable et mal élevé de son comportement.

Elle avait fugué, bu plus que de raison et couché avec trop de gars. Quand Aspen lui avait demandé pourquoi, selon elle, Jackson pourrait vouloir s'esquiver la nuit, elle n'avait pas voulu lui révéler que c'était parce qu'elle l'avait fait, de son côté. Sans arrêt. C'était embarrassant et elle sentait qu'en lui répondant honnêtement, elle ne ferait qu'amener d'autres questions gênantes.

Il lui avait posé des questions auxquelles elle ne pouvait ni ne voulait répondre depuis longtemps. Elle détestait les esquiver et devinait que la frustration d'Aspen ne cessait de croître, mais elle ne pouvait lui répondre. Elle devait penser à son frère.

Son rêve de ce matin-là avait été inattendu, mais bel et bien délectable. Il n'y avait eu que deux hommes dans son lit depuis qu'elle s'était chargée de Jackson. Ils s'étaient montrés gentils, mais ils ne lui avaient pas vraiment fait voir les étoiles.

Ses rêves sur Aspen l'avaient bien plus excitée que ces deux hommes n'avaient été capables de le faire en chair et en os. Il lui suffisait de penser à Aspen dans son lit, en elle, pour que son sexe s'humidifie et s'enflamme plus que jamais.

L'unique baiser qu'ils avaient échangé repassait sans cesse dans son esprit, tel un disque rayé. Il l'avait dévorée comme s'il était incapable de se rassasier d'elle. Personne ne lui avait jamais procuré la même sensation. Les baisers avaient toujours été plaisants, annonçant simplement le «

clou du spectacle ». Mais les lèvres d'Aspen sur les siennes suffisaient presque à lui donner un orgasme.

Donc ce matin-là, elle avait rêvé d'Aspen dans son lit, où ils étaient nus tous les deux, et il la regardait avec l'intensité qu'il avait mise dans leur baiser. Elle n'avait cessé d'appuyer sur le rappel de son réveil, afin de pouvoir poursuivre son rêve.

Mais son frère la connaissait trop bien, lui aussi. Quand il avait frappé la première fois à sa porte pour lui dire de se lever et qu'elle lui avait répondu que c'était ce qu'elle était en train de faire, il ne l'avait tout simplement pas crue.

Il était revenu dix minutes plus tard, entrant cette fois sans frapper, pour la tirer *manu militari* de son lit et la pousser vers la salle de bains.

Ils se dirigeaient désormais vers son lycée. Wendy l'y déposerait puis se rendrait à Cottonwood Estates pour y prendre son service.

— Tu veux t'entraîner à la conduite, ce soir ? demanda-t-elle, avant de bâiller à s'en décrocher la mâchoire derrière sa main.

Jackson eut un petit sourire suffisant.

— Tu vas être capable de rester éveillée jusqu'à ce que je rentre de mon club de robotique ?

Wendy lui donna une petite tape sur le bras.

— Tais-toi. Alors, on conduit ?

— Tu pourrais t'attirer des ennuis si on se fait pincer.

Wendy jeta un coup d'œil à son frère et sourit.

— On ne va pas se lancer dans une course effrénée à travers les rues de Temple ou quoi que ce soit. Tout va bien se passer. Je n'aime pas que tu sois privé de la conduite accompagnée. Je sais que tu en as envie.

Jackson haussa les épaules.

— On ne peut pas courir le risque.

Wendy soupira.

— Tu auras dix-huit ans dans moins d'un an. Ça va arriver avant que tu t'en aperçoives.

— Sœurette ? demanda Jackson.

— Oui, frérot ?

— Tu regrettes ?

Wendy savait exactement de quoi il parlait.

— Jamais. Pas un seul instant.

— Mais quand je pense que tu étais plus jeune que je ne le suis maintenant lorsque papa et maman sont morts et à tout ce que tu as abandonné, je ne peux m'empêcher de...

— Arrête ça tout de suite, l'interrompit fermement Wendy. Je ne regrette rien de ce que j'ai fait. Je regrette que tu doives mentir sur son âge. Je regrette de ne pas pouvoir t'organiser le plus grand, le plus délirant dix-huitième anniversaire que cette ville ait jamais vu le jour de ton véritable dix-huitième anniversaire. Je regrette de ne pas avoir été capable de te procurer tout ce que tu méritais en grandissant. Il y a un tas de choses que je regrette, Jackson, mais toutes concernent la vie que tu as menée, pas ma propre situation.

Il resta silencieux un long moment avant de dire :

— Est-ce que je t'ai déjà remerciée ?

Les yeux de Wendy se remplirent de larmes, mais elle refusa de les laisser couler devant son frère.

— Bien sûr que oui.

— Non, je ne crois pas. Ça craint que j'aie dû faire semblant d'être plus jeune que je ne le suis et ça craint que je ne puisse pas avoir mon permis même si j'ai plus de dix-huit ans, simplement pour qu'on soit sûrs que je ne serai pas renvoyé en famille d'accueil. Mais je peux gérer la situation. Merci pour ce que tu as fait, Wen. Merci de m'avoir sorti de cette institution.

Ils n'avaient jamais vraiment parlé de ce qui s'était passé dix ans plus tôt et ce n'était ni l'heure ni le lieu, mais Wendy n'allait pas faire taire Jackson maintenant.

— Tu t'en souviens bien ?

— De chaque instant, répondit rudement Jackson. Je n'ai jamais été aussi terrifié de ma vie. Tu as pris la bonne décision en me sortant de là. Je déteste que tu aies eu besoin de passer sous les radars depuis cette époque et que tu n'aies jamais pu passer un diplôme ou achever le lycée, mais je tiens à ce que tu le saches : jamais je ne ferai quoi que ce soit qui t'amène à regretter ce que tu as fait. J'aurai mon diplôme, puis je décrocherai une bourse et une licence. Je ne laisserai jamais se perdre en vain toutes les nuits où tu t'es couchée sans manger pour je puisse le faire ou tout l'argent que tu as dépensé en vêtements ou autres pour moi.

Merde. Maintenant, elle pleurait. Wendy essuya ses larmes et se concentra pour ne pas accidenter sa voiture avant d'atteindre le lycée sans encombre.

— Ça m'a fait un immense plaisir, confia-t-elle à son frère, une fois qu'elle eut repris le contrôle de ses émotions. J'aurais préféré mourir plutôt que de te laisser là-bas, après avoir découvert ce qui s'y passait. Je suis extrêmement fière de toi, mon grand. Tu n'as même idée à quel point. Je pensais que j'allais te bousiller. Que tout ce que papa et maman avaient fait pour que tu deviennes un étonnant gamin de sept ans allait être réduit à néant. Merci d'être resté aussi étonnant à dix-sept ans que tu l'étais à sept. Et si tu ne décroches pas ton bac ou ta licence, je vais te botter les fesses. Je vais avoir besoin de quelqu'un pour veiller sur moi quand je serai vieille et chenue, tu sais.

Sur quoi, l'atmosphère pesante de la voiture s'allégea.

— Ça me dirait bien de conduire un peu, ce soir, lâcha

Jackson, en réponse à la question qui avait amorcé cette conversation.

— Super. Est-ce que Rob pourra te ramener après l'atelier de robotique ?

— Je suis sûr que oui. Sinon, je me ferai ramener par quelqu'un d'autre, ou bien je t'appellerai.

— Parfait. On mangera un bout et on ira quelque part, travailler les manœuvres pour se garer en créneau.

— Je déteste ça, gémit Jackson.

— Ce qui explique pourquoi il faut qu'on travaille encore dessus, répliqua Wendy.

— Sœurette ?

— Oui...

— Quand est-ce qu'Aspen revient ?

Le cœur de Wendy se mit à battre plus vite à la mention de ce prénom.

— Je ne sais pas trop. Pourquoi ?

— Je l'aime bien.

— Moi aussi.

Le frère et la sœur échangèrent un sourire.

— Tu mérites quelqu'un comme lui.

— Qu'est-ce que tu veux dire ?

— Quelqu'un qui puisse te protéger quand tu ne le fais pas toi-même.

Wendy leva les yeux au ciel.

— Ça va bien, Jackson.

— Je sais. Je me dis juste qu'avec quelqu'un comme lui dans les parages, les gens seront moins enclins à profiter de toi, comme la garce du bar.

Wendy refusa de mordre à l'hameçon. Jackson avait déploré qu'elle ait laissé cette femme lui voler Aspen juste sous son nez. Elle n'aimait pas y repenser.

— Tu lui parles tous les soirs, non ? demanda Jackson.

— Quasiment, répondit Wendy en hochant la tête.

— Je veux ce qu'il y a de mieux pour toi, Wen. Tu ne pouvais pas avoir de véritable relation quand j'étais plus jeune, c'était dangereux pour nous deux. Mais j'ai presque dix-huit ans, maintenant. Le moment est venu. Je ne veux pas que tu sois seule quand je partirai pour l'université.

Des larmes traîtresses menaçaient de nouveau.

— Je ne vais pas me mettre à la colle avec le premier gars venu juste pour ne pas être seule, répliqua-t-elle. Ça ne me dérange pas d'être indépendante, ça ne m'est jamais arrivé, tu sais.

Elle avait parlé avec enthousiasme et gaieté, même si, en réalité, elle appréhendait le jour où Jackson partirait. Elle n'était pas ravie à l'idée de se retrouver seule, mais elle n'allait pas épouser le premier gars qu'elle croisait juste pour éviter la solitude. Elle n'aurait qu'à s'en accommoder.

— Ce n'était pas ce que je sous-entendais. Je suis juste... je me fais du souci pour toi. Tu n'as jamais eu beaucoup d'amis parce que tu redoutais que quelqu'un découvre la vérité sur moi.

— Ce n'est pas la seule raison, protesta Wendy.

— Oui, il y a aussi le fait que tu occupes deux emplois pour t'assurer qu'on ait assez d'argent et un toit au-dessus de nos têtes. Écoute, je te suis plus que reconnaissant de tout ce que tu as fait pour moi, mais après le départ d'Aspen, l'autre soir, je me suis mis à réfléchir.

— Jackson..., commença Wendy, mais il l'interrompit.

— Non, ne commence pas à me donner du « Jackson ». Laisse-moi finir.

Wendy pinça les lèvres et hocha la tête.

— Il est exactement le genre d'homme que j'aimerais te voir épouser. C'est un militaire, donc il a un salaire régulier et une assurance santé. Ce n'est pas un bon à rien et il a l'air assez fort pour gérer n'importe quelle merde qu'on puisse mettre en travers de ta route. Tu m'as dit qu'il avait un cercle d'amis proches, eux aussi dans l'armée. Ils ont tous une petite amie ou une femme, si bien que tu auras d'emblée un groupe d'amies. Il est proche de sa sœur, ce qui est un plus, tu le sais, vu le genre de relation que nous avons. Si tu étais avec lui, tu pourrais sans doute laisser tomber ce stupide travail de télémarketing que tu détestes. Tu pourrais même passer ton bac et si ça se trouve, entamer une licence afin de pouvoir occuper un poste plus important dans ta maison de retraite. Tu as toute ta vie devant toi et je veux que tu sortes d'ici pour la vivre vraiment.

— Et tu penses qu'Aspen pourrait m'aider à obtenir ce résultat ?

— Oui.

Wendy tenta de trouver quelque chose à dire qui décourage son frère de chercher à la marier, mais elle échoua. Chacun des mots sortis de sa bouche lui avait déjà traversé l'esprit. Il n'avait pas mentionné les relations sexuelles ni le fait d'avoir quelqu'un avec qui partager son inquiétude de se faire rattraper par la loi, mais elle n'allait pas mettre le sujet sur le tapis.

Wendy se gara près du trottoir devant le lycée et se tourna vers son frère.

— Si ça se trouve, il ne m'appréciera pas assez. D'autant qu'on vient juste de commencer à sortir ensemble.

— Il t'apprécie vraiment, répliqua Jackson en la regardant droit dans les yeux.

— Je sais, mais ça ne signifie pas qu'on finisse par se marier.

— Je ne suis pas idiot, Wen, mais cela fait un moment que je ne t'ai pas vue aussi heureuse avec quelqu'un. J'ai bien vu qu'il n'arrivait pas à s'empêcher de te toucher, l'autre soir. Dès qu'il en avait la possibilité, il posait une main sur toi. Ton poignet, ton bras... Même quand tu ne le regardais pas, il te dévorait des yeux. Sans même parler de la façon dont je vous ai interrompus... à deux reprises. Une fois sur le canapé, quand je suis rentré, et une fois dans la cuisine.

— Je reconnais qu'il y a une sacrée alchimie entre nous. Mais, Jackson, comme tu l'apprendras en grandissant, il ne s'agit parfois que de sexe.

— Ne fais pas ça, protesta Jackson dont la déception se percevait nettement. Ne traite pas cette relation comme si, pour toi, il s'agissait juste de coucher avec lui. Je connais la différence entre le désir qu'on a pour quelqu'un et le fait de vraiment l'apprécier. De vouloir mieux le connaître, de l'aimer pour ce qu'il est. Et tu l'apprécies autant que lui, sœurette, je le sais.

Elle voulut l'interroger sur la personne qu'il aimait bien, lui, et comment il connaissait la différence, mais ce n'était pas le moment. Wendy avait parlé de sexe à Jackson, il y avait environ quatre ans. Elle l'avait informé sur les préservatifs et lui avait même montré comment ils fonctionnaient. Ça avait été embarrassant, mais nécessaire. La dernière chose qu'elle voulait, c'était qu'il mette une fille enceinte. Elle avait cherché à lui apporter toute l'aide nécessaire, mais un bébé changerait définitivement la vie de son frère, leur vie à tous les deux, et dans les grandes largeurs.

— Je l'aime bien, admit-elle. Vraiment beaucoup.

Jackson sourit et tendit la main vers la poignée de la portière.

— Alors, ne te retiens pas. Donne-toi les moyens de tes ambitions, Wen. Et laisse-le te présenter à ses amis, lie-toi avec eux. Ce sera plus difficile pour lui de te larguer.

Wendy leva les yeux au ciel en entendant la taquinerie

de son frère. Elle chercha quelque chose à lui jeter dessus, mais il était déjà descendu du véhicule avant qu'elle puisse mettre la main sur un objet qui fasse l'affaire. Il se pencha par la portière ouverte.

— Plaisanterie mise à part, Wen, il me semble être quelqu'un de bien. Je suis tout à fait d'accord pour que tu passes du temps avec lui. J'ai presque dix-huit ans, tu peux me laisser seul à la maison sans craindre que je me noie dans la baignoire.

— Chhhuut, tu n'as que seize ans, tu te rappelles ? répliqua Wendy.

Les vieilles habitudes ayant la vie dure, elle jeta un regard furtif tout autour d'elle.

— Je sais...

Il allait fermer la portière quand il se ravisa et se pencha de nouveau à l'intérieur.

— J'ai invité Jenny à manger à la maison demain soir, s'empressa-t-il de lâcher. J'espère que ça ne t'embête pas.

— Jenny ? La nouvelle, du club de théâtre ?

— Elle-même, répondit Jackson avec un petit sourire.

Sur quoi il claqua la portière et lui adressa un rapide signe de la main, avant de partir au petit trot vers les portes d'entrée du lycée.

Wendy gloussa intérieurement.

— Vas-y, Jackson, murmura-t-elle, avant de démarrer et de filer à son travail.

8

————————

— Tu es sûre que ça ne te dérange pas de venir chez moi ce soir ? demanda Blade à Wendy, quatre jours plus tard.

— Sûre et certaine, répondit-elle, avant de se pencher pour poser une main sur son épaule. Je suis impatiente de rencontrer ta sœur et son petit ami.

— J'aimerais bien qu'ils soient déjà mariés, ronchonna Blade.

— Tu brûles de le voir faire de ta sœur une honnête femme ? le taquina Wendy.

— Non. Je veux qu'elle fasse de lui un honnête homme, répliqua aussitôt Blade en lui prenant la main pour en embrasser la paume, avant de la reposer sur sa cuisse pendant qu'il conduisait. Casey n'a pas besoin d'un homme pour que sa vie soit pleine. Sa carrière est brillante et elle se fait des amis partout où elle va. Mais ensemble, ces deux-là fonctionnent. Même si Beatle déteste les insectes et que Casey les aime, ça n'a pas d'importance. Leurs différences parviennent à les rapprocher. Je sais qu'il s'inquiète pour elle quand on part en mission. Il se sentirait mille fois mieux s'il était marié avec elle, car il la saurait protégée et il aurait l'assurance qu'on prendrait soin d'elle si quelque chose lui arrivait.

— C'est ce que tu ressens ?

Blade leva les yeux vers Wendy sans plus s'inquiéter de sentir les battements de son cœur s'accélérer. Elle avait lâché ses cheveux ce soir-là et portait un T-shirt et un jean. Il lui avait dit de choisir une tenue décontractée et il appréciait qu'elle l'ait pris au mot. Même si elle allait rencontrer sa sœur et Beatle pour la première fois, elle était elle-même, sans essayer de se donner des airs. Elle portait un peu plus de maquillage que d'ordinaire et il était sensible au fait que, bien qu'habillée de façon décontractée, elle ait quand même fait l'effort d'être jolie pour son ami et sa sœur.

— Oui, je ne vais pas te mentir. Il y a des choses que je ne t'ai pas dites concernant ce que je fais à l'armée. Les missions que nous effectuons, mes amis et moi, sont dangereuses. Il y a toujours un risque que nous soyons blessés ou tués quand nous sommes partis. L'argent ne résout pas tous les problèmes, mais ça aide, c'est évident. Avoir une assurance santé, une prime d'assurance-vie et, surtout, quelqu'un de l'armée pour aider les proches du défunt dans les semaines qui suivent sa mort, c'est rassurant. Pour moi, Beatle et le reste de mes amis.

— C'est un peu morbide, observa Wendy.

— Non. C'est la vie. Ça craint, évidemment, mais si Beatle meurt sans avoir épousé ma sœur, elle portera le même deuil, sans avoir aucune aide.

— Il me semble que je comprends ton point de vue.

Blade lui serra la main.

— Je réalise que trop de GI se marient pour de mauvaises raisons, mais puisque Casey et Beatle s'aiment et n'ont aucune intention d'être avec qui que ce soit d'autre, pourquoi ne pas aller de l'avant et se marier ?

— Quand tu présentes les choses de cette façon, je ne vois pas.

— Et ne commence pas à me faire parler de Rayne et Ghost, murmura Blade.

— C'est quoi, le problème ?

— Ils ne sont pas mariés, eux non plus. Ghost veut lui mettre la bague au doigt plus que n'importe qui de ma connaissance... à l'exception peut-être de Truck avec Mary.

— Rayne ne veut pas se marier ?

— Oh si, mais elle attend Mary. C'est sa meilleure amie et je parie qu'il y a longtemps, elles se sont juré de faire un double mariage. Donc pour le moment, Rayne refuse de se marier sans elle.

Blade détourna le regard et vit que Wendy plissait le front, perplexe.

— Mais je croyais que Truck et Mary étaient ensemble.

— Oui et non. Truck aime Mary et il est assez évident que Mary tient à lui, mais elle est entêtée. Pour des raisons qui m'échappent, elle rechigne vraiment à sortir avec lui.

— Waouh, c'est dingue. Je veux dire, que se passera-t-il si Mary ne sort jamais avec Truck ? Rayne va-t-elle attendre éternellement pour se marier ? Ce n'est pas vraiment juste pour Ghost et elle.

— Je suis d'accord. Ça me semble idiot, à moi aussi. Mais je ne pense pas vraiment que Rayne attendrait si Truck n'était pas d'actualité. À mon avis, elle espère que ce rappel de leur pacte à Mary va l'inciter à donner une chance à Truck.

— Hmmm. N'empêche que ça me semble dingue quand même, lâcha Wendy.

— Et tu n'en connais que la moitié, convint Blade avant de changer de sujet. Comment va Jackson ? Du nouveau avec les connards qui l'embêtaient ?

Wendy soupira.

— La même chose. Ils traînent toujours dans les parages. Après que le directeur a appelé les flics un jour, parce qu'ils étaient entrés sur le périmètre de l'école, ils ne squattent plus dans le grand terrain de l'autre côté de la rue, mais dans le centre commercial. Ils continuent à effrayer les filles, même si Jackson a essayé de faire en sorte que chaque fille qui quitte le bâtiment après la fin des cours ait au moins un garçon avec elle.

— C'est bien.

— Oui, sauf que maintenant, ces gars en ont après lui.

— Quoi ? s'insurgea Blade, dont la voix s'était durcie.

— Je pense qu'il est devenu leur cible principale, désormais.

— Ce n'est pas une bonne chose.

— Non, mais il prétend qu'il gère. Il affirme qu'il se moque bien de ce qu'ils lui disent ou racontent sur lui. Il se contente de les ignorer, expliqua Wendy, non sans lui serrer la main plus fort que la normale.

— Il pourrait toujours déposer plainte chez les flics, cela aiderait.

— Non ! protesta aussitôt Wendy. Pas de flics.

La rapidité de sa réaction convainquit Blade que sa réticence n'était pas seulement liée à une simple antipathie envers les officiers de police. Mais il savait désormais que s'il insistait, elle éluderait et ne répondrait pas à sa question.

Plus il passait de temps en compagnie de Wendy sans qu'elle consente à s'ouvrir, plus il commençait à se décourager. Il voulait la prendre dans ses bras et la rassurer, lui dire qu'elle n'avait pas à redouter de lui confier quoi que ce soit, mais ce n'était guère possible pendant qu'il conduisait.

— Oh, mais j'ai d'autres nouvelles à son sujet, ajouta Wendy.

— Lesquelles ?

Blade serrait les dents à la pensée que Jackson était la cible de brutes. Il détestait l'idée que le gosse ait à vivre ça, mais il était également impressionné par sa maturité pour gérer la situation. Il avait échangé quelques mots avec lui au téléphone, mais ne l'avait pas revu, ces derniers jours.

— Jenny est venue dîner, l'autre soir.

La tête de Blade se tourna vivement vers elle et il la dévisagea, surpris.

— Vraiment ? Tu ne m'en as pas parlé, hier soir, quand on a discuté.

Elle lui sourit.

— Non. Je me suis dit que je te l'annoncerais quand je te verrais, aujourd'hui.

— Waouh. Il s'agit de la Jenny du cours de théâtre, c'est ça ?

— Quelle mémoire ! le félicita Wendy. Oui, cette Jenny-là. Elle est bien plus jeune que lui, mais il semble vraiment tenir à elle.

— C'est une élève de seconde, c'est ça ? Donc il n'a que... quoi, un an et quelques de plus qu'elle ? Ce n'est pas tant que ça.

Un coup d'œil à Wendy lui révéla qu'elle se mordait la lèvre et regardait par la vitre avant de lui répondre.

— Oui, mais il paraît bien plus vieux.

Blade plissa les paupières. Il était en mesure de repérer une arnaque à des kilomètres –sauf ce fameux soir, dans le bar, avec la prostituée – et il était mécontent de constater que Wendy continuait à lui mentir sur quelque chose. L'âge de son frère ? Mais ça n'avait pas de sens. Son niveau de frustration grimpa encore d'un cran et il se passa une main dans les cheveux, agacé.

— Tu l'aimes bien ? demanda-t-il, guettant les réactions de Wendy.

Ses épaules se détendirent et elle le regarda de nouveau.

— Oh, oui. Elle est polie et a les deux pieds bien sur Terre. Elle semble vraiment apprécier Jackson. Autant de points positifs à mes yeux. Je n'étais pas sûre qu'elle puisse venir chez nous, vu que ce n'est pas dans le meilleur quartier de la ville et que ses parents sont pleins aux as, mais Jackson a été étonnant. Il a affirmé qu'elle serait en sécurité avec lui. Je te jure, ça m'a presque fait fondre. (Elle sourit.) Quand je suis partie, ce soir, il lui parlait au téléphone, pour l'aider sur un problème d'algèbre. Il est très fort en maths. Moi, en revanche, je n'ai certainement pas hérité de la bosse des maths de nos parents. Mais tant mieux qu'il aime ça et qu'il soit fort dans cette matière, parce qu'il utilise les maths en permanence dans son club de robotique. Leur projet actuel est si compliqué que dès qu'il m'en parle, je me mets à loucher.

— Ils travaillent toujours sur leur bras robotisé ?

— Oui.

Oubliant l'espace d'une seconde qu'elle puisse lui mentir, Blade répliqua :

— Notre ami Fish a perdu une partie de son bras.

— Vraiment ?

— Oui. Il l'a perdue en mission à l'étranger. Il sera en ville dans un mois et quelques pour voir des médecins et recevoir une nouvelle prothèse.

— Je suis désolée de ce qui lui est arrivé.

— Tu penses que Jackson aurait envie le rencontrer ? Peut-être que Fish pourrait aller à une réunion de leur club pour parler aux gars.

— Oh, bon sang ! Tu es sérieux ? Tu penses qu'il ferait

ça ? demanda Wendy qui bondissait d'excitation sur son siège.

Blade partit d'un petit rire.

— Je ne sais pas. Mais je me ferai un plaisir de lui poser la question.

— Ce serait génial. Cela dit, Jackson et ses amis vont lui poser un million de questions. Ça va peut-être le mettre mal à l'aise.

Le sourire de Blade ne fit que croître et il rit tant que son rire se mua en grognement.

— Qu'est-ce qu'il y a de si drôle ? demanda-t-elle.

— Attends d'avoir rencontré Bryn, sa femme. Elle pose encore plus de questions et c'est la femme la moins politiquement correcte que j'aie jamais rencontrée. Je te garantis que rien de ce que ton frère et ses amis pourront lui demander ne sera en mesure de l'embarrasser ou de le mettre mal à l'aise. Sa femme l'a habitué à toutes les questions décalées possibles, il ne cillera même pas en entendant celles que lui poseront un groupe de lycéens.

— Bon, je vais attendre, pour évoquer le sujet avec Jackson, que tu aies obtenu l'accord de ton ami.

— Ça me semble une bonne idée, approuva Blade en se garant devant sa maison.

Il vit Wendy découvrir l'endroit, les yeux écarquillés.

— Ça a l'air plus chic que ça ne l'est.

— C'est vraiment joli.

Blade eut l'impression de percevoir une note d'envie dans ses paroles. Il détestait que son frère et elle soient obligés de vivre dans leur quartier pourri, mais pour le moment, il n'était pas en position d'y faire quoi que ce soit. Il aurait pu leur offrir de vivre dans l'appartement au-dessus du garage de Fletch, mais puisque Fletch et sa famille y logeaient pour le moment, c'était exclu. De toute façon,

Blade ne pensait pas qu'elle aurait accepté, si l'endroit avait été vacant.

— Vu de l'extérieur, ça paraît joli et douillet, mais ma sœur n'arrête pas de me répéter que c'est un endroit très ennuyeux, totalement dénué de touches chaleureuses à l'intérieur. Ce qui ne m'empêche pas de refuser qu'elle y mette son grain de sel. Elle fourrerait des fleurs et tout un tas de bazar de partout. Allez, viens, conclut-il une fois qu'il eut coupé son moteur. Case et Beatle sont déjà arrivés.

Ils sortirent de la Jeep et Blade la retrouva devant le véhicule pour s'emparer aussitôt de sa main. Il aima la façon dont elle s'accorda à la sienne et la douceur de sa paume. Chaque fois qu'il la touchait, il oubliait complètement qu'elle lui taisait des choses... et le malaise que cela créait en lui.

Ils avancèrent main dans la main jusqu'à la porte de sa maison, qu'il ouvrit pour elle.

* * *

— Je suis là ! cria Aspen dès qu'ils se retrouvèrent à l'intérieur.

Wendy tressaillit tant sa voix avait été sonore. Une femme faisant à peu près sa taille, aux cheveux blond foncé, surgit d'un couloir et leur sourit. Wendy nota aussitôt la ressemblance entre Aspen et elle.

— Bonjour ! lança la femme avec un sourire éclatant et chaleureux. Je suis Casey, la sœur de ce bandit. Je suis tellement contente de te rencontrer. Aspen ne fait que parler de toi chaque fois qu'on se voit, ajouta-t-elle en tendant une main que Wendy serra.

Elles se sourirent pendant quelques secondes, avant

qu'un homme ne vienne se poster à côté de Casey et ne lui pose une main sur la hanche. Il lui tendit l'autre.

— Je suis Beatle. Ravi de te rencontrer, Wendy. Cela fait un peu trop longtemps que Blade te garde pour lui tout seul.

— Oh, nous nous sommes rencontrés il y a peu de temps, répliqua-t-elle après lui avoir serré la main.

— Comme je l'ai dit, il te garde pour lui seul.

Wendy sourit et se sentit frissonner quand Aspen l'enlaça par la taille, comme son ami le faisait avec Casey.

— Tais-toi, Beatle. Ne la mets pas mal à l'aise.

Taquine, Wendy se serra contre lui.

— Il ne me met pas mal à l'aise. J'ai un frère adolescent, tu te rappelles ? Il n'y a pas grand-chose qui puisse me gêner.

— Tu vois, Blade ? Je ne l'embarrasse pas. Maintenant, attends que je lui raconte l'histoire de ce qui t'est arrivé à Djibouti quand tu avais tellement envie de pisser que tu as presque fait dans ton pantalon et...

Il dut ravaler ses derniers mots quand Aspen se déplaça plus vite que Wendy ne l'avait jamais vu faire auparavant. Ayant cravaté son ami, il l'entraînait vers ce que Wendy supposait être la cuisine.

— Excuse-nous, mon cœur. Beatle et moi, on va vérifier les steaks sur le grill. Je suis sûr qu'il les a ruinés en mon absence...

Wendy observa Casey, les yeux écarquillés, et, quand celle-ci se mit à glousser, elle se détendit.

— Je jure devant Dieu qu'ils se comportent parfois comme s'ils avaient douze ans, lâcha la sœur d'Aspen avec un immense sourire. Viens, tu peux me tenir compagnie pendant que je prépare le reste du dîner.

— Tu as besoin d'aide ? demanda Wendy.

— Oh non, je m'en occupe. Aspen me fera la peau s'il te voit trimer sur le dîner en revenant.

— Non, vraiment, laisse-moi t'aider, insista Wendy. Je n'aime pas rester assise sans rien faire.

Le sourire de Casey s'élargit.

— OK, si tu insistes.

Elles pénétrèrent dans la magnifique cuisine digne d'un grand chef et Wendy eut toutes les peines du monde à ne pas saliver. Elle n'était pas une cuisinière d'exception, même si elle se débrouillait. Mais un regard à cette cuisine lui donna soudain envie d'ouvrir un livre de cuisine et d'essayer quelque chose de nouveau et de différent.

Il y avait une gazinière à six feux. L'appareil semblait avoir davantage sa place dans un magazine de décoration que dans une maison. Le frigo, le lave-vaisselle et la cuisinière étaient tous dans un acier immaculé et, à l'évidence, haut de gamme. Il y avait deux fours, un luxe pour lequel Wendy aurait tué, et un splendide évier de style campagnard.

— Le grand chic, non ? demanda Casey.

— Euh, c'est même l'euphémisme de l'année, ironisa Wendy.

— Oui, bien trop prétentieux pour mon frère, ça, c'est sûr, répliqua Casey. Il a acheté cet endroit pour une bouchée de pain avant de le vider et de le rénover. Je lui ai dit que s'il faisait ça, il devait le faire bien. Il sait que s'il veut revendre un jour cet endroit, ce sont la cuisine et la salle de bains qui feront la différence. Tu as vu ces émissions de chasse au logement à la télé ? Je me rends compte qu'ils sont totalement faux et que les gens ont déjà acheté l'une des maisons avant le tournage de l'émission, mais la première chose qu'ils font, c'est de critiquer la cuisine, qui est démodée, ou le fait qu'il n'y ait pas de plan de travail en granite. Et ne me lance pas sur les salles de bains.

Wendy sourit et accepta le cœur de laitue que son interlocutrice lui tendit.

— Si la cuisine a cet aspect-ci, je suis très impatiente de voir les salles de bains.

— Fais-moi confiance, il y a de quoi devenir dingue, lui confia Casey. Même si ces endroits manquent d'une touche féminine. Ils sont trop... uniformes. Je n'arrête pas de répéter à mon frère qu'il doit peindre l'un des murs ou mettre quelques coussins de-ci de-là, mais il ne m'écoute pas.

Les deux femmes discutèrent de tout et de rien jusqu'à ce qu'Aspen et Beatle reviennent, munis d'une assiette de steaks et de quelques brochettes de légumes.

Aspen posa l'assiette sur le plan de travail, puis vint aussitôt se planter à côté de Wendy. Il se pencha pour lui déposer un baiser sur la joue.

— Ma sœur t'a déjà transformée en esclave de cuisine ?

Troublée par l'aisance et la nonchalance avec lesquelles il l'avait embrassée devant son ami et sa sœur, Wendy déclara :

— Il me semble que je pourrais déménager dans cette cuisine et y être heureuse pour le restant de mes jours.

Il s'esclaffa.

— Je m'étais toujours imaginé que c'étaient ma bonne mine et ma personnalité qui me vaudraient du succès auprès des poulettes. Qui aurait pu prévoir que ce qui marcherait, ce serait une cuisine chic ?

Wendy lui sourit.

— C'est plus qu'une cuisine, Aspen. C'est stupéfiant.

— Je suis content qu'elle te plaise, mon cœur. Attends de voir la chambre principale.

Malgré les sauts périlleux de son ventre, Wendy se contenta de dire :

— Je brûle d'impatience.

— Moi aussi, chuchota Aspen, avant de lui déposer un baiser sur la tempe et de se tourner vers les autres. Comment se déroulent tes cours, Casey ?

Le frère et la sœur parlèrent du travail de cette dernière pendant qu'ils installaient la nourriture sur la table en bois de la salle à manger.

Lorsqu'ils s'assirent pour dîner, Wendy avait appris que Casey enseignait à Baylor University où elle était récemment venue de Floride pour pouvoir emménager avec Beatle.

— Ça m'a l'air délicieux, constata Wendy avant qu'ils entament le dîner.

— Je suis désolé que Jackson ne soit pas là, ajouta Aspen.

Wendy s'efforça de ne pas ciller. Son frère et elle avaient décidé qu'il serait « Jack » pour tout le monde sauf eux. C'était une simple mesure de précaution, qu'ils avaient rigoureusement observée depuis près de dix ans. Mais elle s'était sentie tellement à l'aise avec Aspen qu'elle avait oublié de se montrer prudente et qu'elle avait appelé son frère par son vrai prénom depuis qu'ils avaient commencé à se fréquenter. À l'évidence, Aspen l'avait relevé.

— Oui, mais Jenny l'a invité à dîner chez elle, ce soir, et il était hors de question qu'il manque ça.

— Il est à ce point mordu ? demanda Aspen.

Wendy hocha la tête.

— Oui, je pense. Elle semble très mignonne. Ils n'ont aucun cours en commun puisqu'elle est en seconde et lui en terminale, mais ils se voient à l'heure du déjeuner. Et il veille à toujours attendre avec elle après les cours, jusqu'à ce que sa mère ou son père vienne la chercher.

— C'est rapide, cette histoire, constata Beatle. Blade m'a dit qu'ils s'étaient rencontrés il y a quoi... juste une semaine ?

Wendy haussa les épaules.

— Oui, mais vu qu'il a toujours passé beaucoup de temps à l'école et dans toutes sortes d'activités, je suis en fait contente qu'il manifeste de l'intérêt pour une fille, pour une fois. Même si je n'ai aucune idée de la façon dont il va faire coïncider leurs rendez-vous avec toutes ses autres activités... Mais je suppose que si elle est importante pour lui, il lui trouvera du temps.

Tout le monde en convint.

— Donc, Blade dit que tu travailles dans un centre de soins pour personnes âgées au sud de la ville. Qu'est-ce que tu y fais ? demanda Beatle.

— Ce n'est pas exactement un centre de soins, rectifia doucement Wendy. Il y a des tas de résidents qui n'ont pas besoin du moindre soin médical. C'est une maison de retraite dotée d'un service de rééducation, ainsi que d'une section de soins à plein temps. La plupart des personnes ici n'ont pas besoin d'aide, mais ils aiment cet endroit parce qu'ils se trouvent avec des gens de leur âge. Puis quand ils ont besoin de plus de soins, ils déménagent dans des appartements de vie assistée. Si leur santé évolue, ils passent à des soins de plus en plus intenses. C'est un endroit merveilleux pour terminer sa vie. Ça n'a rien d'un établissement médicalisé où tout le monde est alité en attendant sa mort.

— Je n'avais pas l'intention de toucher un point sensible, déclara sincèrement Beatle. Tu es à l'évidence passionnée par ce que tu fais.

— Non, je suis désolée, balbutia Wendy, embarrassée. Je ne voulais pas m'emporter.

Beatle s'esclaffa.

— Ce que tu n'as pas fait, Wendy. Tu as très justement corrigé mes suppositions erronées. Si tu veux voir quelqu'un s'emporter, tu devrais venir regarder notre commandant quand il nous hurle dessus les jours où il trouve qu'on a été fainéants pendant notre séance d'entraînement physique.

Wendy lui sourit, heureuse de ne pas avoir commis d'impair aussi tôt dans la soirée. La dernière chose dont elle avait envie, c'était de provoquer un conflit.

— Qu'est-ce que tu fais là-bas ? demanda Casey.

— Je suis auxiliaire médicale. Ce qui signifie que je suis une femme à tout faire. Je rends visite aux résidents, je les aide à changer de chaîne sur leur poste de télévision, s'ils en ont besoin, je vais leur chercher de l'eau et je parle à leurs proches. Je tiens des mains en cas de besoin et je m'assieds avec les personnes qui se sentent seules pendant les repas, ce genre de choses.

À une époque, Wendy avait honte de son travail. Ce n'était pas comme si elle était infirmière et contribuait vraiment à la guérison de quelqu'un. Elle se contentait d'aider les gens sur de petites choses. C'était l'un des rares postes qu'elle avait pu décrocher sans diplôme. Mais à présent, elle l'aimait.

— On lui vomit aussi dessus, on lui crie dessus et on la snobe, ajouta Aspen.

— Ça n'a pas l'air très drôle, dans ce cas, constata Casey.

— Ça fait partie du job, répliqua Wendy en haussant les épaules.

— Quand as-tu déménagé ici ? demanda Beatle.

Wendy s'efforça de ne pas se crisper, mais elle ne put

s'en empêcher. Elle avait du mal avec les questions qui avaient trait à son passé. Comme toujours.

— Il y a quelques années, répondit-elle en tentant de sourire sur sa réponse.

— Où vivais-tu auparavant ? demanda Casey.

— Dans un endroit sombre et froid, dit-elle avec une emphase théâtrale. La météo du Texas me convient bien mieux.

— Tu m'étonnes, frangine, convint Casey. J'adorais la Floride et je m'étais juré que jamais je ne vivrais dans un endroit où il neige. Heureusement que Beatle habitait au Texas, sans quoi je n'aurais jamais accepté d'emménager avec lui. Il y a des limites à ce qu'une fille peut supporter.

— Eh ! protesta Beatle.

Tout le monde ricana.

Wendy sentit la main d'Aspen se déplacer sur ses genoux. Elle pesait à présent sur sa cuisse. Relevant les yeux vers lui, elle se rendit compte qu'il ne souriait pas, mais l'observait, préoccupé.

— Ça va ? demanda-t-il.

Elle hocha la tête. Elle était un peu embarrassée qu'il puisse lire aussi bien en elle. La plupart des femmes se réjouissaient que leur partenaire soit capable de deviner quand elles étaient fâchées, mais pas elle. La dernière chose dont elle avait envie, c'était qu'il lui demande pourquoi parler de son passé l'embarrassait à ce point. Une fois que Jackson aurait dix-huit ans, il serait sauvé, mais ça ne la mettrait pas pour autant à l'abri des ennuis. Mieux valait que personne ne sache jamais ce qui s'était produit, une décennie plus tôt. Ce qu'elle avait fait.

— Tu aurais envie de poursuivre tes études pour devenir infirmière ? s'enquit Casey. Ton expérience d'aide-soignante me semble un premier pas vers l'obtention d'un diplôme.

— Oh, euh... Je n'y ai pas réellement songé.

Mais en fait si. Wendy aurait adoré devenir infirmière, sauf que ce n'était pas pour elle. Dès qu'elle essaierait de candidater pour une université, elle aurait à leur communiquer son numéro de sécurité sociale. C'était déjà bien assez dangereux d'avoir dû le donner au service des ressources humaines pour recevoir sa paye. Moins il y aurait de manières de remonter jusqu'à elle, mieux ce serait.

— Si tu veux des informations sur ce qu'ils proposent à Baylor, dis-le-moi. Je serais ravie de t'organiser un rendez-vous avec un conseiller pédagogique afin que tu parles avec lui des options qui s'offrent à toi.

Wendy s'éclaircit la gorge à deux reprises, pour tenter de refouler les larmes qui menaçaient de couler.

— Merci. Ça me touche beaucoup.

Elle aurait dû pouvoir s'appuyer sur une amie comme Casey, dix ans plus tôt. Mais à l'époque, tous ses soi-disant amis paraissaient disparaître quand elle avait le plus besoin d'eux.

— Comment vas-tu, Casey ? demanda Aspen en détournant le feu des projecteurs vers sa sœur.

Wendy ignorait s'il l'avait fait à dessein ou s'il changeait de sujet de conversation vers quelque chose de plus intéressant. Mais quand son pouce entreprit de lui effleurer la cuisse, elle eut la sensation qu'il faisait dévier la conversation pour lui accorder une pause.

Elle chercha à calculer mentalement combien de temps s'était écoulé depuis la fameuse soirée au bar, où elle était censée rencontrer Aspen pour la première fois, et eut la surprise de constater que ça ne faisait pas plus de deux semaines. Elle avait la sensation de le connaître depuis toujours, même si elle supposait que cette impression s'expliquait parce qu'ils s'étaient beaucoup appelés et envoyé des textos et par le fait qu'ils s'étaient parlé tous les soirs au téléphone depuis qu'il était venu chez elle, une semaine et demie plus tôt.

Elle était connectée avec Aspen comme ça ne lui était jamais encore arrivé. C'était étrange, effrayant... et naturel.

— Tu continues à voir le Dr Martin ? demanda Aspen à Casey.

L'attention de Wendy fut brutalement ramenée vers la conversation qui se poursuivait autour d'elle.

— Oui, mais seulement une fois tous les quinze jours ou quelque chose comme ça. Je supporte mieux le noir aussi, n'est-ce pas, Beatle ? fit Casey.

Wendy fronça les sourcils.

Remarquant son expression, Casey l'interrogea :

— Aspen ne t'a pas raconté ce qui m'est arrivé ?

— Pas vraiment. Enfin, je connais les grandes lignes, mais pas les détails.

— J'ai été kidnappée au Costa Rica et jetée dans un trou creusé dans la terre pendant plus d'une semaine, avec rien à manger et seulement le filet d'eau qui sortait d'un tuyau d'arrosage pour me maintenir en vie.

Wendy dévisagea son interlocutrice, incrédule. Elle avait énoncé ce souvenir comme si elle racontait un trajet à l'épicerie au bout de la rue.

— Purée !

Casey regarda l'homme assis à côté d'elle. Il n'avait pas l'air content, mais il était évident qu'il tentait de garder son calme. Puis elle reposa les yeux sur Wendy.

— En fait, une des femmes avec lesquelles je travaillais à l'université de Floride désirait effectuer des recherches pour montrer qu'une attitude positive pendant une situation traumatisante pouvait aider à garder une personne en vie. Bien entendu, quand j'ai été sauvée par Beatle, mon frère et leur équipe, elle est devenue nerveuse et ne voulait surtout pas que je me rappelle ce que j'avais vu ou entendu pendant mon calvaire. Quand je suis revenue aux États-Unis, elle m'a droguée et j'ai failli sauter par une fenêtre pendant que j'étais complètement défoncée.

Wendy ne put que continuer à dévisager Casey, horrifiée.

— Elle va bien, maintenant, mon cœur, lui chuchota Aspen à l'oreille.

Il s'était penché pour lui passer un bras autour des épaules.

Wendy se rendit compte qu'elle avait oublié de reposer sa fourchette et son couteau. Elle reposa lentement ses couverts et demanda :

— Tu vas vraiment bien ?

Casey lui adressa un immense sourire et se désigna :

— Comme tu peux le voir, je vais bien. J'ai un peu peur du noir, maintenant, mais je travaille là-dessus.

La tête de Wendy bourdonnait de questions.

— Mais... est-ce qu'ils ont attrapé la personne qui t'a fait ça ?

— Oui, répondit Casey avec un sourire éclatant. Elle était en prison, mais elle est morte.

— Merci, putain, grommela Beatle entre ses dents.

— La salope de garce, lâcha Aspen au même instant.

Le regard de Wendy croisa celui de Casey et, soudain, elles gloussèrent toutes les deux.

Quand elle eut repris le contrôle d'elle-même, Wendy déclara :

— Si quelqu'un faisait un truc du genre à mon frère, je le tuerais de mes propres mains.

— Ne va pas t'imaginer que ça ne m'ait pas traversé l'esprit, répliqua Aspen avant de poser à Beatle une question liée à leur ami Fish, qui entraîna Wendy dans une conversation sur cet homme et sa femme.

Vingt minutes plus tard, après qu'elle avait avalé toute la nourriture dans son assiette et qu'elle eut mal au ventre à force de rire des histoires de la petite Annie et de son tank fait maison, Wendy se reposait pendant qu'Aspen et Beatle emportaient la vaisselle sale dans la cuisine pour la mettre à tremper dans l'évier.

— Tu veux que je m'occupe de ça ? demanda-t-elle quand Aspen revint dans le salon.

Il eut l'air consterné.

— Non. Je m'en occuperai une fois que tout le monde sera parti.

— Ce n'est pas grand-chose, insista-t-elle.

Aspen se pencha pour l'embrasser. La chaleur de ses lèvres lui donna envie d'ouvrir les siennes pour l'encourager à lui donner le même baiser que dans sa cuisine.

— J'ai dit « non », répondit-il. Tu ne vas pas faire la vaisselle la première fois que tu viens chez moi. C'est hors de question.

— Peut-être la deuxième fois, alors ? le taquina-t-elle.

Aspen était toujours penché au-dessus d'elle, une main sur la table et l'autre sur le dossier de sa chaise. Comme elle était à moitié tournée, elle lui faisait face et se sentait complètement enveloppée par cet homme.

— Peut-être.

Elle l'examina et oublia, l'espace d'un instant, qu'ils n'étaient pas seuls. Ses yeux se posèrent sur les lèvres d'Aspen et elle passa la langue sur les siennes, brûlant qu'il lui donne un autre baiser. Elle gémit doucement et, à l'instant où elle levait le menton pour amorcer le mouvement, Casey déclara :

— Pourquoi tu ne lui ferais pas visiter les lieux, frérot ? Beatle et moi on y va, de toute façon.

— Euh ? Je pensais qu'on...

Wendy l'entendit grogner comme si ses mots avaient été coupés par un coup de coude dans son ventre. Quand elle se retourna pour voir, il se frottait l'abdomen. Elle en conclut donc qu'elle avait vu juste.

Embarrassée et sachant qu'elle avait sans doute viré à l'écarlate, vu que Casey n'était pas vraiment subtile, Wendy ouvrit la bouche pour protester et dire qu'elle n'avait rien contre le fait qu'ils restent un peu plus longtemps, mais Aspen la coiffa au poteau.

— En voilà une idée géniale. C'était chouette de vous voir, tous les deux. À demain, Beatle. Et Casey, ne m'oublie pas.

Sur quoi, il s'empara de la main de Wendy et la hissa sur ses pieds.

Elle chancela et le bras d'Aspen vint s'enrouler autour de sa taille pour la garder en équilibre. Elle sentit le renflement de son érection contre son ventre, mais ne s'écarta pas. C'était un soulagement de savoir qu'il était tout aussi émoustillé qu'elle.

Au prix d'un gros effort, elle abandonna le regard intense d'Aspen pour s'adresser à sa sœur et Beatle.

— C'était merveilleux de vous rencontrer.

— Tout le plaisir était pour nous, répliqua Casey. Je suis impatiente de faire la connaissance de ton frère, il a l'air étonnant.

— En effet, confirma Wendy, rayonnante.

Beatle s'avança et, ignorant le froncement de sourcils d'Aspen, extirpa Wendy de son étreinte pour la serrer dans ses bras.

— C'était chouette de te rencontrer, Wendy. Bienvenue

dans la famille.

— Oh, euh. Merci, balbutia Wendy en frottant maladroitement le dos de l'ami d'Aspen.

Casey s'esclaffa et entraîna son petit ami.

— Viens donc, Roméo, tu la fais flipper.

À la seconde où Beatle la relâcha, Aspen la revendiqua de nouveau et l'attira contre son flanc.

— Soyez prudents sur la route, lança-t-il au couple qui se dirigeait vers la porte.

— Comme toujours, répondit Beatle.

Puis Wendy se retrouva seule avec Aspen. Sans un mot, il la plaça une nouvelle fois devant lui, puis il se pencha.

Avide d'avoir ses lèvres sur les siennes, Wendy ne protesta pas et se hissa sur la pointe des pieds pour venir à sa rencontre.

Comme dans la cuisine, leur baiser fut aussitôt intense et charnel. Combien de temps restèrent-ils ainsi, à s'embrasser dans sa salle à manger ? Wendy l'ignorait. Tout ce qu'elle savait, quand il recula finalement, c'est qu'ils haletaient tous les deux.

Elle se passa la langue sur les lèvres, pour y savourer le goût d'Aspen, puis se pressa plus fort contre lui. Cette fois, le renflement de son pantalon était plus long et plus épais que précédemment. Mais il n'effectua aucun mouvement obscène contre elle. Il ne la souleva pas pour la jeter sur le canapé d'allure confortable de l'autre pièce. Il se contenta d'embrasser sa paume et de reculer sans pour autant lâcher la main où il venait de déposer un baiser.

— Tu veux visiter les lieux ?

Ravalant sa déception, Wendy hocha la tête.

Il leva une main pour lui repousser les cheveux derrière une oreille.

— Ne me regarde pas comme ça, mon cœur.

— Comme quoi ?

— Comme si tu te demandais pourquoi j'ai arrêté. Ou si j'ai vraiment envie de toi. Parce que c'est le cas. À mort. Mais je veux plus qu'une amourette, Wendy. Je veux tuer tous les dragons que je vois dans tes yeux. Je veux être le genre d'homme que ton frère serait fier de présenter à ses amis. Je veux que tu me confies tous tes secrets et que tu saches au plus profond de toi que jamais je ne te trahirai.

Elle le regarda, médusée. Elle s'était peut-être imaginé avoir esquivé ses questions avec succès jusqu'à ce soir-là, en constatant qu'il n'insistait jamais et la laissait changer de sujet quand il s'approchait trop près des points qui la dérangeaient. À l'évidence, elle l'avait complètement sous-estimé.

Il sourit avec regret.

— Oui, je sais que tu as des secrets, mais je n'insiste pas. Nous sommes encore en train d'apprendre à nous connaître. Mais sache que je te veux. Je te veux étendue dans mon lit, aussi nue qu'au jour de ta naissance. Je veux te voir te tortiller sous moi quand j'aurai découvert ta délicieuse saveur. Je veux que tu jouisses sous et autour de moi, quand je me perdrai à l'intérieur de ton corps. Mais je veux tout de toi, Wendy. Le bon, le mauvais et même le moche. Pas juste ton corps. Tant que tu ne pourras pas me donner ça, je vais essayer de me contrôler et d'être un bon garçon.

Le rêve qui l'avait traversée l'autre matin déferla dans son cerveau. Mais la tirade d'Aspen l'avait effrayée. Elle ne pouvait parler à personne de son passé. Ou de celui de Jackson. Elle ne pouvait courir ce risque.

— Purée, Wen, ne me regarde pas comme ça. Tout va bien se passer, je te le jure.

Aspen l'enlaça et ils demeurèrent ainsi, au milieu de sa salle à manger, pendant près d'une minute, sans prononcer un mot, juste à s'imprégner de l'instant.

Finalement, il recula.

— Viens. Laisse-moi te montrer une salle de bains si étonnante qu'elle te fera couiner de joie... du moins si j'en crois Casey.

Wendy lui adressa un faible sourire et se laissa entraîner à travers sa maison.

L'endroit était étonnant. Quatre chambres, une pièce supplémentaire, multifonction – qui abritait pour l'instant des appareils de musculation –, trois salles de bains complètes, plus une salle de douche au rez-de-chaussée, à côté de la cuisine.

La chambre principale se situait au deuxième étage qu'elle occupait entièrement. Un parquet en couvrait le sol, mais un immense tapis gris adoucissait l'espace. Il n'y avait pas beaucoup de couleurs, comme Casey l'en avait prévenue, mais Wendy apprécia pourtant l'endroit tel qu'il était. Le lit *king size* retint son attention : elle eut envie de se recroqueviller en son centre pour y dormir pendant des jours. Il n'avait pas été fait et voir les draps fripés donna envie à Wendy d'y attirer Aspen avec elle et de les froisser encore plus. Elle se l'imaginait, allongé ici, en train de dormir. Peut-être vêtu d'un boxer. Ou bien nu.

Elle sentit ses tétons durcir sous son chemisier à l'érotisme de cette pensée et elle s'empressa de balayer sa chambre du regard pour détourner son attention vers quelque chose de plus sûr que la pensée du corps nu d'Aspen.

Il y avait un immense fauteuil de cuir dans un coin, juste à côté d'une fenêtre, qui avait l'air aussi confortable que le lit. Elle s'y imagina assise, en train de lire un roman pendant qu'Aspen dormait.

Chassant ces pensées, elle le suivit dans la salle de bains attenante.

Elle poussa un cri en découvrant l'endroit avec des yeux aussi ronds que des soucoupes : c'était une salle de bains pour laquelle on aurait pu mourir.

— Casey m'a aidé à la concevoir. Et quand je dis « aidé », je veux dire que j'ai suivi ses instructions.

— Purée, Aspen. C'est...

Wendy était à court de mots.

Grandiose. C'était grandiose. Il y avait une douche à l'italienne sur la droite. Quand elle jeta un coup d'œil à l'intérieur, elle constata qu'il y avait deux pommeaux à effet de pluie fixés au plafond, de part et d'autre de la cabine, et deux autres fixés sur les murs. Trois personnes pouvaient aisément s'y doucher sans se toucher, peut-être même quatre ou cinq. Le carrelage avait plusieurs nuances feutrées de gris, ce qui créait un espace intime plein de sérénité.

La baignoire jacuzzi était également assez grande pour accueillir plusieurs personnes. Ronde, éclairée en hauteur par une fenêtre qui donnait sur un petit terrain boisé. Wendy devina avec une certitude absolue que les étoiles seraient étonnantes à contempler depuis cette baignoire.

Il y avait deux lavabos dans le long plateau en granite ainsi qu'une porte menant, supposa-t-elle, aux toilettes.

— Viens voir ça, l'invita Aspen en lui attrapant la main pour l'entraîner hors de cette étonnante salle de bains vers la chambre principale.

Il la conduisit jusqu'à une autre porte qu'il désigna avant d'esquisser une courbette.

— Après vous, madame.

Wendy lui sourit et tourna le bouton ouvrant la porte. Elle ne put retenir un autre cri.

Elle pénétra dans un placard... non, c'était un mot trop sage pour qualifier l'endroit où elle se tenait. Il s'agissait d'un dressing. Aussi grand que sa chambre à elle, dans l'appartement miteux où elle logeait, à l'autre bout de la ville. À l'évidence, Aspen avait eu recours à un professionnel pour concevoir l'espace, parce qu'il y avait des casiers pour les chaussures, des étagères pour les chemises et les pantalons et de la place aussi pour suspendre les vêtements. Ceux d'Aspen n'occupaient qu'un tiers de l'espace. Deux paires de chaussures traînaient par terre, et non dans les endroits conçus à cet effet, mais elles ne gâchaient en rien le côté stupéfiant de cette pièce.

Wendy se tourna vers Aspen.

— Mince alors, chuchota-t-elle.

— Un petit peu excessif, non ?

Elle secoua aussitôt la tête.

— Non, absolument pas. C'est beau. Et magnifique. Et extraordinaire. Tu ne pourrais pas m'épouser, que je vive à l'intérieur de ce dressing, dont je ne sortirais que pour passer du temps dans cette tout aussi épatante salle de bains ?

Aspen éclata si fort de rire qu'il se remit à grogner. Dès qu'il se fut calmé, il répliqua :

— J'en déduis donc que ça te plaît.

— Non, Aspen, rectifia-t-elle. J'adore. Tu n'auras aucun problème à vendre cet endroit. Tout ce que tu auras à faire, c'est de faire venir une femme ici et elle te lancera tout son argent.

— Je suis heureuse que tu aimes, mon cœur, dit-il d'une voix douce.

Et il n'en fallut pas plus pour que l'humeur de la pièce passe de taquine à intense.

Il riva ses yeux aux siens et Wendy aurait pu jurer qu'il voyait à l'intérieur de son cœur. Et qu'il savait à quel point elle brûlait de se confier à lui.

— Viens, murmura-t-il. Tu veux regarder un peu la télévision, avant que je te ramène chez toi ?

— Oui, j'aimerais bien, répondit-elle en lui serrant la main.

Ils redescendirent les deux volées de marches qui conduisaient au salon où trônaient une grande télévision et un canapé à l'air très confortable.

— Pourquoi avoir une maison aussi grande si tu es seul à y vivre ? demanda-t-elle en s'installant sur le canapé pendant qu'Aspen passait ses DVD en revue.

Sans se retourner, il répondit :

— Parce que j'ai toujours voulu une grande famille. Parce que j'ai aimé cet endroit quand je l'ai vu pour la première fois. Parce que ça fournit à mes amis un endroit où pioncer en cas de besoin. (Il haussa les épaules.) Tout m'attirait dans cette maison.

Glissant un DVD dans le lecteur, Aspen se saisit d'une télécommande avant de revenir s'asseoir juste à côté d'elle. Comme si c'était la chose la plus naturelle du monde, il l'attira contre son flanc.

Wendy s'y blottit et reporta ses yeux sur l'écran. Elle gloussa en voyant le film commencer.

— *Deadpool* ?

— C'est un film sentimental, répliqua Aspen, alors même que l'acteur à l'écran tirait en plein visage d'un adversaire.

— Vraiment ? demanda Wendy, sceptique.

— Oui. Et maintenant, chut, regarde.

Wendy sourit et obtempéra. Et lorsque le générique de fin commença à défiler, elle dut admettre qu'Aspen avait raison. Il s'agissait d'un film sentimental. L'intrigue était sanglante, violente et cruelle, mais à la fin, le héros et l'héroïne s'unissaient pour la vie. Il devait donc bel et bien s'agir d'un film sentimental, au bout du compte.

9

Deux semaines plus tard, Wendy était installée à la petite table de son appartement quand elle entendit la porte d'entrée s'ouvrir. Elle leva les yeux et s'apprêtait à demander à Jackson comment sa journée s'était déroulée, mais elle lâcha un cri horrifié à la place.

La chemise de Jackson était déchirée et il avait un début de coquard en formation autour d'un œil.

D'un bond, sans prêter attention à sa chaise qui atterrissait par terre, elle se précipita vers lui.

— Oh, bon sang ! Qu'est-ce qui s'est passé ?

— Ces connards ont frappé, grommela Jackson, qui laissa tomber son sac à dos sur le sol.

— Je croyais que tu ne les avais plus revus depuis un moment, dit Wendy en tournant autour de son frère qui entrait dans la cuisine.

Elle ne savait pas trop où le toucher pour s'assurer qu'il allait bien.

— En effet, mais visiblement, ils n'étaient pas encore fatigués de se conduire comme des brutes, répliqua Jackson en ouvrant le frigo pour attraper une bouteille d'eau.

Il but au goulot.

Wendy s'efforça de ne pas manifester son impatience, mais elle avait du mal.

— Parle-moi, Jackson, ordonna-t-elle. Il va falloir en faire état une fois de plus au proviseur. Ça fait assez longtemps que ça dure.

Tout en soupirant tandis qu'il rebouchait la bouteille, il s'approcha de la table et ramassa la chaise au sol, avant de s'y laisser tomber. Il s'accouda à la table et se pencha pour lui raconter les événements.

— Le proviseur ne peut rien faire. D'autant que cet endroit n'appartient pas au lycée.

— Arrête d'essayer de gagner du temps et raconte-moi ce qui s'est passé, lâcha-t-elle d'un ton sévère.

Jackson eut un petit sourire suffisant.

— Je reconnais ton air de « sœur dure à cuire ». Je ne suis pas certain que ça fonctionne aussi bien sur moi que quand j'avais dix ans.

— Jackson, le tança Wendy.

Il leva les deux mains en signe de capitulation.

— OK, OK. Ils se trouvaient de l'autre côté de la rue quand Jenny et ses amies sont sorties de cours aujourd'hui. Ils les ont sifflées, se sont mis à klaxonner sur leur passage, alors je leur ai hurlé dessus pour qu'ils la bouclent, je leur ai dit qu'ils étaient des connards immatures qui devaient visiblement compenser la petite taille de leur pénis en agressant des gens plus jeunes qu'eux.

— Tu n'as pas fait ça, soupira Wendy.

— Si, soupira à son tour Jackson. Je sais, tu m'as dit et redit d'ignorer les abrutis, que tout ce qu'ils voulaient, c'était une réaction pour se légitimer et se sentir puissants, mais, Wen, tu aurais dû voir Jenny. Elle était terrifiée, même s'ils étaient de l'autre côté de la rue, et ça m'a mis dans une sacrée rogne.

— Je comprends, concéda Wendy. Comment te sont-ils tombés dessus ?

— Rob et moi, on a veillé à ce que Jenny et ses copines aient été récupérées, puis on est allés vers l'endroit où les gars se tenaient, à côté de leurs bagnoles. Ils nous ont sorti des insanités, on a répliqué. Ils ont dit que si on était aussi balèzes que ça, pourquoi on ne se retrouverait pas au terrain de foot, dans le parc de la ville.

— Tu n'as pas fait ça ! s'exclama Wendy.

— Bien sûr que non. On se serait retrouvés à cinq contre deux. Ils nous auraient fait la peau.

Wendy poussa un soupir de soulagement.

— On leur a ordonné de s'éloigner du lycée, on leur a dit qu'on avait noté leur plaque d'immatriculation et que j'allais découvrir où ils habitaient. Apparemment y'en a deux d'entre eux qui ont flippé, parce qu'ils ont aussitôt reculé. J'en ai entendu un marmonner que si son père découvrait qu'il séchait les cours à l'université de Temple, il lui botterait les fesses et le jetterait de leur maison sur la base.

— Son père est à l'armée ? s'enquit Wendy.

Jackson haussa les épaules.

— J'imagine. Mais bref, leur chef, Lars, leur a dit de la boucler. Il m'a reluqué et, je le jure, je n'ai pas vu une once de remords ou d'humanité dans ses yeux. Les autres auraient sans doute cessé de nous harceler depuis long-temps, si Lars n'était pas aux commandes. Il n'a pas ouvert la bouche, il m'a simplement dévisagé pendant très longtemps. Y avait pas plus flippant. Puis il a claqué dans ses doigts et tous ses petits potes sont remontés en voiture pour partir.

— Attends, je croyais que leur chef, c'était Chuck ?

Jackson leva les yeux au ciel.

— Non. C'est un salopard et c'est lui qui a touché Jenny, la première fois, mais celui qui dirige leur gang d'andouilles, c'est bel et bien Lars.

— Mais comment tu as été blessé ? s'impatienta Wendy.

— Rob et moi, on est partis pour rentrer. Lars devait nous avoir attendus, parce que dès qu'on a mis un pied hors des locaux du lycée, il nous est tombé sur le paletot. Il a même frôlé la voiture de Rob à un feu rouge, ce qui l'a fait flipper, parce que c'était la voiture de son père. On s'est arrêtés au Walmart pour le laisser passer, mais il nous a suivis. On est tous sortis, Rob, Lars, son pote Tyrell et moi. J'étais furax, mais je savais que ce serait une erreur de commencer quelque chose. Puis Lars s'est remis à déblatérer des conneries sur Jenny. À me dire qu'elle avait l'air d'être un bon coup et qu'il était trop impatient de la lui mettre entre les jambes... qu'elle veuille ou non de lui. J'ai vu rouge et je lui ai foncé dessus. Je l'ai prévenu que s'il la touchait, je veillerais à ce qu'il ne touche plus jamais une fille sans sa permission. Alors il m'a frappé. Je le jure, Wen, je ne l'ai pas vu venir. Il m'a fait tomber à la renverse, mais je me suis relevé immédiatement et je lui ai envoyé un coup. Je l'ai eu deux fois en plein visage avant que Tyrell m'attrape par la chemise pour m'écarter. C'est comme ça qu'elle s'est déchirée. Ce qui est bizarre, c'est que Lars n'a même pas essayé de me rendre mes coups. Il se tenait juste là, à me regarder avec son petit air satisfait. Ensuite, Tyrell et lui sont partis, mais je n'ai pas aimé l'expression que j'ai vue dans les yeux de Lars. Il y a un truc qui cloche vraiment chez lui, sœurette.

— Bon sang, Jackson. Je n'aime pas ça, grogna Wendy.

Il pouffa, mais il n'y avait pas la moindre gaieté là-dedans.

— Moi non plus.

— Qu'est-ce que tu vas dire à Jenny ?

— Qu'elle ne doit jamais aller nulle part toute seule. Sérieusement. Il pourrait essayer de s'en prendre à elle au centre commercial ou ailleurs. Ça craint ! Personne ne devrait se sentir menacé de cette façon. Je peux veiller sur moi-même, seulement Lars est fortiche. C'est un connard, mais il sait aussi attendre son heure, je dois dire. Il n'a pas perdu les pédales, quand j'ai riposté, il est juste resté planté à recevoir mes coups. J'ai l'impression qu'il projette quelque chose... et ça me fait peur.

Jackson s'adossa à sa chaise et leva les yeux vers Wendy avec une expression si terrifiée qu'elle eut l'impression de le revoir à sept ans.

— Je ne sais pas ce que je ferais si quelque chose arrivait à Jenny. En plus, il ne s'en prend à elle qu'à cause de moi.

Wendy s'agenouilla devant son frère et lui posa une main sur un genou.

— Ce n'est pas à cause de toi. Si elle n'avait pas été là, il aurait trouvé quelqu'un d'autre. Ça craint qu'il s'agisse de la fille que tu aimes bien, mais je te connais. Tu ferais tout ce qui est en ton pouvoir pour être certain qu'elle est en sécurité.

— Tu crois qu'Aspen pourrait m'apprendre quelques gestes d'autodéfense ? Je veux dire, je sais frapper, mais si Tyrell décide d'entrer dans la partie ou quelque chose du genre, j'ai besoin de savoir comment combattre deux personnes à la fois.

Wendy prit une profonde inspiration et réfléchit à ce qu'elle pourrait répondre : elle se rappela une conversation qu'elle avait eue avec Aspen il y avait quelque temps, quand il lui avait révélé qu'il était membre d'un commando spécial et qu'il n'était pas muté de base en base. Elle se souvint aussi que ses amis et lui avaient été envoyés en mission pour sauver Casey au Costa Rica. Elle ne trouva qu'une explication sensée : Aspen et ses amis appartenaient aux forces spéciales.

Si Aspen était un soldat des forces spéciales, il serait en effet capable d'enseigner à Jackson comment se défendre. Elle n'aimait pas ça, pas du tout. Non le fait qu'il tienne à se défendre, mais qu'il ait à le faire, pour commencer. Elle n'aimait pas que son frère ne puisse avoir un premier amour normal et non, elle n'aimait vraiment pas qu'Aspen soit sans doute bien plus en danger qu'elle ne puisse l'imaginer, chaque fois que ses amis et lui étaient envoyés en mission.

— Je pense que c'est une idée géniale, répondit-elle à son frère, au bout d'un moment. Mais... tu ne peux pas juste t'en prendre à ce type. Tu dois faire ton possible pour rester dans la légalité. La dernière chose dont on a besoin, toi et moi, c'est de voir un flic effectuer des recherches sur tes antécédents et de découvrir la vérité sur notre passé.

— Je sais. Et je n'ai pas envie de combattre Lars ou ses potes. Je veux juste les faire décamper. Mais peut-être que si je lui montre que je ne suis pas une chiffe molle, il se trouvera quelqu'un d'autre à embêter.

Wendy savait que la plupart des brutes choisissaient des victimes vulnérables et n'aimaient pas qu'on leur résiste.

— Peut-être que tu pourrais donner leurs plaques d'immatriculation à Aspen. Si leurs parents sont militaires, des mesures pourraient être prises de ce côté-là. Je sais que tu n'aimes pas moucharder, mais cela pourrait être la meilleure option dans ce cas.

Jackson ne parut pas enchanté par cette perspective. Les sourcils froncés, il se mit à tripoter son jean.

— En temps normal, j'aurais refusé catégoriquement. Je ne suis pas une balance et passer par leurs parents me semble un comportement d'élève de primaire. (Il regarda sa sœur.) Mais ils ont Jenny dans le collimateur, maintenant. Je ne laisserai pas quoi que ce soit lui arriver. Donc oui, je communiquerai ces plaques d'immatriculation à Aspen.

— Je vais l'appeler et je te laisserai lui parler, déclara Wendy.

— J'ai son numéro, répliqua-t-il en haussant les épaules. Je lui téléphonerai.

— Ah bon ? Depuis quand ?

Jackson eut un petit sourire suffisant.

— Depuis qu'il me l'a donné. (Wendy fronça les sourcils, confuse.) Ne me regarde pas comme ça. Il me l'a donné la dernière fois que nous avons discuté. Je lui parlais de Lars et du fait qu'il traînait toujours dans les parages. Il m'a répondu que si quelque chose se produisait, ou si j'avais besoin qu'on m'emmène quelque part sans parvenir à te joindre, il voulait que je puisse appeler quelqu'un d'autre. C'est cool.

Wendy ne savait trop quoi en penser. Elle était heureuse que son frère s'entende bien avec Aspen, mais d'une certaine manière, elle avait l'impression qu'on lui prenait sa place.

— Ne sois pas fâchée contre lui, lâcha Jackson, fort perspicace.

— Je ne le suis pas, protesta aussitôt Wendy. Je me demande juste pourquoi il ne m'en a pas parlé.

— Parce que ce n'est pas grand-chose. Bon sang, les filles voient des complications là où il n'y en a pas. Il m'a donné son numéro par sécurité, pas parce qu'il veut être mon père ou qu'on est en train de devenir les meilleurs amis du monde, qui s'envoient des textos nuit et jour ou quelque chose du genre. Pff.

Les lèvres de Wendy se retroussèrent. Oui, on pouvait dire sans crainte de se tromper que son frère était quelqu'un de spécial. Elle se mit debout et leva les yeux au ciel.

— Peu importe. Et maintenant qu'Aspen et toi avez échangé vos numéros de téléphone, est-ce qu'il peut venir au spectacle de Jenny, la semaine prochaine ?

— Bien sûr.

— Tu veux te charger de l'inviter ou c'est moi ?

Jackson se leva et suivit sa sœur. Il l'attrapa et l'immobilisa avant qu'elle puisse se libérer.

— Eh ! protesta-t-elle. Laisse-moi partir.

Il lui ébouriffa les cheveux. Wendy fit de son mieux pour trouver comment lui échapper ou le faire arrêter, mais elle n'était pas de taille à lutter contre lui.

— Dis : « Jackson est le plus fort et le plus intelligent des Tucker qui vivent dans cet appartement » et je te relâche.

— Non ! répliqua Wendy entre deux gloussements.

— Dis-le, la menaça son frère en utilisant les jointures de ses doigts pour appuyer plus fort sur le sommet de son crâne.

Wendy riait si fort qu'elle ne pouvait presque plus parler.

— D'accord. Jackson est le plus fort et le plus intelligent des Tucker qui vivent dans cet appartement, mais s'il n'arrête pas de m'emmêler les cheveux, il va aussi devenir le plus affamé !

Il la relâcha si rapidement que Wendy faillit tomber par terre. À la seconde où il retira le bras qui l'immobilisait, elle se retourna et le couvrit de chatouilles. Elle savait Jackson extrêmement chatouilleux et vulnérable, dès l'instant où elle parvenait à l'atteindre.

Il s'esclaffa et tenta de la repousser, mais Wendy ne lâcha pas l'affaire.

Finalement, quand ils furent tous les deux épuisés à force de rire, ils s'effondrèrent sur le canapé.

Wendy lui coula un regard et fit la grimace à la vue de son œil dont le coquard s'assombrissait. Elle n'était pas heureuse de cette situation avec Lars, mais elle était fière que Jackson se comporte en homme bien.

— Je t'aime, frérot.

— Moi aussi, Wendy. Tu travailles à ton télémarketing débile ce soir ?

— Malheureusement, oui.

— Pourquoi tu ne démissionnes pas ?

— Parce que tu aimes manger.

— Je suis sérieux.

— Moi aussi, répliqua Wendy. Ce n'est pas grand-chose. Ce n'est pas difficile et ça nous donne deux cents dollars de plus chaque mois.

— Mais les gens sont si méchants avec toi, protesta Jackson.

— Je gère. J'ai appris à ne pas le prendre personnellement.

— Peut-être que tu pourrais démissionner quand j'irai à l'université. Je vais candidater pour toutes les bourses qui existent, afin que tu n'aies pas à payer pour quoi que ce soit. À ce propos... qu'est-ce qu'on mange, ce soir ?

Wendy rit, heureuse du changement de sujet. Elle ne voulait pas penser au moment où il la quitterait.

— Des hamburgers. Ça te va ?

— Seulement si tu m'en fais trois. Je meurs de faim.

— J'avais déjà prévu.

— J'ai le temps d'appeler Jenny avant que ça soit prêt ?

Wendy hocha la tête.

— Oui. Tu vas lui raconter ce qui s'est passé aujourd'hui ?

— Oui. Il faut qu'elle sache, pour se montrer deux fois plus prudente. Lars ne se contente pas de faire l'andouille, il en a après elle.

— Ne lui fais pas peur, le prévint Wendy.

Jackson leva les yeux au ciel.

— Fais-moi un peu confiance, sœurette.

Wendy leva les mains.

— Pardon ! Tu gères.

— En effet. J'appellerai Aspen après le dîner pour lui demander des cours d'autodéfense et lui donner les plaques d'immatriculation.

— Indique-lui que je travaille ce soir, ajouta Wendy. Et que s'il n'a rien contre, je lui téléphonerai en rentrant.

— Donc je suis ton messager, maintenant ? demanda-t-il avec un sourire.

Sur quoi il se leva du canapé et se dirigea vers sa chambre.

— Tout à fait, lança-t-elle à sa suite.

Wendy ferma quelques instants les yeux. Elle aurait bien aimé savoir quel conseil donner à Jackson pour l'aider à gérer la situation de harcèlement dont il faisait l'objet. Mais elle n'était pas certaine de ne pas lui donner un conseil auquel il n'ait déjà songé. La situation était définitivement pourrie et elle ne pouvait s'empêcher de penser que si Jackson avait vu juste, ce Lars planifiait un mauvais coup.

Cela étant, elle était fière que son frère se charge de veiller à la sécurité de Jenny. Cela signifiait qu'il était devenu le genre d'hommes dont leurs parents auraient été fiers. Elle n'était pas certaine que ce soit lié à quelque chose qu'elle ait fait ou non en l'élevant, mais elle était plus que reconnaissante d'avoir la preuve qu'il n'était pas une raclure dans le genre de Lars et ses petits copains.

Pour la énième fois, elle regretta l'adolescente qu'elle avait été. Elle avait alors l'impression que le monde lui devait quelque chose et qu'elle avait droit à tout ce qu'elle voulait : vêtements, appareils électroniques, garçons, alcool... peu importait. « Pardon, papa et maman », chuchota-t-elle avant de prendre une profonde inspiration et de se lever.

Elle avait un dîner à préparer. Puis à se rendre à ce boulot merdique qu'elle haïssait autant que Jackson le supposait... même si elle ne le lui avait jamais dit.

Ce serait difficile pour elle, quand Jackson partirait pour l'université, mais elle affronterait la situation le moment venu. Pour l'heure, elle devait le nourrir, puis l'aider à y voir plus clair dans cet épisode de harcèlement. Elle aimait le savoir avec Jenny et brûlait de la regarder jouer dans *La Petite Sirène*, au théâtre du lycée. Jenny tenait le rôle d'Ursula et Jackson avait déclaré que son costume était « dingue ». Quoi que cela puisse signifier.

Avec un sourire, Wendy se rendit à la cuisine, plutôt heureuse de son existence. Jackson était dynamique, elle avait un petit ami génial et de la nourriture dans son garde-manger.

C'était plus qu'elle ne l'aurait imaginé, dix années plus tôt, quand elle avait kidnappé son petit frère de sa famille d'accueil et traversé le pays en stop avec lui.

10

———

En toute fin de soirée, Wendy se blottit dans son lit. Elle était épuisée. Mais pas au point de ne pas pouvoir parler avec Aspen. Elle lui avait envoyé un texto pour lui demander si elle pouvait toujours l'appeler et il avait aussitôt répondu pour l'y inviter.

Alors, après avoir verrouillé l'appartement et vérifié que Jackson dormait, Wendy avait enfilé son pyjama et s'était glissée sous ses couvertures. Elle avait retapé les oreillers sous sa tête et composé le numéro d'Aspen.

Il décrocha avant la seconde sonnerie.

— Salut, mon cœur.

— Salut, Aspen. Comment vas-tu ?

— Bien. Mieux maintenant que je te parle.

— Flatteur.

— Avec toi ? Toujours. Comment se sont passés tes appels, ce soir ? Qu'est-ce que tu vendais, cette fois ?

— Des lames de rasoir.

— Vraiment ?

— Oui. En fait, c'était une histoire de service d'abonnement. On peut recevoir un nouveau paquet de rasoirs toutes les trois semaines. J'avais tout un discours sur les économies réalisées et sur le fait que nos lames étaient bien plus effilées que celles qu'on trouve en magasin.

— Tu en as vendu ?

— Une fois. À un gars qui m'a semblé avoir bien trop hâte de recevoir des lames effilées par courrier, soupira Wendy. Je vais sans doute être la femme qui dira au journal : « Oui, je lui ai vendu des rasoirs, mais je ne me doutais pas qu'il allait s'en servir pour découper en morceaux les personnes qu'il avait kidnappées... Il paraissait si gentil... »

Aspen ricana.

— Tu m'as l'air fatiguée.

— En effet.

— Je déteste que tu brûles la chandelle par les deux bouts, mon cœur.

— Je croirais entendre Jackson. Il veut que je démissionne.

— Décidément, j'aime bien ton frère, plaisanta Aspen. Cela étant, je sais que tu as besoin de cet argent. Je n'aime pas que tu sois fatiguée, mais je comprends que tu fais tout ça pour t'assurer que vous ayez tous les deux ce dont vous avez besoin.

Wendy ferma les yeux et prit une profonde inspiration. Elle accordait une grande importance au fait qu'il n'insiste pas pour qu'elle démissionne ou qu'il n'essaie pas de la pousser à faire quelque chose tout simplement hors de sa portée.

— Merci. J'imagine qu'il y a des tas de gens pour effectuer des boulots bien pires afin d'avoir de quoi se nourrir. Je suis assise dans une pièce et je parle au téléphone pendant des heures, deux fois par semaine. Je n'ai pas à me déshabiller, à m'échiner en pleine chaleur ou à faire quelque chose de dangereux, comme des quarts de nuit dans une station-service.

— C'est une façon positive de voir les choses. Cependant, je dois dire que... si tu te déshabillais dans le cadre d'un travail, je serais chaque fois assis au premier rang.

Wendy se sentit rougir.

— Merci... j'imagine ?

Il partit de nouveau d'un éclat de rire.

— Même si je tabasserais probablement tous ceux qui te regarderaient, ce qui ne t'aiderait pas vraiment à gagner de l'argent comme strip-teaseuse.

Ce fut au tour de Wendy de s'esclaffer.

— Tu es dingue.

— Non, je me fais juste du souci pour toi. Ça va, après ce qui est arrivé à Jackson ?

La question, surgie de nulle part, prit quelques instants Wendy au dépourvu.

— Tu veux parler de son altercation de cette après-midi ?

— Oui.

— Non, ça m'inquiète. Mais je ne peux pas y faire grand-chose. Il est presque adulte et je dois commencer à le traiter comme tel.

— Il lui reste quelques années avant d'être majeur, Wen.

Elle serra le poing de sa main libre et se réprimanda. Plus elle parlait avec Aspen, plus elle passait de temps avec lui, plus elle baissait sa garde. Elle ne pensait pas qu'il allait se précipiter chez les flics ou les services sociaux s'il apprenait la vérité, mais il était juste trop difficile de révéler le secret qu'elle renfermait depuis si longtemps.

— C'est une façon de parler, répliqua-t-elle sur un ton qu'elle espérait dégagé.

— Il m'a demandé si je pouvais lui enseigner des gestes d'autodéfense.

— Je sais, il m'a dit qu'il en avait l'intention.

— Et ?

— Et quoi ?

— Ça te dit ? Je lui ai répondu que je ne ferais rien sans ton approbation. La dernière chose que je veux, c'est faire quoi que ce soit qui t'effarouche ou te mette en colère contre moi.

— Comme donner ton numéro à Jackson sans m'en informer ?

Il y eut quelques secondes de silence à l'autre bout de la ligne et Wendy secoua la tête, exaspérée.

— Pardon, oublie ce que j'ai dit.

— Jackson m'a confié que ça t'avait chiffonnée.

— Non, pas du tout. C'est une bonne idée et je suis contente que tu y aies pensé. La perspective que ce Lars ou ses acolytes puissent porter la main sur Jackson et qu'il ne soit pas capable de me joindre en cas de besoin me terrifie. Je suis contente que tu lui sois venu en aide.

— Je n'avais pas l'intention de dépasser les bornes. Je sais qu'on ne se connaît pas depuis longtemps et je ne voulais rien faire sans ta permission. Je n'ai pas réfléchi. Ça ne se reproduira plus.

— Aspen, ça va, déclara fermement Wendy. C'est juste difficile pour moi de cesser d'être la personne vers qui Jackson se tourne à tout bout de champ, pour me cantonner exclusivement au rôle de sœur.

— Tu ne seras jamais « uniquement » sa sœur, Wen. Il t'aime, ça saute aux yeux. Ce n'est pas comme si on allait devenir les meilleurs amis du monde, qui passent leur temps à s'envoyer des SMS et ce genre de conneries.

— C'est exactement ce qu'il m'a sorti.

— Très bien. Donc tu n'as rien contre le fait que je lui apprenne quelques mouvements de défense ?

— Non. Je pense qu'à ce stade, c'est la bonne chose à faire. Je n'aime pas ce que j'ai entendu sur ce Lars.

— Moi non plus, convint Aspen. J'ai les infos sur les plaques d'immatriculation, je les transmettrai à mon commandant demain. Je ne suis pas certain de ce qui est faisable car, comme Jackson l'a dit, ils n'ont pas exactement enfreint la loi... pour le moment.

— Mais Lars l'a frappé.

— En effet. Sauf que c'est la parole de Jackson contre celle de Lars. J'ai expliqué à ton frère que si Lars était le fils de quelqu'un de la base, je me ferais un plaisir d'aller en toucher deux mots à son père, mais, bien entendu, il a mis son veto là-dessus.

— Je ne suis pas surprise. Je voulais en parler au proviseur et il ne m'a pas laissé faire non plus.

— Il m'a également invité à la pièce de Jenny, la semaine prochaine.

Wendy sentit son ventre se contracter. Elle avait envie qu'il l'y accompagne : elle détestait se retrouver seule à ce genre de manifestation, mais c'était aussi franchir un grand pas. Surtout alors qu'ils n'avaient rien fait d'autre que s'embrasser. Aller regarder la petite amie du frère de votre petite amie chanter et danser dans un spectacle scolaire, n'était-ce pas quelque chose que faisaient des gens en couple depuis plus d'un mois ?

— Wendy ? demanda Aspen. Tu es toujours là ?

— Pardon, oui, je suis là. Qu'est-ce que tu lui as répondu ?

Aspen marqua une pause, comme s'il réfléchissait à sa réponse. Puis il déclara :

— Je lui ai dit que j'étais enchanté qu'il me le propose, mais que si tu ne voulais pas de moi...

Il laissa sa phrase inachevée.

— Non, s'empressa-t-elle d'intervenir. Ce n'est pas ça... C'est juste... tu es sûr que tu veux y aller ? Il y aura des chants, des danses et tout le tralala. Pas exactement ton truc.

— Tu vas y aller ? demanda-t-il.

— Bien sûr.

— Dans ce cas, c'est mon truc, déclara-t-il. (Wendy se sentit fondre.) J'aime bien ton frère, Wendy. Je trouve que c'est quelqu'un de bien et le fait qu'il se sente assez à l'aise pour m'inviter signifie énormément pour moi. Je te l'ai déjà dit et je te le répète, notre histoire n'est pas une amourette à mes yeux. Je veux tout savoir de ta vie. Je veux mieux connaître Jackson, être le genre d'homme vers qui il se tourne quand il a besoin d'avoir un avis masculin. Je sais que notre relation va très vite et ça ne me dérange pas. Mais je dois savoir si ça te convient. Dans le cas contraire, je ralentirai. Je ne viendrai pas à la pièce et je resterai en retrait.

— Non ! s'exclama Wendy. J'aime t'avoir dans ma... notre... vie. J'ai l'impression de te connaître depuis toujours. Au contraire, j'ai parfois presque l'impression qu'on va trop lentement.

— Quand est-ce qu'on se revoit ? demanda Aspen tout à trac.

— Euh... demain, Jackson et moi, on va acheter des éléments dont il a besoin pour ses projets de robotique.

— Vendredi ?

— Je travaille au centre d'appel. Samedi, ça t'irait ?

Il soupira.

— Je ne peux pas. J'ai entraînement toute la journée à la base, jusqu'à tard dans la soirée. Dimanche ?

— Qu'est-ce qu'on fabrique ? déplora Wendy. Aucun de

nous n'a de temps pour un véritable rendez-vous. Soit je travaille, soit je fais quelque chose avec Jackson.

— On va faire en sorte que ça fonctionne, insista Aspen. Mardi soir prochain, c'est bien le truc de Jenny, non ?

— Oui.

— On est au moins sûrs de se voir à ce moment-là. Et le week-end d'après ?

— Oh, euh... eh bien, c'est mon anniversaire et Jackson et moi, on sort pour le fêter.

— Ton anniversaire ? répéta Aspen. Tu avais l'intention de me le dire ?

Elle détesta la colère qu'elle perçut dans sa voix.

— Sans doute pas. Ça n'a rien à voir avec toi, c'est juste que je n'aime pas du tout le fêter.

Elle n'avait jamais fait tout un plat de son anniversaire. Pour tout dire, elle détestait penser à son âge.

— Je vois.

Pourtant, il ne paraissait pas avoir compris.

— Tu es furieux contre moi ? demanda-t-elle.

Aspen soupira.

— Je ne suis pas furieux, je suis frustré. Je t'ai raconté des tas de choses sur moi, sur ma vie, des choses que peu de gens savent. Je veux que notre relation passe à la vitesse supérieure, mais je sens que tu dresses en permanence un mur entre nous et je n'aime pas ça du tout.

— Aspen..., murmura Wendy.

Mais elle ne savait pas trop comment répondre à sa déclaration. Il avait raison sur de nombreux points, mais elle ne pouvait lui révéler toute la vérité à son sujet. Pas son âge ni celui de Jackson. Ni ses antécédents. Ce n'était pas qu'elle n'en ait pas envie, c'était juste qu'elle avait gardé secrets tous les éléments de sa vie depuis si longtemps qu'elle ne se sentait pas de les partager désormais. Même avec lui.

— Pour l'instant, je peux m'accommoder de tes secrets. Mais au bout d'un moment, je vais avoir envie de tout connaître. Je sais que tu retiens des informations, que tu me caches des choses et tout ce que je veux, c'est que tu te sentes assez en sécurité pour pouvoir t'ouvrir à moi. Je n'ai aucune intention de te faire du mal, Wen. Je ne ferai jamais rien qui puisse te blesser.

— Même si j'ai fait quelque chose d'affreux ? demanda-t-elle.

Un long silence lui répondit à l'autre bout du fil et Wendy eut envie de se botter les fesses pour en avoir autant dit.

— Je ne croirai jamais que tu puisses faire quelque chose de vraiment mauvais, répliqua finalement Aspen. La femme que je connais a un trop grand cœur.

Elle sentit ce grand cœur se serrer. Avait-il vraiment compris ce qu'elle lui avait dit ? Il risquait même de se sentir obligé de la dénoncer.

Elle l'entendit soupirer.

— On n'a pas besoin d'en discuter maintenant. Où es-tu en ce moment ? demanda Aspen.

Elle savait qu'il changeait de sujet à dessein et elle lui en fut reconnaissante. Elle détestait le décevoir.

— Euh... dans mon lit.

— Qu'est-ce que tu portes ?

Wendy sourit et soupira de soulagement en constatant qu'il n'avait plus l'air ni irrité ni déçu.

— Pourquoi ? Et toi, où es-tu et que portes-tu ?

— Je suis au lit, nu. Je pensais à toi avant que tu appelles et tu m'as interrompu.

Wendy eut la gorge nouée. Rêvait-elle ou disait-il vraiment...

— J'étais en train de me masturber quand tu as appelé, confirma-t-il, comme s'il pouvait lire dans son esprit.

— Aspen, chuchota Wendy.

— Ça te gêne ? demanda-t-il, avec une pointe d'humour aisément perceptible dans sa voix.

— Je crois, oui.

— Ne sois pas gênée. Qu'est-ce que tu portes ?

— Euh... un débardeur et un short d'homme.

— Enlève-les, ordonna Aspen.

Frissonnant en l'entendant prendre les choses en main, elle protesta :

— Mais Jackson est ici. Et s'il a besoin de quelque chose, je ne voudrais pas être nue quand il entrera.

— Dans ce cas, enlève le short et garde le débardeur.

Wendy leva les yeux au ciel devant ce ton autoritaire, mais s'exécuta, parvenant tant bien que mal à faire descendre son short avec une seule main.

— Je n'arrive pas à croire que je sois en train de faire ça.

— Que nous soyons en train de faire ça, rectifia Aspen. Et c'est toi qui as dit que tu trouvais que les choses allaient trop lentement entre nous. Je me contente de faire passer notre relation au niveau supérieur un peu plus vite que je l'avais prévu, c'est tout.

Ce n'était pas pour lui déplaire.

— OK. Et maintenant ?

— Allonge-toi et ferme les yeux. Je vais te dire exactement ce à quoi je pensais avant que tu appelles. Sens-toi libre de te toucher comme tu le veux.

Elle gloussa.

— Eh bien, merci beaucoup, seigneur et maître.

Pouffant à son tour, il répliqua :

— Désolé si j'ai pu te paraître un peu autoritaire. Tout ce que je veux, c'est que tu te sentes aussi bien que moi quand je te dirai ce que j'ai fantasmé de te faire. Si ça te met vraiment mal à l'aise, on peut s'arrêter, je ne me vexerai pas.

— Non... J'ai eu mes propres fantasmes de mon côté, admit Wendy.

— Je brûle de les connaître tous, mon cœur. Tu es bien installée, là, tu as les yeux fermés ?

— Oui.

— J'étais allongé en train de t'imaginer dans ma baignoire. Couverte de bulles jusqu'au menton. Je me voyais en train d'entrer, de te voir et de te demander si je pouvais te rejoindre. Tu levais la main pour la tendre vers moi. Je me déshabillais et me glissais dans l'eau. Elle était chaude. Dès que je m'y installais, tu te déplaçais de façon à me chevaucher. J'avais tes beaux seins sur mon visage. Tu m'en tendais un et je le suçais, fort. Tu gémissais en rejetant la tête en arrière, en t'accrochant à mes genoux relevés. J'avais les deux mains sur tes seins, suçant tantôt l'un, tantôt l'autre. Tu commençais alors à te frotter contre moi et, je le jure, je sentais la différence entre la chaleur entre tes jambes et la tiédeur de l'eau autour de nous. L'eau avait commencé à clapoter sous tes mouvements, alors que tu devenais de plus en plus excitée.

L'image décrite par Aspen était si vivace à son esprit que Wendy ne put s'empêcher de se toucher.

— Quand j'ai compris que j'allais jouir sur place, avant d'avoir pu pénétrer ton corps chaud et moite, j'ai agrippé tes hanches pour t'obliger à arrêter. Je t'ai écartée de moi pour me lever et te porter hors de la baignoire. Sans me soucier de nous sécher, je t'ai emportée ici, dans mon lit. Je pense à toi dans mon lit depuis que je t'ai fait visiter ma maison. Je voulais que tu t'y couches et j'en veux davantage, maintenant. Dans mon fantasme, tu cambres le dos et tu lèves les bras au-dessus de ta tête. Tu me souris, avec une telle sensualité et un air si faussement effarouché, que j'ai le plus grand mal à ne pas t'écarter les jambes pour plonger en toi. Mais comme il s'agit de mon fantasme, je dispose de toute la maîtrise dont j'ai besoin pour t'écarter lentement les jambes et les maintenir à l'aide de mes mains posées sur tes cuisses. Tu brilles, non seulement parce qu'il te reste encore de l'eau de la baignoire mais aussi parce que tu es excitée. Je sens tes mains se cramponner sur ma tête quand je me penche afin de te goûter pour la première fois. Tu es sacrément délicieuse.

Wendy gémit, incapable de se retenir. Les doigts entre ses jambes étaient humides et plus Aspen parlait, plus elle était proche de l'orgasme.

— Je ne suis pas quelqu'un de patient, Wendy, tu dois le savoir. Quand je veux quelque chose, je le pourchasse avec tout ce que j'ai. Et ce que je veux de toi, c'est ton orgasme. Je veux te sentir trembler sous mes mains et ma langue. Alors, dans mon fantasme, je m'attaque à ton clitoris et je le suce, fort, en passant la langue de haut en bas sur ce petit bouton sensible, jusqu'à ce que tu t'épanches pour moi. Tes hanches se soulèvent vers mon visage, en quête de quelque chose pour te remplir. Mais je ne relâche pas tes cuisses, je te garde ouverte pour ma bouche. En moins d'une minute, tu es au bord du précipice, à trembler et geindre sous mes mains. Je souris et continue, parce que je veux te sentir et te voir jouir encore une fois avant de te baiser longuement et rudement.

— Aspen..., gémit Wendy en frottant frénétiquement son clitoris, désireuse de connaître la jouissance que la Wendy fantasmée recevait de lui.

— C'est ça, mon cœur. Fais-toi jouir pour moi. Tu es

mouillée ? Je voudrais tellement avoir tes sucs le long de ma queue. Ce sera si bon quand je te baiserai que tu vas te demander où j'étais passé avant. J'ai l'impression qu'une fois que tu seras dans mon lit, je ne voudrai plus jamais t'en laisser repartir.

Ces mots suffirent à la pousser par-dessus bord et chaque muscle de Wendy se tendit alors qu'elle jouissait. Elle entendait Aspen parler en arrière-fond, sans arriver pour autant à se focaliser sur ses paroles. La seule chose qu'elle pouvait faire, c'était l'expérience de l'immense béatitude qui avait submergé son corps.

Quand elle revint à elle, Wendy se rendit compte qu'elle avait laissé tomber le téléphone où Aspen était toujours en train de parler. Elle s'empressa de batailler avec pour le coller de nouveau à son oreille.

— ... pas été aussi dur depuis longtemps.

— Pardon, chuchota-t-elle. J'avais laissé tomber le téléphone. Qu'est-ce que tu disais ?

— J'ai dit que je n'avais pas été aussi dur depuis longtemps.

— Tu as joui, toi aussi ?

— Putain, oui, répondit Aspen d'une voix grave et rauque, qui fit de nouveau pointer ses tétons. T'entendre gémir à mon oreille et savoir que tu m'avais assez fait confiance pour lâcher prise et me laisser te faire jouir au téléphone, c'était plus qu'assez pour que je prenne mon pied.

— Aspen, murmura-t-elle encore.

Elle roula sur le côté et serra sa couette autour d'elle.

— J'aimerais vraiment être à tes côtés pour me blottir contre toi.

— Comment tu sais que je me blottis ? demanda Wendy.

— Parce que j'ai entendu le froissement des draps et que

si j'étais là avec toi, tu te blottirais en effet contre moi. Je me mettrais dans ton dos et t'envelopperais de mes bras pendant qu'on redescendrait tous les deux des sommets de l'orgasme.

Wendy soupira.

— Ça me semble un beau projet.

— N'est-ce pas ? fit-il avant d'ajouter, après un moment de silence : je vais te laisser, mon cœur. Je dois me nettoyer et il faut que tu dormes. Tu as réglé ton réveil ?

— Oui, mais ce n'est pas comme si je me levais vraiment quand il sonne.

Aspen ricana.

— Ça va être palpitant, entre nous, parce que je suis quelqu'un du matin.

— Il suffira que tu ne m'obliges pas à me lever quand tu partiras et tout se passera bien, répliqua Wendy.

— Ça marche. Dors bien, Wendy. On se parle demain. Dis à Jackson que je suis impatient de rencontrer sa copine et de voir sa pièce.

— Je n'y manquerai pas. Au revoir.

— Au revoir, mon cœur.

Wendy raccrocha le téléphone et réfléchit à ce qu'ils venaient de faire. Sans doute aurait-elle dû se sentir gênée, mais elle n'y parvenait pas. Aspen était étonnant et il avait rendu cette expérience à la fois aisée et sexy. Elle pestait de ne pouvoir le voir avant mardi. Elle allait devoir se contenter de lui parler au téléphone.

La pensée lui traversa l'esprit que s'ils vivaient ensemble, elle le verrait tous les soirs, quels que soient leurs emplois du temps, mais elle repoussa aussitôt l'idée. Il était bien trop tôt pour songer à emménager ensemble. Il ignorait qu'elle était sans doute recherchée par la police de Californie et qu'elle était plus jeune qu'il le pensait.

Frustrée, elle ferma les yeux. Ce n'était pas comme si Aspen allait lui demander sous peu de cohabiter avec lui. Pourquoi voudrait-il d'elle et de son petit frère ?

Une petite voix en elle lui soufflait qu'Aspen serait ravi de les accueillir à bras ouverts, mais elle l'ignora.

— Chaque chose en son temps, chuchota-t-elle dans sa chambre vide. Ne mets pas la charrue avant les bœufs. (Elle fouilla son cerveau en quête d'autres expressions, mais sans y parvenir.) Si ça se trouve, il ne voudra plus être avec toi quand il aura découvert ce que tu as fait.

Et sur cette pensée déprimante, Wendy ferma les yeux et son corps exténué autant que rassasié finit par sombrer dans le sommeil.

11

———————

— J'apprécie que tu sois venu ce soir, dit Jackson à Blade, le mardi suivant, quand il se gara sur le parking près du lycée.

Il était passé chercher Jackson et Wendy à leur appartement, quinze minutes plus tôt, en annonçant qu'il allait conduire.

Wendy ne parut pas s'en formaliser, ce dont Blade lui était reconnaissant. Elle conduisait bien, mais la fois où elle avait insisté pour conduire et où il avait cédé, il avait retenu sa respiration pendant tout le trajet, se demandant s'ils allaient atteindre leur destination, parce que sa voiture était à l'évidence à bout de souffle.

— Pas de problème, répondit Blade à Jackson. Je suis impatient de rencontrer Jenny et passer ainsi du temps avec ta sœur et toi, c'est un vrai bonus.

L'adolescent lui sourit depuis la banquette arrière.

— Et l'un de tes amis vient aussi ?

— Oui. Fletch, sa femme Emily et leur fillette de sept ans et demi, Annie. Si tu fais allusion à son âge, n'oublie pas d'ajouter cette demi-année, parce qu'elle est très pointilleuse sur le sujet.

186

En jetant un coup d'œil à Wendy, il vit qu'elle souriait. Même après qu'ils avaient joui tous les deux au téléphone, elle s'était montrée timide, comme si elle n'était pas certaine que ce qu'ils avaient fait soit acceptable. Quand il s'était retrouvé seul avec elle, il avait veillé à ce qu'elle sache que ça l'était bel et bien et qu'elle n'avait pas à avoir honte, à être intimidée ou inquiète de quoi que ce soit.

— C'est la fille au tank ? demanda Jackson.

— Elle-même. Nous aidons tous Fletch à le faire et elle passe des heures sur ce truc, à travailler dans leur jardin. Elle se parle à elle-même du début à la fin, se raconte des histoires dont elle est l'héroïne et son petit copain le héros, quel que soit le scénario. C'est adorable.

— Son petit copain ? demanda Wendy.

— Oui, confirma Blade. Il s'appelle Frankie et vit en Californie. Annie a déclaré qu'elle l'épouserait un jour. Elle va être très pénible quand elle sera adolescente.

— Espérons qu'elle ne le sera pas autant que Wen quand elle avait quinze ans, s'esclaffa Jackson.

Du coin de l'œil, Blade vit Wendy se crisper sur son siège, mais avant qu'il ait pu intervenir, Jackson avait continué à la taquiner.

— Tu t'es fait la belle tant de fois, sœurette, que j'ai cru que papa et maman allaient finir par clouer ta porte. Tu te rappelles, la fois où tu es rentrée à 2 heures du matin, complètement saoule ? Je ne dormais pas parce que j'étais malade et tu es entrée en titubant dans la maison. J'ai pensé que maman allait avoir une crise cardiaque. Tu t'es contentée d'un petit sourire suffisant et tu leur as dit de se détendre, que tu étais chez un garçon – je ne me rappelle plus son nom – pendant tout ce temps. Ça ne les a pas aidés à se sentir mieux, s'esclaffa encore Jackson en racontant la scène.

— Ha, ha, fit Wendy sans presque aucune inflexion dans sa voix. Tu as toujours été un morveux qui m'espionnait sans relâche.

Blade se pencha pour attraper la main de Wendy et la tenir contre sa jambe. Il la sentit trembler et devina qu'il devait changer de sujet au plus vite. Il ouvrait la bouche pour raconter une autre anecdote sur Annie... quand quelque chose retint son attention de l'autre côté de la rue.

Il y avait un groupe de trois pick-up garés, phares allumés. Comme il était assez tard et qu'il faisait plutôt sombre, Blade n'arrivait pas à distinguer leur plaque d'immatriculation ni combien de personnes se trouvaient à l'intérieur de chaque véhicule.

Il gara sa Jeep sur une place de parking et jeta un coup d'œil à Jackson. Il lui indiqua les pick-up d'un signe de la tête.

— C'est eux ? demanda-t-il.

Il n'y avait plus trace d'humour sur le visage de Jackson quand il hocha la tête.

— Oui. C'est là où ils aiment bien traîner.

— Wendy, va à l'intérieur avec Jackson. Je vais aller leur parler.

— Non ! répliqua Wendy en agrippant la jambe où elle avait posé la main. Primo, c'est stupide de les affronter tout seul. Secundo, allons juste profiter de la pièce.

Blade serra les dents. Il pouvait très bien gérer ces voyous tout seul, même s'ils étaient plusieurs, mais Wendy l'ignorait parce qu'il ne lui avait pas révélé ce qu'il faisait à l'armée. Notamment qu'il avait tué des gens à mains nues. Qu'il était entraîné pour combattre cinq hommes en même temps. Qu'il était l'une des machines de combat les plus létales et les plus puissantes que possède l'armée, avec ou sans ses couteaux.

Il prit une profonde inspiration et jeta un coup d'œil à Jackson dans son rétroviseur. Les regards de l'adolescent passaient de sa sœur aux voyous. Il était déchiré entre son envie d'affronter les brutes avec lui et celle de s'enfuir.

Blade se rendit compte alors que ces types devaient harceler Jackson depuis bien plus longtemps qu'il ne l'avait dit à sa sœur.

Tout en se promettant de commencer les cours d'auto-défense au plus vite avec lui, Blade déclara :

— OK, mon cœur. On va à l'intérieur.

— Merci, murmura-t-elle. Je sais que tu veux leur donner une bonne leçon, mais je ne t'ai pas vu depuis plusieurs jours et je préférerais ne pas avoir à nettoyer ton sang juste avant de passer une agréable soirée à regarder la petite amie de mon frère nous épater par son interprétation d'Ursula.

Blade ne put s'empêcher de sourire. Il passa un doigt malicieux sur l'arête de son nez.

— Pigé. Pas de sang. Viens, on va voir si Fletch et sa famille sont déjà là.

Ils sortirent de la Jeep et gagnèrent rapidement les portes du lycée. Blade regarda une nouvelle fois dans son dos, mais personne ne sortit des pick-up ni ne se dirigea vers le lycée.

Poussant un soupir de soulagement – et de frustration pour ne pas avoir pu parler aux voyous –, Blade tint la porte ouverte pour Wendy et adressa un signe de tête rassurant à Jackson quand ils pénétrèrent dans le bâtiment.

— Blade !

En se retournant, il aperçut Fletch, debout à côté d'Emily et Annie. Emily était aussi belle que toujours. Une main sur son ventre arrondi, elle souriait à Annie.

Dès qu'elle les aperçut, la fillette se précipita en courant vers eux. Elle enlaça Blade par la taille avant de s'écrier, d'une voix théâtrale :

— Dieu merci, vous êtes là ! On attend depuis des heures ! Il y a des centaines de personnes qui sont entrées, mais papa Fletch ne voulait pas qu'on y aille tant que vous n'étiez pas arrivés. Je parie que tous les bons sièges sont déjà pris, maintenant.

— Salut, Annie, répliqua Blade qui accueillait ses jérémiades avec un petit sourire. Tu aimerais faire la connaissance de mon amie et de son frère ?

La petite tête se redressa et elle se tourna vers Wendy et Jackson.

— Oui ! Tes amis sont mes amis.

— Annie, je te présente Wendy et son frère...

— Jack. C'est Jack, l'interrompit Wendy.

Blade hocha discrètement la tête à son intention. Il avait compris. Il était sur le point de le présenter sous le nom de Jackson. Il avait passé tellement de temps avec eux qu'il s'était habitué à appeler l'adolescent Jackson, et non Jack.

Se promettant d'avoir au plus vite une discussion sérieuse avec Wendy, il continua les présentations :

— Jack, Wendy, ce petit farfadet s'appelle Annie.

Prouvant ainsi qu'il serait un jour un père merveilleux, Jackson s'accroupit et lui tendit la main.

— Salut, Annie. J'ai entendu dire que tu avais sept ans et demi. Tu es presque grande, maintenant.

Annie lui adressa un sourire rayonnant et lui serra la main avec enthousiasme.

— Oui. Et je suis en CE1, mais je sais lire comme une CE2. J'apprends le langage des signes parce que mon petit ami est sourd et je deviens très douée. J'ai dit à maman que je pourrais sauter les autres classes, mais elle ne veut pas parce que je dois apprendre les maths, l'histoire et la science. Beurk !

— Les maths, c'est marrant, répliqua Jackson.

Elle fronça le nez.

— Non, pas du tout.

— Il faudra que je te raconte un jour ce qu'on fait dans un club de robotique. On utilise les maths pour que tout fonctionne bien. Mais peut-être que ça te passe au-dessus de la tête pour le moment...

Il laissa sa voix s'éteindre et se leva. Annie le tira par sa chemise.

— Non, dis-moi ! Je ne suis pas grande, mais ça me passe pas au-dessus de la tête. Dismoidismoidismoidismoi !

Blade aima entendre le rire de Wendy à côté de lui, qui sonnait comme un grelot. Impossible de rester de mauvaise humeur dans les parages d'Annie ou de lui résister.

— OK, mais il ne faut le répéter à personne, répondit Jackson en regardant autour de lui, pour faire comme s'il vérifiait que nul ne les écoutait.

Annie fit semblant de se verrouiller la bouche et de jeter la clef.

— On est en train de fabriquer un bras robotisé.

Les yeux d'Annie s'écarquillèrent.

— Pour une personne ?

— Oui. Et il va être capable de bouger quand la personne qui le porte se contente d'y penser. C'est super cool.

— Fish a besoin de ça, déclara Annie avant de se tourner et de crier à ses parents : Jack est en train de fabriquer un bras pour Fish !

— On est juste là, répliqua Emily. Pas la peine de hurler.

— Elle était censée ne le répéter à personne, chuchota Wendy à Blade.

Il eut un petit sourire suffisant.

— Oh ! s'exclama Annie, surprise, car elle n'avait pas vu ses parents se rapprocher pendant qu'elle parlait à Jack. Papa, Jack est en train de fabriquer un bras dans sa classe de robot et Fish a besoin d'un bras. Il faut qu'ils se rencontrent. Tu dois organiser ça.

Blade se pencha pour chuchoter à l'oreille de Wendy :

— Elle est un poil exigeante.

— Comme tous les enfants de sept ans, répliqua-t-elle en souriant.

— Sept ans et demi, lui rappela Blade.

Il aimait le bonheur et l'amusement qu'il voyait dans les yeux de Wendy.

— Fletch, dit-il en se tournant vers son ami, j'aimerais te présenter Wendy Tucker et son frère Jack. Wendy, voici Fletch et sa femme, Emily.

— Ravie de te rencontrer, répliqua cette dernière en serrant la main de Wendy.

— Pareil pour moi.

Fletch serra les mains de Wendy et Jackson en leur adressant un grand sourire.

— Nous avons beaucoup entendu parler de vous, lâcha-t-il.

— Fletch, le mit en garde Blade.

Son ami leva les mains, en signe de reddition.

— Je vais bien me tenir.

— Euh, merci, intervint Wendy.

— Donc ta petite amie va jouer le rôle d'Ursula, ce soir ? demanda Emily à Jack.

Blade vit la poitrine de l'adolescent se gonfler de fierté.

— Oui. Et elle est douée. Très douée. C'est juste une élève de seconde, mais je suis sûr que, si elle veut devenir actrice plus tard, elle le pourra. Même si elle affirme qu'elle souhaite obtenir une licence de chimie et non de théâtre, à l'université. Donc on verra.

— Ursula ! s'écria Annie, tout excitée, avant de commencer à s'époumoner sur *Pauvres âmes infortunées*.

Fletch plaqua une main sur la bouche d'Annie.

— On pourrait peut-être garder ça pour les acteurs sur scène, minus ? suggéra-t-il en riant.

Annie éclata de rire et hocha la tête, si bien que Fletch ôta sa main et la posa sur l'épaule de sa fille.

— On peut aller s'asseoir, maintenant ? Disouidi-souidisoui !

— Vous êtes prêts, vous autres ? s'enquit Fletch.

— On pourrait peut-être laisser les filles entrer en éclaireurs nous trouver des places, proposa Blade en croisant le regard de Fletch et en lui adressant un petit signe du menton.

Fletch comprit aussitôt que Blade voulait lui parler de quelque chose et accepta.

— Ça me paraît une bonne idée. Va nous trouver les meilleurs sièges de cet endroit, Annie, on arrive dans une seconde.

— Aspen ? demanda Wendy en lui posant une main sur le bras.

— Tout va bien, mon cœur. Je veux juste m'entretenir une seconde avec Fletch. Vas-y.

Elle fronça légèrement les sourcils mais agita la tête.

Blade se pencha pour lui effleurer les lèvres d'un baiser.

— Merci, murmura-t-il tendrement.

Wendy lui serra le bras, puis suivit une Annie surexcitée et sa mère vers l'entrée du théâtre.

— Qu'est-ce qui se passe ? demanda Fletch dès qu'ils furent hors de portée d'oreille.

Blade lui désigna Jackson.

— Les gars dont je t'ai parlé, ceux qui harcèlent Jack et ses amis devant le lycée...

— Oui ?

— Ils sont là, de l'autre côté de la rue, sur le parking.

La mâchoire de Fletch se serra et il regarda à travers les portes d'entrée.

— Les pick-up aux phares allumés, conclut-il. (Blade et Jack hochèrent la tête.) On va les trouver ?

Les lèvres de Blade se tordirent.

— J'ai promis à Wendy que je n'irais pas.

— Tu lui as dit que tu n'irais pas quand on est entrés, intervint Jackson. Mais si on y va pendant l'entracte ?

— Tu es un malin, toi, constata Fletch. Blade ?

Blade observa Jackson. Il avait l'air stressé. Non seulement il avait invité sa sœur à regarder jouer sa toute nouvelle petite amie, mais en plus il devait se soucier des brutes qu'il avait à ses basques. Il comprenait que l'adolescent ferait ce qu'il pouvait pour forcer ces types à ficher le camp, mais, pour une raison qu'il ne s'expliquait pas, Blade hésitait.

Finalement, il répondit :

— Je pense que prendre part à une altercation en plein milieu de la pièce de ta petite amie n'est pas la meilleure idée qui soit.

Les épaules de Jackson s'affaissèrent.

— Oui, je pense aussi.

— Je suis désolé que tu aies à vivre ça, lui dit Blade. Ce n'est ni juste ni cool. Tu subis une sacrée pression à devoir protéger Jenny et ses copines tout en veillant à ta propre sécurité. Je suis désolé de ne pas avoir pris contact avec toi plus tôt, pour ces cours d'autodéfense. On va faire ça cette semaine, si tu as le temps.

— Samedi, Wen et moi, on fête son anniversaire, annonça Jackson.

— Oui, c'est vrai. Et vendredi, après les cours ? Ta sœur travaille au centre d'appel, non ? On pourrait faire ça à ce moment-là ?

— Ça devrait marcher. J'ai une réunion du club de robotique, mais on aura terminé vers 16 heures, répondit l'adolescent avec enthousiasme.

— Super. Tu crois que les gars auront envie de venir nous prêter main-forte ? demanda Blade à Fletch.

— J'en suis sûr.

— Parfait. On en parlera à ta sœur pour voir si c'est bon, OK ?

— OK.

— Et une fois que le spectacle sera terminé, ce soir, on sortira tous ensemble, pour le cas où ces connards veuillent tenter quelque chose, d'accord ?

Les épaules de Jackson se relâchèrent encore plus, maintenant que sa tension s'estompait.

— Merci.

— De rien. Je t'ai donné mon numéro et dit de m'appeler en cas de besoin. J'étais sérieux. N'importe quand. Tu as pigé ? insista Blade.

— Oui. J'apprécie, d'ailleurs. Wendy est géniale, mais elle ne peut absolument rien faire pour régler ce problème. On le sait tous les deux et ça craint. Si tu peux m'aider à comprendre quoi faire au cas où ils décident un jour de nous agresser, mes amis et moi, je te serai très reconnaissant.

— La violence ne résout pas les problèmes, souligna Fletch. Mais quand tu n'as pas le choix, ça peut aider à te sortir d'une situation dangereuse, assez longtemps pour obtenir de l'aide.

Jackson hocha la tête, puis se retourna vers Blade.

— Wendy est épatante, elle a littéralement tout abandonné pour s'occuper de moi. Je ferais la même chose pour elle, cela va de soi. Je t'aime bien, Aspen. Merci de la traiter correctement. Elle a besoin de quelqu'un qui veille sur elle pour une fois dans sa vie.

Blade savait qu'il ignorait encore beaucoup de choses sur ce frère et cette sœur, mais il n'avait jamais douté de l'étroitesse de leurs liens.

— Elle ne me facilite pas la tâche, mais je fais et je ferai de mon mieux, promit-il à l'adolescent.

— Ne la laisse pas tomber, ajouta Jackson. Elle a ses raisons pour rester muette sur un tas de sujets.

Blade secoua la tête. C'était une bonne chose d'avoir la confirmation que Wendy taisait un lourd secret. Il espérait juste qu'elle lui ferait assez confiance pour le partager avec lui. Il pourrait l'aider, il le savait. Mais pas s'il ignorait ce dont il retournait.

Jackson paraissait soulagé. Il jeta un coup d'œil à sa montre.

— La pièce va bientôt commencer.

— Vas-y, décréta Blade. On te suit.

Dès que Jackson fut hors de portée d'oreille, Fletch demanda :

— Redis-moi quel âge a ce gosse.

— Seize ans.

— Il fait plus vieux, constata Fletch en secouant la tête.

Blade réfléchit à la chose pendant une seconde, puis abonda dans son sens :

— Oui, en effet. Écoute, je n'aime pas du tout savoir ces connards de l'autre côté de la rue. Tu sais si le commandant a trouvé quelque chose sur les plaques d'immatriculation qu'on lui a données ?

— Pour autant que je sache, non.

Blade fronça les sourcils.

— Je vais devoir lui demander de presser le pas. Si leurs parents vivent sur la base, je veux leur parler.

— Je t'accompagnerai, proposa Fletch. Et maintenant, viens. Allons-y.

— Tu es prêt à entendre Annie chanter *La Petite Sirène* pendant un mois au bas mot ?

Fletch sourit.

— Non. Mais ça ne signifie pas que je ne m'apprête pas à aimer chaque seconde de ces vociférations.

Trois heures plus tard, Blade se tenait dans l'entrée, devant le théâtre, avec Jackson, Wendy, Fletch, Emily et Annie, attendant que Jenny ressorte des coulisses.

Elle avait été fantastique en Ursula. Sa voix était étonnante et elle avait su mettre juste ce qu'il fallait de perversité dans son personnage. Annie n'arrêtait pas de jacasser depuis la fin de la pièce et Emily s'appuyait, fatiguée, contre le flanc de Fletch.

— Tiens, voilà les parents de Jenny, lança Jackson.

Redressant la tête, Blade vit un couple d'âge moyen qui s'approchait de leur petit groupe, sur la droite. La mère de Jenny portait une robe fourreau noire assortie de plusieurs milliers de dollars de bijoux à ses poignets, ses oreilles et autour de son cou. Elle portait des talons hauts et ses cheveux comme son maquillage étaient impeccables. Blade estima qu'elle devait être au milieu de la quarantaine et qu'elle vieillissait extrêmement bien. Le père de Jenny, en costume-cravate, rayonnait de fierté.

— Jack ! lança-t-il en se penchant pour serrer la main de

l'adolescent. Ravi de te voir ce soir. Jenny était géniale, tu ne trouves pas ?

— Si, monsieur, répondit aussitôt Jackson, avant de se tourner vers la mère de Jenny. Ravi de vous revoir, madame Stewart.

— Moi aussi, Jack. Tu as vu Jenny ?

— Non, elle m'a prévenu que ça pouvait prendre un peu de temps, parce qu'elle devait enlever tout le maquillage violet de ses bras et de son visage, avant de pouvoir sortir.

— Tu as raison, convint Mme Stewart.

Jack se tourna et désigna Wendy.

— Voici ma sœur Wendy. Wen, je te présente les parents de Jenny, Monroe et Elizabeth Stewart.

Wendy tendit la main pour lancer, d'une voix timide :

— C'est un plaisir de vous rencontrer.

— Pour nous aussi. Jack nous a tout raconté sur vous quand il est venu dîner chez nous, l'autre soir. Vous avez élevé un chouette jeune homme.

Blade vit Wendy piquer un fard, mais elle sourit et remercia l'homme.

— Et voici Aspen, le petit ami de Wendy, continua Jack pour terminer les présentations.

Blade serra les mains du couple et dut admettre qu'il était soulagé de les voir aussi ouverts et amicaux. Wendy lui avait expliqué que les parents de Jenny étaient fortunés et qu'elle redoutait en conséquence leur mépris à l'égard de Jackson. Mais ils paraissaient aimables et accueillants. Blade était heureux, aussi bien pour Jackson que pour Wendy.

— Et moi, je suis Annie Fletcher, intervint la fillette à leurs côtés. Je suis la fille de ma maman et de papa Fletch. J'aime bien jouer au soldat. Je ne chante pas juste, mais papa dit qu'il faut me primer de n'importe quelle façon, si j'en ai envie.

— Qu'il faut t'exprimer, rectifia Fletch en souriant.

Des mains se serrèrent de nouveau alentour.

— C'est ce que j'ai dit ! protesta Annie, ce qui fit glousser autour d'elle.

— Maman ! Papa !

Tout le monde se retourna pour voir Jenny se diriger vers eux. Elle affichait un large sourire et des joues rougies, sans doute là où elle avait dû frotter pour ôter son maquillage violet.

Blade et leur petit groupe la regardèrent serrer ses parents dans ses bras, puis se tourner aussitôt vers Jackson.

— Salut, lança-t-elle timidement, s'empourprant encore.

Intérieurement, Blade sourit. La jeune fille, très extravertie sur scène, devenait une adolescente rougissante et timide, dès l'instant où elle se retrouvait à proximité de Jackson. Lequel la serra dans ses bras sans paraître le moins du monde gêné.

— Salut, répondit-il. Tu as été aussi stupéfiante que je te l'avais prédit.

Jenny se détendit à la seconde où Jackson la toucha. Quand il recula, il entremêla leurs doigts et les deux adolescents se tinrent, main dans la main, aux côtés du groupe d'adultes. Il y avait entre eux une connexion fluide, aisée à remarquer.

— Laisse-moi te présenter à tout le monde, déclara Jackson, qui se lança dans une nouvelle tournée de présentations.

— Waouh, fit Annie. Tu n'es plus du tout aussi grosse.

Chacun éclata de rire et Emily lui expliqua que c'était le costume porté par Jenny qui lui donnait l'apparence d'Ursula.

Blade glissa un bras autour de la taille de Wendy pendant que tout le monde parlait et louait l'interprétation de Jenny. Il devina que Wendy était fatiguée quand elle s'appuya un peu plus contre lui, à chaque minute qui passait.

— Il se fait tard, déclara M. Stewart. Vous avez cours demain matin, les enfants. Dis « au revoir » à Jack et on se retrouve à la voiture, d'accord ?

— OK, papa, convint Jenny.

Blade profita de l'occasion pour informer le jeune couple que Wendy et lui iraient eux aussi attendre dans la voiture. Il voulait donner à Jackson du temps et de l'espace pour échanger en tête à tête avec sa petite amie... et peut-être lui dérober un ou deux baisers de félicitation.

Il entremêla ses doigts à ceux de Wendy et se dirigea vers les portes avec Fletch et sa famille. Fletch était garé de l'autre côté du parking et, quand ils furent sur le point de se séparer, son ami demanda, en désignant l'endroit où les pick-up étaient toujours garés, de l'autre côté de la rue, les phares désormais éteints :

— Tu veux que je reste dans les parages ?

Blade ignorait si les voyous étaient restés là durant tout le temps qu'ils avaient passé à regarder la pièce ou s'ils étaient partis faire autre chose avant de revenir. Quoi qu'il en soit, leur comportement paraissait un poil obsessionnel pour qu'ils se retrouvent là aussi tard.

— Non, tout baigne. Mais merci. On se voit demain à l'entraînement.

Blade se pencha pour embrasser une Annie somnolente, qui avait posé la tête sur l'épaule de son père.

— À bientôt, minus.

— Au revoir, Blade, marmonna-t-elle.

— Ravie de t'avoir rencontrée, Wendy, déclara Emily. Tu viens au barbecue que nous organisons dans quelques semaines, n'est-ce pas ?

Wendy leva les yeux vers Blade et il hocha la tête, en signe d'encouragement.

— Si vous voulez de moi... Je n'en étais pas trop sûre, vu qu'Aspen et moi, on se connaît depuis peu.

— Aucune importance que vous sortiez ensemble depuis un jour ou une décennie, tu es la bienvenue, répliqua fermement Fletch.

— Dans ce cas, je pense que je vais venir, répondit Wendy avec un sourire.

— Super. À bientôt, dans ce cas.

— Au revoir.

Blade était ridiculement ravi d'avoir Wendy pour lui tout seul pour la première fois de la soirée. Il lui passa le bras autour de la taille et la conduisit à sa Jeep. Quand il atteignit le côté passager, il plaqua Wendy contre la portière au lieu de la lui ouvrir et l'obligea à le regarder.

— Alors comme ça, tu te faufilais en douce hors de chez toi pour aller voir des garçons ?

Elle grogna et secoua la tête.

— Je savais bien que tu ne laisserais pas passer l'info sans faire un commentaire.

— Pas question. C'est la raison pour laquelle tu as bricolé la porte, afin de t'assurer que Jackson n'allait pas se faufiler dehors ? Parce que tu avais justement fait cela ?

L'espace d'une seconde, il se dit qu'elle allait balayer ses questions d'un revers de la main, comme d'habitude. Si tel était le cas, il exigerait une explication. Il en avait assez qu'elle élude. Surtout quand son frère avait déjà vendu la mèche. Il serra les poings pour essayer de contrôler son impatience. Il ne tenait pas à l'effrayer, mais il avait vraiment, vraiment envie qu'elle lui parle.

— Oui. Je sais à quel point c'est facile et je n'ai pas voulu qu'il le fasse et se prenne un mauvais coup en raison de l'endroit où nous vivons.

Blade desserra les poings de soulagement. Elle ne lui avait rien dit pour l'instant qu'il ne sache déjà, mais au moins n'avait-elle pas menti ou refusé de répondre. Il tenta d'alléger la conversation et de la récompenser de sa sincérité.

— Même si je ne peux nier que je bénéficie de toute l'expérience emmagasinée pendant ta jeunesse, je crois que je suis jaloux.

— Tu n'as aucune raison de l'être, déclara-t-elle d'une voix ferme. Tes baisers sont mille fois meilleurs que les bécots baveux que j'avais l'habitude de considérer comme divins à l'époque.

— Mes baisers ? la taquina-t-il en frottant son nez contre le sien.

— Oui.

— J'ai eu envie de faire ça toute la soirée, avoua-t-il d'une voix rauque de désir.

Sur quoi, il se pencha pour l'embrasser.

Wendy noua aussitôt les bras autour de son cou et se hissa sur la pointe des pieds pour accueillir ses lèvres sur les siennes. Au lieu de se jeter voracement sur elle comme il l'avait fait presque chaque fois qu'ils s'étaient embrassés, Blade prit son temps. Il lui mordilla la lèvre inférieure, la taquina de sa langue, titillant et caressant ses lèvres des siennes.

Elle s'insurgea contre ses manœuvres.

— Aspen, gémit-elle.

— Quoi ? demanda-t-il.

Le souffle chaud d'Aspen effleurait ses lèvres luisantes.

— Embrasse-moi.

— C'est ce que je fais.

— Je veux dire, embrasse-moi vraiment. Jackson va revenir d'une seconde à l'autre.

Prenant son avertissement à cœur, Blade s'exécuta et fit ce qu'il avait eu envie de faire depuis la première seconde de cette soirée. Elle portait un pantalon noir et un léger haut violet qui étincelait. Elle était une bouffée d'air frais et il eut aussitôt envie de la corrompre. De la plaquer contre un meuble bien commode et de la prendre par-derrière. Depuis leur conversation érotique au téléphone, l'autre soir, il avait sans cesse conçu de nouveaux fantasmes où il lui faisait l'amour. C'était devenu une obsession. Elle en devenait une elle-même.

Blade se pencha de nouveau et, cette fois, n'hésita pas à l'embrasser de la manière dont ils en avaient tous les deux envie. Un baiser rude et profond. Il sentit Wendy s'avancer et il la colla à lui, appréciant de la sentir s'accorder si bien à lui. Inclinant la tête pour avoir un meilleur accès à sa bouche et mieux pouvoir entremêler leurs langues, il poursuivit son baiser avide.

Ils furent interrompus quelques secondes plus tard par des paroles virulentes montant du parking. Levant la tête, Blade découvrit Jackson et Jenny encerclés par un groupe d'hommes.

Jurant dans sa barbe, Blade s'écarta aussitôt de Wendy et se dirigea vers son frère.

Il entendit la jeune femme se précipiter à sa suite et regretta qu'elle ne soit pas restée près de la Jeep, même s'il savait qu'elle n'y aurait jamais consenti. Il ne pouvait l'en blâmer. Si son enfant ou Casey s'était retrouvé dans cette situation, il ne serait pas non plus resté sans rien faire.

L'endroit était quasi désert. Les longues minutes pendant lesquelles ils avaient attendu que Jenny se change avaient permis aux spectateurs de partir. Blade entendit les sarcasmes avant d'avoir atteint le groupe. Il savait que le proviseur avait d'ores et déjà obligé ces types à se garer en dehors de l'enceinte du lycée et qu'ils ne devraient donc pas se trouver là, mais, à l'évidence, ils se pensaient au-dessus des lois.

— Ta copine est sacrément mignonne, ce soir, mon petit Jackie. Tu permets qu'on te l'emprunte un petit moment ?

Le gars qui venait de parler touchait en même temps le bras de Jenny.

Jackson fit passer Jenny derrière lui, mais, malheureusement, il y avait un autre type dans son dos qui prit le relais.

— Elle a l'air perdue. Tu ne lui as pas appris comment prendre ta queue, Jack ?

Jenny cria de terreur quand le garçon près d'elle lui toucha les cheveux.

— Ôte tes pattes, gronda Jackson qui se tourna face à la nouvelle menace.

Le problème, c'était qu'il était entouré de quatre types plus âgés que lui. Jamais il ne pourrait protéger Jenny contre eux tous.

Blade n'attendit pas et empoigna le T-shirt d'un des gars pour l'envoyer valser loin de Jackson et Jenny.

— Pourquoi vous ne ficheriez pas le camp, les gars ? suggéra-t-il d'une voix grave aux notes menaçantes.

Aussitôt, les trois autres types reculèrent, dévoilant leur nature profonde de lâches. Celui qui semblait être le chef leva les mains en signe de capitulation. Mais Blade vit que ses yeux étincelaient d'excitation : il avait pris son pied à terroriser Jenny et à mettre Jack en rogne.

— Waouh, mec. Tout baigne par ici. Je m'appelle Lars et on est des potes de Jack. On fait juste les andouilles.

— Vous êtes pas mes potes, rétorqua aussitôt Jackson. Vous n'allez même plus au lycée. Pourquoi vous traînez toujours ici, à embêter le monde ? Le proviseur vous a déjà dit de dégager. Vous avez pas de vie à vous ?

Blade fit la grimace : le sarcasme n'était sans doute pas la meilleure façon de réagir, ça ne ferait que les énerver encore.

— Va te faire foutre, répliqua Lars avec un regard noir à Jackson.

— Non, toi, va te faire foutre, rétorqua Jackson en poussant Jenny derrière lui et en tendant un bras pour la protéger des paroles et des gestes de ces brutes.

Blade vit les doigts de la jeune fille se cramponner aux flancs de Jackson, mais l'adolescent ne parut pas le remarquer. Blade sentit plus qu'il ne vit Wendy parvenir à son niveau. Elle posa une main dans son dos et la tension qu'elle éprouvait se communiqua aisément à lui. Il voulait lui dire de reculer, de lui laisser de la place au cas où il doive démolir ces connards ou atteindre le couteau dans l'étui sur ses reins, mais il ne voulait pas indiquer aux gars qu'il était autre chose qu'un passant lambda… à tout hasard.

— Pourquoi on ne rentrerait pas chacun chez soi ? demanda-t-il d'une voix douce.

— Ouais, mec, c'est ce qu'on va faire, décréta Lars en reculant, les mains toujours levées. À très bientôt, Jack, ajouta-t-il en se tournant vers l'adolescent.

La façon dont ces paroles furent prononcées hérissa les poils dans la nuque de Blade. Il s'était déjà retrouvé dans des tas de mauvaises passes, avait affronté le pire du pire, pourtant quelque chose dans les paroles de Lars le mettait extrêmement mal à l'aise.

— Ne fais rien de stupide, mon gars, le prévint-il. Tu n'as aucune idée de qui je suis ni de ce que je peux faire.

Lars se tourna vers lui en ricanant.

— Rien à foutre de qui tu es. Tu peux rien me faire, je

suis juste un gamin. Si tu déconnes avec moi, un garçon plus jeune que ta vieille carcasse, c'est toi qui auras des problèmes.

— Ne compte même pas là-dessus, rétorqua Blade. Tu as plus de dix-huit ans, donc tu es légalement un adulte. Tu es complètement dépassé par les événements. Rentre chez toi, trouve-toi un boulot et avance dans ta vie. Arrête de traîner sur les parkings des lycées.

Lars plissa les yeux.

— Me dis pas ce que je dois faire, lança-t-il à Blade. Personne me dicte ma conduite.

— Rentre chez toi, répéta Blade en pivotant pour suivre les déplacements des voyous et s'assurer qu'aucun ne se faufilait derrière lui.

Sur un autre petit rire suffisant et une courbette ironique, Lars leur tourna le dos et se dirigea vers les pick-up comme s'il se moquait royalement de la situation.

Blade se tourna aussitôt vers Jackson.

— Ce gars est un sacré problème.

Jackson hocha la tête, puis se tourna pour prendre Jenny dans ses bras et expliquer :

— Ils tripotaient ma petite amie. Personne ne touche Jenny sans qu'elle l'y autorise. Merci pour ton aide.

— Aspen ? intervint Wendy.

Il sentit la main qu'elle avait posée sur son bras. Il se tourna pour l'enlacer par les épaules. Il était furieux que leur baiser ait été interrompu, que ces voyous se soient auto-risés à menacer et toucher Jenny, qu'ils cherchent des embrouilles à Jackson. Il prenait les intérêts de l'adolescent à cœur et détestait qu'il ait à gérer ce merdier. Et puis, il était surtout furieux que Lars ne paraisse pas le moins du monde s'inquiéter d'avoir menacé un adulte.

— Je vais bien, répondit-il à Wendy, même si ce n'était

pas du tout le cas. Jackson, vas-y, raccompagne Jenny jusqu'à la voiture de ses parents. Je garde un œil sur vous et on se retrouve à la Jeep. C'est bon ?

— Oui, merci.

Blade hocha la tête et se retourna à temps pour voir Lars et son gang faire rugir leurs moteurs et quitter le parking.

Tandis qu'il raccompagnait Wendy à la Jeep, elle lui demanda :

— Est-ce que Jackson est en danger ?

— Honnêtement ? Je ne suis pas sûr. J'aimerais te dire « non », que ces connards ne sont que des vantards qui ne passeront pas à l'acte.

— Mais tu n'y crois pas.

— Malheureusement, non. Tu vas devoir te montrer très prudente quand tu le récupéreras ou que tu le déposeras quelque part. Ces types n'en ont rien à faire des personnes qu'ils blessent et la dernière chose que je veuille, c'est que tu te retrouves prise entre deux feux, dans leur combat contre ton frère.

— Je ne veux pas non plus que Jackson se retrouve dans leur ligne de mire, répliqua-t-elle. Si ces connards tentent un truc quand je suis dans les parages, je leur tase les fesses.

Blade ne put s'empêcher de lui sourire.

— Tu as un Taser ?

— Je suis une femme seule. Bien sûr que j'ai un Taser.

— Tu l'as déjà utilisé ?

Elle leva les yeux vers lui.

— Non. Mais je l'ai testé sur un mannequin avant de l'acheter.

— Ce n'est pas la même chose.

Elle haussa les épaules.

— Peu importe. Tout ce que je veux dire, c'est que ces types ne me font pas peur.

Blade la fit pivoter et plaça un doigt sous son menton pour l'obliger à lever les yeux vers lui.

— Ne les sous-estime pas. Ce n'est pas parce qu'ils ont une dizaine d'années de moins que toi qu'ils sont moins dangereux.

Quelque chose traversa son regard, qu'il ne comprit pas, mais elle hocha la tête.

— Je sais. Je suis juste furax.

— Moi aussi, mon cœur. Moi aussi.

Blade se déplaça pour l'enlacer de nouveau par les épaules. Wendy lui avait passé un bras dans le dos et l'autre sur son ventre. Ils restèrent ainsi, à regarder Jackson consoler Jenny, puis la raccompagner vers l'endroit où ses parents attendaient. Ils s'étaient garés de l'autre côté du lycée et n'avaient rien vu de la scène.

— Je m'inquiète pour lui, murmura Wendy quand son frère finit par revenir vers la Jeep.

— Il va s'en sortir, affirma Blade avec conviction. Les gars et moi, on va lui apprendre comment se protéger.

— Même s'il est encerclé comme ce soir ?

— Oui, promit Blade.

Jusqu'à ce jour, il avait prévu d'y aller doucement avec Jackson. De lui montrer des mouvements simples et de ne rien approfondir. Mais ce qui venait de se produire avait changé la donne. Il allait passer Jackson à l'essoreuse. L'adolescent aurait droit à la totale et il dirait aux autres de ne pas le ménager. Si le gamin voulait savoir comment les protéger, Jenny et lui, il devait être préparé à faire tout ce qu'il fallait.

Parce que s'il y avait une chose que Blade avait apprise, c'était que les brutes dans le genre de Lars ne jouaient pas selon les règles. Il ferait tout et n'importe quoi pour démolir Jackson, sans se soucier de ceux qui en souffriraient.

— Comment va Jackson ? demanda Aspen après avoir embrassé Wendy.

Elle l'avait accueilli sur le parking de son immeuble. Elle était si impatiente de le voir qu'elle n'avait pu attendre qu'il arrive lui-même jusqu'à son appartement. Il fronça les sourcils et la réprimanda pour ne pas l'avoir laissé l'accompagner jusqu'à sa Jeep, mais elle se contenta de lever les yeux au ciel.

— On a travaillé vraiment dur avec lui, vendredi soir.

On était dimanche et ils avaient la journée entière pour eux. Jackson la passait avec Jenny et sa famille. Les choses étaient vite devenues sérieuses entre les adolescents, mais Wendy ne s'en inquiétait pas trop. Elle faisait confiance à son frère et savait qu'il était un petit ami exemplaire... la soirée de la pièce de Jenny l'avait clairement montré. Il avait fait tout ce qu'il pouvait pour la protéger.

Le samedi, Jackson et elle avaient fêté son anniversaire, comme prévu. Ils étaient allés manger une pizza, mais ensuite, au lieu d'aller au mini-golf, comme d'habitude, parce que Jackson souffrait encore de partout, ils avaient choisi le dernier film de super héros au cinéma.

Ils avaient célébré son vingt-septième anniversaire comme ses autres anniversaires... en faisant semblant qu'elle était de cinq ans plus vieille qu'en réalité. Elle avait expliqué à son frère, quand il avait eu huit ans, qu'il était important que les gens pensent qu'elle avait vingt et un ans à la mort de leurs parents. De cette manière, personne n'essaierait plus de les séparer sous prétexte qu'elle était trop jeune.

Wendy soupira.

— Il a mal, répondit-elle à Aspen. Mais il ne s'est pas plaint. En fait, il était tout content de me montrer les bleus qu'il avait sur les côtes et les jambes. Je t'ai remercié pour ces cours d'autodéfense ? Je n'aime pas la raison pour laquelle il veut apprendre, mais je dois bien l'admirer, en même temps.

Aspen l'enlaça dans une étreinte pleine de chaleur.

— Tout le plaisir est pour moi, mon cœur. Et je ne te mentirai pas en disant qu'il n'aura sans doute jamais à s'en servir, parce que je pense que tu auras l'intelligence de ne pas me croire. Tu étais là, mardi, tu as vu Lars et ses potes. La plupart des bourrins reculent quand leurs victimes résistent à leurs attaques. Mais pas Lars.

Wendy soupira et recula légèrement.

— Je sais. C'est pour cette raison que je ne te demande pas d'y aller mollo avec lui. Je déteste qu'il soit obligé de traverser cette épreuve, mais je me sens vraiment soulagée que tu sois là pour l'aider.

— Je serai là pour lui, quoi qu'il arrive. Si, pour une raison ou pour une autre, les choses ne fonctionnent pas entre nous, je resterai son ami. J'espère que vous le savez, tous les deux. Mais cela étant... je vais faire tout ce qui est en mon pouvoir pour m'assurer que notre histoire se développe.

Wendy lui sourit.

— Moi aussi. Je t'aime beaucoup, Aspen.

— Et c'est réciproque. Maintenant... qu'est-ce que tu veux faire pour ton anniversaire, aujourd'hui ?

Wendy se mordilla la lèvre. C'était une question piège. Elle savait ce qu'elle voulait : qu'Aspen lui fasse l'amour. Puis qu'il la baise si fort qu'elle ne saurait plus où il finissait et où elle commençait. Elle avait aimé les parties de jambes en l'air quand elle était plus jeune et cela faisait une éternité qu'elle n'avait plus été avec qui que ce soit. Trop occupée avec Jackson, trop fatiguée par ses deux emplois et trop terrifiée pour se rapprocher de quelqu'un.

— Waouh, te voilà plongée bien profondément dans tes réflexions, commenta Aspen avec un petit sourire moqueur.

— Ce que j'aimerais vraiment, c'est passer du temps avec toi dans ta maison. Juste nous deux. Jackson sera chez Jenny jusqu'à après le dîner.

Aspen jeta un coup d'œil à sa montre, puis reposa le regard sur elle. Il haussa les sourcils de façon suggestive.

— Donc on dispose de cinq heures pour nous ?

— Oui.

— Tu es sûre de vouloir venir chez moi ? On pourrait sortir manger, ou bien je t'emmène voir un film, faire l'achat de quelque chose dont tu as toujours eu envie.

— Pour l'instant, tout ce que je veux, c'est toi.

Aspen se passa la langue sur les lèvres et prit une profonde inspiration avant de répondre :

— Tu es sûre ?

— Oui. Absolument. À cent pour cent.

Il sourit, se pencha et l'embrassa avec douceur et affection.

— Le jour de son anniversaire, une fille doit obtenir ce qu'elle veut.

Puis il se tourna, un peu trop rapidement, et la poussa dans sa Jeep. Comme on était un dimanche après-midi, le parking était calme et la plupart des personnes douteuses qui vivaient ici devaient sans doute dormir encore. Il gagna le siège conducteur au petit trot.

Il démarra la voiture pour prendre la direction de chez lui sans autre commentaire. Wendy y fut sensible. La dernière chose dont elle avait envie, c'était qu'il lui demande un million de fois si elle était certaine. Bien sûr que oui. Elle était adulte, jamais elle n'aurait suggéré ça ni dit qu'elle avait envie de lui si ce n'était pas le cas.

Aspen avait pour habitude de se montrer prudent et elle avait compris deux soirs plus tôt qu'elle allait devoir faire le premier pas pour que leur relation passe d'un rapide baiser ou quelques séances de câlins à un stade plus physique.

Oui, ils avaient eu un échange téléphonique érotique, mais au lieu de les faire avancer plus vite vers le sexe, cette expérience semblait les avoir retardés. À l'occasion de son anniversaire, Wendy voulait pour une fois obtenir ce qu'elle voulait. Elle était excitée et Aspen sexy. Pas seulement ça, car il était aussi vraiment un gars gentil. Elle avait besoin de davantage de personnes de ce genre dans sa vie.

Perdue dans ses pensées, Wendy ne s'était pas rendu compte qu'ils étaient arrivés chez lui avant qu'il ne coupe son moteur.

— Tu as changé d'avis ? murmura-t-il.

— Absolument pas. Et toi ?

— Tu es une rigolote, toi, ricana-t-il.

Wendy eut un sourire rayonnant.

— Attends, ordonna-t-il.

Wendy s'exécuta et le regarda contourner sa Jeep jusqu'à

elle. Il la fit descendre de son siège et la hissa dans ses bras. Elle couina en jetant un bras autour de son cou pour se maintenir en place. Il referma la portière d'un coup de fesses et prit aussitôt la direction de sa maison. Il dut la reposer, le temps de glisser sa clef dans la serrure, mais il la reprit dans ses bras dès que ce fut fait.

Wendy gloussa en le voyant refermer sa porte d'entrée à l'aide de son pied.

— Tu as faim ?

— Non.

— Tu veux boire quelque chose ?

— Non.

— On pourrait regarder la télé.

Wendy tendit le bras et posa une main sur la joue d'Aspen.

— Je ne veux pas regarder la télévision. Je n'ai pas besoin d'aller aux toilettes. Je ne veux pas jouer à un jeu de société, je te veux en moi, Aspen. Si dur et si profond que je ne me rappellerai plus l'époque où nous n'étions pas ensemble.

Elle vit ses pupilles se dilater en entendant ces paroles avides.

— Je ne suis pas certain de pouvoir être lent, la première fois, lâcha-t-il d'une voix rauque. J'ai tellement envie de toi.

— C'est une bonne chose.

Sans rien ajouter, il se dirigea vers l'escalier. La tenant toujours dans ses bras, comme si elle ne pesait pas plus qu'un enfant, alors que Wendy savait que ce n'était pas le cas, il gagna sa chambre au deuxième étage sans que son souffle soit le moins du monde altéré. Il pénétra dans la pièce à grandes enjambées et Wendy se passa la langue sur les lèvres à la vue de son lit, encore une fois défait. Il la reposa au bord du matelas pour se pencher sur elle.

S'appuyant sur ses coudes, Wendy leva les yeux vers

Aspen. Il y avait sur son visage une intensité qu'elle n'y avait encore jamais vue.

— Aspen, chuchota-t-elle, sans trop savoir ce qu'elle voulait dire avec ce simple mot.

— Dernière chance pour reculer, la prévint-il en grognant presque.

Au lieu de lui répondre, Wendy tendit la main vers le bas de son T-shirt qu'elle fit lentement remonter sur son corps.

Dès qu'il réalisa ce qu'elle faisait, il lui repoussa la main et attrapa lui-même le T-shirt pour le faire passer par-dessus sa tête.

— Déshabille-toi, ordonna-t-il alors que ses mains entreprenaient d'ouvrir son jean.

Avec un petit gloussement, Wendy obtempéra. Elle abaissa la fermeture éclair de son jean à elle et le fit glisser sur ses hanches. Elle avait commencé à déboutonner son chemisier quand il repoussa une nouvelle fois ses mains pour s'en charger.

Levant les yeux, Wendy cilla. Il se tenait devant elle, déjà complètement nu. Le sexe d'Aspen était dur parmi les boucles noires entre ses jambes. Il tressautait au rythme de ses mouvements et elle ne pouvait en détacher les yeux.

Il repoussa son chemisier sur ses bras et, alors qu'elle se débattait toujours pour s'extirper des manches, il avait dégrafé son soutien-gorge et le faisait lui aussi glisser le long de ses bras. Puis il lui posa les mains sur les hanches et la tira d'un coup sec au bord du matelas. Wendy, qui s'affala sur le dos, le souffle coupé, lui sourit quand il lui retira sa culotte en reculant suffisamment pour la lui ôter, avant de revenir au-dessus d'elle.

Elle sentit son sexe lui effleurer le ventre, où il laissa une trace humide et froide de liquide pré-séminal. Wendy noua ses jambes autour des hanches et tendit le bras vers lui au moment même où Aspen approchait sa bouche de la sienne.

Même si elle avait pensé que les baisers qu'ils avaient partagés par le passé étaient sexy, celui-ci les relégua tous aux oubliettes. Elle sentait son érection pulser entre leurs deux corps. Elle avait les tétons durcis, sous l'effet conjugué de la fraîcheur de la pièce et de son excitation. Chaque fois qu'un poil du torse d'Aspen les effleurait, une décharge électrique filait vers son entrejambe.

Elle était si mouillée que c'en était presque obscène. Elle ne se rappelait pas avoir jamais désiré un homme plus qu'Aspen en cet instant.

Il recula et son regard passa du visage de Wendy à ses seins. Puis il prit appui sur ses bras pour pouvoir la contempler plus complètement. Quand ses yeux revinrent se poser sur son visage, l'intensité que Wendy lut dans son regard lui donna le sentiment d'être bien plus que belle… et augmenta encore son excitation.

— Tu es si belle, putain. Je n'arrive pas à croire que je t'aie ici, dans mon lit, avec moi.

— Arrête de parler, gémit Wendy, qui avait encore plus besoin de lui en elle que de respirer. Passe à l'action…

Il lui plaqua une main sur la clavicule. Puis, lentement, très lentement, il la fit glisser le long de son corps, irritant au passage ses tétons érigés avec ses callosités. Elle retint son souffle quand il couvrit le petit renflement de son ventre mais, quand il passa les doigts sur les poils qui couvraient son sexe, elle oublia purement et simplement de respirer.

— Tu es trempée, murmura-t-il. Tu me veux.

— Bon sang, ouiiii.

Il sourit et posa la main sur son sexe dont il serra une seconde la base en fermant les yeux. Puis il lâcha :

— Ça va aller vite et fort, mon cœur. Tu n'as rien contre ?

— Dès que tu auras enfilé un préservatif, non.

Aspen se figea, poussa un long juron en se penchant pour attraper son pantalon et marmonna pour lui-même :

— Merde, putain. Allons-y, Carlisle.

Wendy gloussa et se détendit. Elle s'était préparée à le repousser s'il refusait de mettre une capote, mais elle aurait dû le savoir : Aspen n'était pas ce genre d'homme, ce n'était pas un connard. Il lui avait laissé plusieurs chances de reculer et s'était montré plus que prudent en s'assurant que c'était vraiment ce qu'elle voulait. Qu'elle le voulait, lui.

Il laissa retomber son pantalon et déchira le sachet avec ses dents. Le regarder dérouler le préservatif sur son sexe dur comme la pierre était presque aussi excitant que tout ce qu'il avait pu faire d'autre.

Quand il fut enfin entièrement couvert, il se pencha de nouveau sur elle.

— Désolé, je ne t'aurais jamais prise sans protection, à moins que tu ne m'y autorises. Mais tu dois savoir que je suis sain. Je fais des examens tous les deux mois, avec l'armée. Un test physique complet.

— Moi aussi... mais je ne prends pas de contraception.

L'étincelle qui s'alluma au fond des yeux d'Aspen quand il entendit son aveu la fit frémir intérieurement.

— Des tas de femmes de ton âge ont recours à un moyen de contraception ou un autre, insista-t-il.

Wendy lui donna l'information qu'il quémandait :

— Je n'en voyais pas l'utilité, vu que je n'ai pas couché avec quelqu'un depuis des années. Mes règles sont régulières et quasi indolores.

— Je ne peux pas prétendre que ça fait des années, de mon côté, mais un certain temps, oui. Depuis que j'ai commencé à discuter au téléphone avec une femme fascinante qui a tenté de me vendre une assurance-vie, je n'ai pas été capable de penser à quelqu'un d'autre qu'elle.

— Baise-moi, Aspen, lui souffla Wendy.

— Oh, ne t'inquiète pas, répliqua-t-il en se penchant une nouvelle fois au-dessus d'elle. Je vais te faire l'amour. Et ensuite, je veux t'installer dans la baignoire de ma salle de bains pour réaliser le fantasme que j'ai eu de toi là-dedans.

Wendy ne put réussir à chasser les images qui inondèrent son cerveau, les montrant tous les deux dans la baignoire... se livrer à des tas de choses.

Lentement, Aspen plaça la pointe de son sexe devant sa fente. Puis, à l'aide de son pouce, il dessina de lents cercles sur son clitoris, avant de pousser les hanches en avant.

Pour commencer, Wendy se crispa, puis elle se détendit en réalisant qu'il n'allait pas se précipiter d'un coup en elle.

Comme s'il pouvait lire dans son esprit, il expliqua :

— Tu as dit que cela faisait un moment. Je refuse de te baiser vraiment, tant que tu ne seras pas prête pour moi.

Il s'enfonça d'un autre centimètre, sans cesser les rotations de son pouce tandis qu'il avançait de plus en plus loin en elle. Quand elle se dit qu'il était allé aussi loin que possible, il plaça une main sous ses fesses pour la soulever de quelques centimètres et, en même temps, se rapprocher du lit.

Wendy prit une profonde inspiration. Elle sentit les poils des jambes d'Aspen lui effleurer l'intérieur des cuisses. Cette sensation lui avait manqué. Le sentiment d'être connectée à un autre être humain. De ne faire qu'un avec lui. Mais avec Aspen, c'était différent. Plus grand.

Ses muscles internes se contractèrent et elle entendit, fascinée, Aspen gémir.

— Ça va ? demanda-t-il.

— Plus que bien.

Il tenta de reculer, pour mieux pousser en elle.

— Tu en es sûre ?

— Baise-moi, Aspen. J'en ai besoin. J'ai besoin de toi.

— Dis-moi si tu as mal, la prévint-il.

Wendy hocha la tête.

Sur quoi, Aspen passa à l'action. Il se retira presque entièrement, avant de rentrer de nouveau, avec une force qu'il n'avait jamais utilisée auparavant. Et il recommença. Et encore. Il avait une main sur ses hanches, tandis que l'autre frottait fermement sur son clitoris pendant qu'il la prenait.

Les seins de Wendy tressautaient sous chaque assaut, ce qui ajoutait encore à la sensualité de l'expérience. Aspen n'était pas doux, mais il ne lui faisait absolument pas mal. Elle avait besoin de la friction et du sentiment de ce corps viril se précipitant contre le sien pour jouir.

— Bon sang, Aspen. Oui !

— Caresse ton clitoris, ordonna-t-il.

Enivrée par le désir, Wendy obtempéra et commença à se masturber.

Maintenant qu'il avait les deux mains libres, Aspen lui attrapa les fesses et la souleva de quelques centimètres au-dessus du matelas pour l'attirer à lui à chaque poussée du bassin.

La position était légèrement inconfortable pour elle, mais Wendy s'en moquait. C'était sexy et Aspen se servait à présent d'elle afin de parvenir à l'orgasme. Elle continuait à frotter frénétiquement son clitoris sans cesser de dévisager l'homme entre ses jambes.

Elle ne voulait pas en perdre une miette. Cela faisait une éternité qu'elle ne s'était pas sentie aussi féminine.

— Putain, ce que c'est bon, murmura Aspen en croisant son regard. Tu es bonne. J'en ai rêvé, mais la réalité est mille fois meilleure que mes fantasmes.

De sa main libre, Wendy se pinça un téton tout en essayant d'ouvrir encore les jambes pour qu'Aspen plonge plus profondément en elle.

— Tu aimes ça, hein ? fit-il. Tu aimes que je te prenne vite et fort.

— Ouiiii, haleta-t-elle. C'est tellement bon de t'avoir en moi.

— Il va falloir que tu te fasses jouir, la prévint Aspen. Je ne vais pas durer bien longtemps. Tu es trop lubrifiée, trop étroite. Je n'ai jamais connu de sexe comme le tien.

Ses mots étaient crus, mais ils ne firent que l'exciter davantage.

— Vas-y, Wen. Jouis sur ma queue. Laisse-moi sentir ça.

Fermant les yeux pour la première fois, elle se concentra sur sa jouissance. Elle la voulait. Plus qu'elle ne pouvait le formuler. Avec l'index et le majeur désormais, elle se doigta rudement, jusqu'à ce que ses jambes se mettent à trembler sous l'imminence de l'orgasme.

— C'est ça. Putain, ce que tu es belle. Tout exposée pour moi, ouvre-toi pour tout ce que je veux te donner. C'est ça, mon cœur. Je m'occupe de toi. Laisse-toi aller.

Alors, comme ces mots résonnaient en écho dans son esprit, elle s'exécuta. Chacun de ses muscles se tendit et elle jouit. En un orgasme aussi long que violent. Elle entendit vaguement Aspen gémir, savourant ce qu'il voyait, non sans continuer à la baiser encore plus fort.

Puis, alors qu'elle redescendait du pic de son orgasme, il plongea en elle aussi loin qu'il le put et rejeta la tête en arrière. Il poussa un long grognement, secoué par sa propre jouissance.

Combien de temps restèrent-ils ainsi connectés ? Wendy l'ignorait, mais quand il ouvrit finalement les yeux pour l'observer, elle faillit pousser un cri sous l'intensité de son regard.

Il ne dit rien, se contentant de relâcher ses fesses et de s'allonger sur elle. Puis il se pencha et l'embrassa. Ce ne fut ni doux ni affectueux, mais exigeant. Il s'empara de sa bouche comme s'il n'allait jamais s'en rassasier.

Wendy s'ouvrit plus largement à lui, pour le laisser prendre ce qu'il voulait. Quand il recula enfin, il haletait tout autant qu'elle.

— Ça a été l'expérience la plus étonnante de toute ma vie, chuchota-t-il avec une telle sincérité que Wendy ne put que le croire. Merci pour ce cadeau, même si c'est ton anniversaire et que je suis censé être celui qui donne et non celui qui reçoit.

— Oh, tu m'as fait un sacré cadeau, répliqua Wendy. Et j'espère bien que tu vas me le refaire très bientôt.

Il ricana et Wendy sentit son sexe glisser de ses replis humides.

— Mince, maugréa-t-il. Ça craint.

Elle lui sourit, appréciant de le voir aussi à l'aise avec son corps. De cette manière, les minutes d'après l'amour n'avaient rien de malaisé.

— Je vais aller régler son sort à cette capote. Je reviens. Glisse-toi sous les couvertures, mon cœur.

Mais il ne bougea pas. Au lieu de quoi, il scrutait le visage de Wendy, comme s'il tentait de le mémoriser. Il repoussa une mèche de son front en sueur et ses lèvres se retroussèrent sur un sourire énigmatique.

— Je croyais que tu allais te nettoyer.

— Oui, répondit-il sans remuer pour autant.

Wendy se détendit sous lui et lui caressa les flancs. Finalement, après encore une minute de contemplation silencieuse, il soupira et abandonna sa position pour se diriger vers la salle de bains, sans se soucier le moins du monde d'être nu. Wendy se dit qu'elle ne serait jamais aussi à l'aise en se retrouvant dévêtue sous son regard, mais elle n'avait pas un fessier aussi musclé que le sien.

Le soleil de l'après-midi brillait de l'autre côté de la fenêtre et Wendy n'éprouvait aucune fatigue. Pourtant, elle fit ce qu'Aspen lui avait demandé et se glissa sous les draps. Les remontant sur sa poitrine, elle sourit en constatant la moiteur entre ses cuisses. C'était un peu désagréable, mais elle s'en moquait.

En moins d'une minute, Aspen réapparut dans la pièce et se dirigea droit sur le lit. Elle ne put profiter longtemps de sa vue, car il se déplaçait rapidement, mais elle apprécia ce qu'elle fut en mesure d'entrevoir.

Il avait un léger duvet sur le torse, qu'on ne distinguait qu'à peine. Des muscles roulaient sous la peau de ses bras et il avait également de délicieux muscles pour créer le V si séduisant en bas de son ventre. La peau autour de ses hanches était plus claire que sur le reste de son corps, ce qui montrait qu'il avait fait de la musculation au soleil, sans T-shirt. Un début de barbe lui donnait une beauté encore plus brute et virile. Bref, il n'y avait rien qu'elle n'apprécie pas dans son corps.

Bon sang, en fait il n'y avait pas grand-chose qu'elle n'apprécie pas dans toute sa personne. Il frôlait la perfection et ce constat la terrifiait. Parce qu'elle n'était pas parfaite, elle. Loin de là.

Il était à côté d'elle, en train de se glisser sous les couvertures avant qu'elle ait la possibilité d'ouvrir la bouche pour le complimenter sur son physique. Dès qu'elle eut roulé sur le flanc pour se coller à lui, il lui attrapa une jambe pour la placer en travers de ses cuisses.

— Blottis-toi contre moi, mon cœur, ordonna-t-il.

Wendy sourit.

— Je pensais que les hommes ne se blottissaient pas.

— C'est des conneries. Celui qui a dit ça n'a jamais eu une femme toute chaude et repue comme toi dans son lit, répliqua Aspen en lui déposant un baiser sur le front. Dors un peu, ma puce.

— Je ne suis pas du tout fatiguée, objecta-t-elle.

Avant même qu'elle ait fini de prononcer ces mots, elle se retrouva allongée sur le dos, avec Aspen qui se dressait au-dessus d'elle.

— Je croyais que toutes les femmes étaient épuisées après avoir joui aussi fort que toi ?

Elle plissa les paupières et lui planta les ongles dans les biceps.

— Ah booooon ?

Il eut l'élégance de paraître un peu confus.

— Mais mon expérience n'est pas aussi vaste que ça. Tu en veux encore ?

Wendy était gênée par son désir. Elle haussa les épaules et détourna le regard.

— Tu avais parlé de me baiser puis de me faire l'amour. On n'a pas autant de temps que ça avant que je doive repartir.

— Regarde-moi, ordonna Aspen.

Wendy reporta les yeux sur lui.

— Ne sois jamais ni effrayée ni honteuse de me dire ce que tu veux ou ce dont tu as besoin. Tu veux encore sentir ma queue, mon cœur ? (Wendy hocha la tête.) Et ma bouche sur ta chatte ?

Elle hocha de nouveau la tête, s'agitant sous lui d'impatience.

— Je... euh... j'ai une libido plutôt développée.

Aspen sourit. Un immense sourire qui lui illumina le

visage et lui donna un côté légèrement diabolique en même temps.

— On est un couple parfait, alors, parce que je suis loin d'être rassasié de toi. Si tu as besoin d'une pause, il suffira de le dire. Je pourrais passer l'après-midi à te baiser et être prêt à continuer toute la nuit. Cela étant, il ne me reste que deux autres préservatifs... Nous allons devoir nous montrer inventifs aujourd'hui. Mais demain, je veillerai à regarnir mon stock.

Il ne lui laissa pas la moindre chance de répondre. Une de ses mains s'était déjà faufilée entre ses jambes, pour s'insinuer dans ses replis, tandis que l'autre montait vers ses tétons et que lui se penchait pour l'embrasser à en perdre la tête.

Deux heures plus tard, Blade était couché dans son lit avec Wendy, et la sensation d'avoir été essoré... au bon sens du terme. Sur le plan sexuel, Wendy et lui s'accordaient parfaitement. Elle était presque insatiable et il avait passé un sacré bon moment à se montrer créatif, pour s'assurer qu'elle soit aussi satisfaite que possible.

Il avait tenu parole, il y était allé lentement, doucement jusqu'à ce qu'elle le supplie d'y aller plus vite, plus dur... La taquiner avait été amusant : il l'avait portée au bord de l'orgasme avant de reculer, mais il avait été encore plus plaisant de la retourner et de la baiser vite et rudement par-derrière, tandis qu'elle ondulait et gémissait sous lui.

Puis il avait fait couler un bain, comme promis. Bien entendu, il était entré dans la baignoire avec elle et ils avaient utilisé le dernier préservatif en sa possession moins de dix minutes après s'être enduits de savon.

Elle était en tout point parfaite pour lui. Depuis ses seins magnifiques et ses tétons durs et pointés qui paraissaient supplier qu'il y scelle la bouche, chaque fois qu'il posait les yeux dessus, jusqu'à ses hanches généreuses et ses cuisses musclées qu'il attrapait et manipulait sans ménagement.

Elle n'était pas mince, mais pas grosse non plus. Elle était juste comme il fallait. Ses yeux marron étincelaient d'excitation et de joie quand ils plaisantaient de tout et de rien, puis ils se teintaient de désir quand il la pénétrait.

Il passa légèrement les doigts dans ses cheveux ébouriffés, tandis qu'ils étaient couchés dans son lit, les membres entremêlés. Il n'avait aucune idée de l'endroit où se trouvaient ses oreillers, si ce n'était que celui qui avait été sous sa tête avait disparu. La couette avait été repoussée au bout du matelas et le drap-housse, qui ne tenait plus depuis longtemps aux quatre coins du matelas, formait une boule sous eux.

Le lit paraissait avoir été le théâtre d'une grande bataille, dont Blade et Wendy seraient les vainqueurs.

Il sourit, goûtant la sensation d'intimité qui les enveloppait. Il se sentit plus proche d'elle que jamais. Après ce qu'ils venaient de partager, il eut envie de s'ouvrir à elle, de lui confier qui il était.

Il était certain que s'il la laissait voir en lui, elle lui rendrait la pareille, cette fois.

— Tu sais que je suis dans l'armée, mais tu ignores ce que j'y fais.

Du bout de l'index, elle lui traçait des cercles lents et sensuels autour d'un téton, mais elle leva la tête quand il eut prononcé cette phrase.

— J'ai bien pensé qu'il s'agissait de quelque chose sortant de l'ordinaire. Si tu n'es pas obligé de déménager tous les deux ans et que tu travailles avec le même groupe d'hommes tout le temps. Je ne sais pas grand-chose de l'armée, mais à force de vivre ici, j'ai au moins appris ça.

Il l'embrassa sur le front.

— Tu as raison. Mon unité relève des forces spéciales. Nous sommes la Delta Force.

— Waouh ! s'exclama-t-elle, le souffle coupé.

— J'imagine que tu en as entendu parler ?

— Évidemment, chuchota-t-elle. Tout le monde les connaît.

— Pas autant que tu le penses. Bref, ça fait quelques années qu'on est ensemble, les gars et moi. L'armée nous envoie quelque part, sur des missions secrètes. Je ne pourrai pas te dire où je vais, ni même quand je serai de retour. Mais sache que nous sommes toujours prudents. Nous avons trop à perdre pour nous montrer négligents concernant notre sécurité. En revanche, tu ne peux en parler à personne. Qui nous sommes et ce que nous faisons, c'est confidentiel et personne d'autre ne doit être au courant.

— Pourquoi me dis-tu ça ? Je veux dire, si c'est secret, pourquoi m'en parler ?

— Sérieusement ? Après les heures que nous venons de passer, tu me poses la question ? (Elle rougit, mais hocha quand même la tête.) Ce n'était pas juste une partie de jambes en l'air, mon cœur. C'était une expérience sexuelle stupéfiante, qui vous change une vie. C'était le début de « nous ». Je n'ai jamais voulu être avec quelqu'un comme je veux être avec toi. Ça a collé entre nous dès le soir de ton premier coup de fil et j'ai senti notre connexion devenir plus profonde à chaque jour qui passait. Je veux me réveiller à tes côtés et m'endormir tous les soirs avec mon sexe à l'intérieur de ton corps. Je veux voir Jackson traverser la scène dans quelques années et recevoir son diplôme, je veux le voir devenir l'homme étonnant qu'il sera forcément, étant donné la sœur qu'il a eue pour modèle. Je veux rentrer à la maison après une mission en sachant que tu m'y attendras. La pensée que quelqu'un se souciera de me savoir vivant ou mort quand je me trouve dans un pays de merde me donnera envie de me montrer encore plus prudent.

— Oh ! murmura-t-elle.

— Oui, « oh ! », convint-il avec un petit sourire. Je suis seul dans cette histoire ? osa-t-il demander.

— Non, répondit-elle d'une voix douce.

Blade se détendit. Il n'avait pas réalisé à quel point il était tendu pendant cette conversation. À part aux membres de sa famille, il n'avait encore jamais confié à personne ce qu'il faisait vraiment. Il s'était senti nerveux, mais il aurait dû savoir que Wendy ne lui poserait aucune question à laquelle il ne puisse répondre. Ils étaient enfin en phase. Il se sentit soulagé.

Après quelques minutes de somnolence, il murmura d'une voix endormie :

— Bon anniversaire, mon cœur.

L'après-midi touchait à sa fin et il savait qu'il aurait dû se lever, prendre une douche et songer à ramener Wendy dans son appartement, mais Blade était si rassasié et heureux qu'il n'avait aucune envie de bouger.

— Merci.

— Quel âge as-tu : trente et un, trente-deux ? demanda-il en lui dessinant des cercles dans le dos, de la pointe de ses doigts.

La question était innocente, pourtant elle se raidit contre lui, comme s'il lui avait demandé des informations très personnelles ou déplacées.

— Quelque chose comme ça.

C'en était fini de sa paresseuse béatitude, Blade fut aussitôt en alerte, plein de soupçons.

Sa question inoffensive était sortie comme ça. Il ne s'était absolument pas imaginé qu'elle refuserait de répondre. Il s'agissait d'une question si simple, si anodine. Du moins tel aurait dû être le cas si elle lui faisait confiance.

Et la pensée qu'elle rechignait à le faire le tuait. Même après tout ce qui venait de se passer entre eux, elle continuait à lui cacher des choses.

— Et exactement ? insista-t-il, pressant.

Elle se redressa sur un coude et le dévisagea.

— Est-ce que ça a de l'importance ?

— Pourquoi tu ne me dis pas quel est ton âge ? demanda-t-il sans détour.

Elle laissa retomber la tête sur son épaule, mais le geste ressemblait plus à une technique d'esquive qu'à une marque d'affection.

— Les femmes n'aiment pas qu'on les interroge sur leur âge, Aspen. Laisse tomber.

Mais il en était incapable. Pas maintenant.

— J'ai trente et un ans. Ça ne t'embête pas d'être plus vieille que moi ? Je m'en fous et mes amis aussi. Pourquoi je m'en soucierais ?

— Moi si.

Soudain la nausée au ventre, Blade se leva, chassant Wendy de son torse.

— Tu n'as vraiment aucune intention de me dire ton âge après ce qu'on vient de partager ?

Les yeux écarquillés, elle secoua la tête.

Frustré, Blade se fourragea dans les cheveux. Il ne comprenait pas l'importance que ça pouvait avoir.

— Je viens de te confier quelque chose que je n'ai jamais dit à personne. Quelque chose qui pourrait me valoir une bonne grosse réprimande de la part de mon commandant s'il l'apprenait et tu ne veux même pas me dire ton âge ? Tu te moques de moi. Tu es à ce point plus vieille que moi ? Trente-cinq ans ?

Il faisait de son mieux pour comprendre ce qui se tapissait derrière son expression butée.

Wendy se glissa hors du lit et rattrapa le drap-housse qui pendait au bord du matelas, afin de s'en couvrir le corps.

— J'ai de bonnes raisons de me montrer évasive.

— Évasive, purée ! Tu refuses purement et simplement de me parler. Où as-tu grandi ? Où vivais-tu avant d'emménager ici ? Où as-tu obtenu ton bac et quelle était ta matière dominante ? Je ne connais rien de personnel concernant ta vie, si ce n'est le fait que tes parents sont morts et que tu t'es chargée d'élever ton frère. Parle-moi, Wendy. J'ai l'impression de ne pas te connaître du tout.

— Tu me connais, protesta-t-elle.

— Chaque fois que je te demande quelque chose, même des renseignements anodins, tu m'envoies balader, et j'en ai plus qu'assez.

— Peut-être que c'est parce que ce que tu me demandes n'est pas anodin, répliqua-t-elle.

— Connaître ton âge, ce n'est pas grand-chose, objecta Blade.

— Ça a de l'importance pour moi.

— Pourquoi ? (Elle pinça les lèvres et le dévisagea.) Depuis combien de temps vis-tu ici ? (Elle continua à le dévisager.) Où vivais-tu avant de t'établir au Texas ? (Elle cilla, sans pour autant lui donner quoi que ce soit.) Pourquoi tu n'aimes pas les flics ?

Une nouvelle fois, elle refusa de répondre. Elle resta plantée là, enveloppée dans le drap, avec l'air de vouloir être n'importe où sauf dans cette chambre. Et c'était douloureux. Immensément douloureux.

— À combien d'autres hommes as-tu joué ce petit

numéro ? (Elle recula, mais il insista.) Avec combien d'hommes as-tu été en refusant de leur dire rien d'autre que des renseignements élémentaires ? Combien d'autres hommes as-tu repoussés parce que tu ne voulais pas leur dire quelque chose d'aussi simple que ton âge, putain !

— Va te faire foutre, Aspen, lâcha-t-elle enfin. Tu ne sais rien du tout.

— Je sais que je ne sais rien ! hurla-t-il. Parce que tu ne me dis rien. Tout ce que je sais, c'est que tu as déménagé ici et là, avec ton frère dans ton sillage. Tu as bouleversé des hommes par ta beauté et ta vulnérabilité et quand ils en ont eu assez que tu leur caches ce que tu leur cachais, tu t'en allais ailleurs.

Elle n'émit aucun son, mais la douleur était patente dans ses yeux.

Blade se sentait aussi triste que frustré. Comment étaient-ils passés de leurs étreintes passionnées à cette dispute ? Il l'ignorait.

Plus que tout, il détestait ne même pas connaître le véritable sujet de leur dispute.

Passant sa frustration sur Wendy, il gronda :

— Dis-moi quelque chose, n'importe quoi, qui ne me donne pas l'impression d'avoir été utilisé pour une simple partie de jambes en l'air.

— Ce n'est pas parce qu'on a baisé que je dois tout te dire de ma vie ! hurla Wendy en s'efforçant de paraître dure et hargneuse.

Mais aux oreilles de Blade, elle parut simplement désespérée.

Et ses paroles le rendaient fou. Non, furieux. Il se tenait là, à la supplier de le laisser approcher et elle refusait catégoriquement. Non seulement en esquivant cette stupide question sur son âge, qui n'était d'ailleurs plus le fond du problème, mais aussi en lui jetant leurs incroyables étreintes au visage comme si elles ne signifiaient rien.

Il ouvrit la bouche, sans même réfléchir.

— OK. Donc ton refus te place au même rang que la pute qui a voulu me lever, au bar. J'aurais tout aussi bien pu la ramener chez moi : au moins, elle a eu l'honnêteté de ne pas prétendre vouloir autre chose que du sexe. Je parie qu'elle m'aurait donné son âge sans tous tes putains d'atermoiements.

Il regretta ses paroles dès l'instant qu'il les eut prononcées.

Wendy blêmit et resserra les draps autour de son corps.

Blade avait besoin d'air. Il avait passé la meilleure après-midi de sa vie et s'était imaginé avoir commencé quelque chose de permanent avec Wendy. Purée, il avait même pensé pendant ces derniers mois que c'était ce qu'ils faisaient. Mais apparemment, elle ne cherchait qu'à coucher avec lui.

Dégoûté de lui-même et d'elle, il sortit du lit, attrapa quelques vêtements dans son placard.

— Je vais m'habiller dans la salle de bains des invités. Je te ramène chez toi dès que tu es prête.

Il ne jeta pas un regard en arrière en quittant la chambre. Dans le cas contraire, il aurait pu changer d'avis et s'approcher de Wendy pour la prendre dans ses bras, lui promettre que tout irait bien et qu'il ne pensait pas un mot des affreuses paroles qu'il lui avait jetées au visage.

Mais il n'en fit rien. Par conséquent, il ne vit pas le désespoir absolu qui s'était peint sur son visage. Le regret, la culpabilité et les larmes qui ruisselaient sur ses joues comme si des vannes avaient été ouvertes.

13

———

Le trajet de retour à son appartement s'effectua dans le plus complet silence. Aspen n'ouvrit pas plus la bouche que Wendy. Elle avait réussi à arrêter de pleurer assez longtemps pour remettre la main sur ses vêtements. Ils avaient été projetés sous le lit pendant leur fête du sexe de l'après-midi.

Quand elle était arrivée au rez-de-chaussée, Aspen l'attendait à la porte. Il l'avait ouverte sans un mot, lui indiquant d'un geste de passer devant lui. Il ne l'avait pas aidée à grimper dans la Jeep et avait à peine attendu qu'elle ait attaché sa ceinture pour s'arracher du parking comme s'il brûlait de la ramener chez elle et de la faire sortir de sa vie.

Et elle supposait que c'était exactement ce qu'il ressentait.

Wendy ne pouvait lui révéler son âge. Si elle l'avait fait, elle aurait mis Jackson en danger. Dans dix mois, elle pourrait dire à tout le monde qu'elle n'avait en réalité que vingt-sept ans, mais d'ici là, il serait trop tard pour Aspen et elle.

Elle voulait le lui dire, elle avait été sur le point de le faire : elle avait failli craquer, avant de se retenir... et désormais, il était trop tard. Il avait fait une croix sur elle.

Plus déprimée qu'elle ne l'avait été depuis longtemps, Wendy baissa les yeux sur ses mains pendant qu'Aspen la ramenait de l'autre côté de la ville. Il s'arrêta sur le parking de son immeuble miteux et elle trouva le courage de lui dire :

— Je te le dirais, si je pouvais.

— Oui, c'est bon. Je t'ai laissé des tas de chances de me parler, Wendy. Plus qu'assez. À plus.

Ses mots étaient secs et dénués d'émotion.

C'était terminé. Elle avait trouvé et perdu l'homme avec lequel elle voulait passer le reste de sa vie. Elle aurait aimé lui en vouloir pour ne pas lui avoir laissé une chance de s'expliquer, mais elle en était incapable. C'était sa faute... parce qu'elle ne pouvait pas s'expliquer. Il avait réagi exactement comme elle l'avait imaginé une fois qu'il aurait entendu son histoire, ce qui était en partie la raison pour laquelle elle ne voulait pas la lui raconter.

Sans rien ajouter, elle se glissa hors de la Jeep et se dirigea vers l'escalier branlant qui conduisait au premier étage et à son appartement.

Voyant Aspen redémarrer avant même qu'elle soit parvenue à la moitié des marches, elle comprit que c'était terminé. Il n'était jamais reparti sans s'assurer qu'elle était arrivée saine et sauve chez elle. Jamais.

Jusqu'à ce jour-là.

Les décisions qu'elle avait prises quand elle était une adolescente soumise à ses hormones n'avaient jamais pesé aussi lourdement sur ses épaules. Wendy n'avait aucune idée de ce qu'elle dirait à Jackson pour lui expliquer qu'elle avait tout gâché avec Aspen. Pourvu qu'il soit toujours d'accord pour donner ces cours d'autodéfense à son frère. Ce n'était pas comme si Lars et son gang de connards allaient arrêter de le harceler dans un avenir proche.

Ce n'était pas parce qu'Aspen n'était plus dans sa vie que tout le reste s'arrêtait aussi.

Les doigts tremblants, Wendy déverrouilla sa porte et entra chez elle. Tout lui parut plus terne. Les coussins aux couleurs vives sur les canapés semblaient se moquer d'elle et les murs gris défraîchis plus pathétiques encore.

En proie à une dépression qu'elle n'avait pas connue depuis des années, elle laissa tomber son sac sur la table de la salle à manger et se dirigea vers la douche. Elle sentait encore l'odeur d'Aspen sur elle. Aussi douloureux que ce soit, elle devait s'en débarrasser. Elle n'avait pas besoin de quelque chose qui lui rappelle combien il était incroyable. Et qu'elle avait tout gâché dans les grandes largeurs.

Pourquoi ne s'était-elle pas contentée de mentir et de déclarer qu'elle avait trente-deux ans ? Elle serait encore dans son lit à l'heure qu'il était.

Mais elle se refusait à lui mentir. Même à propos de son âge. C'était pour cette raison qu'elle avait fait en sorte d'esquiver ses questions.

Oui, des personnes iraient prétendre que lui taire certaines informations, c'était lui mentir, mais elle n'était pas de cet avis. La protection de Jackson était devenue une seconde nature. Elle avait appris comment éluder les réponses et changer habilement de sujet. Mais naturellement, Aspen avait vu clair en son jeu. Il avait sans doute été formé à l'art de l'interrogatoire.

Et pas seulement ça, mais si la justice lui mettait la main dessus, cela pourrait lui nuire à lui aussi. Tout ce qui risquait d'attirer l'attention sur un soldat des forces spéciales était une mauvaise chose. Et si elle était arrêtée, cela risquait de causer du tort à Aspen.

Non, elle avait fait ce qu'il fallait. Protéger les hommes

de sa vie était la chose la plus importante... même si cela avait conduit Aspen à la détester.

Les dernières paroles qu'il avait prononcées retentirent de nouveau dans son esprit.

J'aurais tout aussi bien pu la ramener chez moi : au moins, elle a eu l'honnêteté de ne pas prétendre vouloir autre chose que du sexe. Je parie qu'elle m'aurait donné son âge sans tous tes putains d'atermoiements.

Elle ne lui en voulait pas de s'être mis en colère contre elle, mais il était au-delà de la colère. Il était furieux... et blessé.

Elle voulait l'appeler et lui dire qu'il ne s'était jamais agi que de sexe pour elle. Qu'elle avait aimé passer du temps avec lui. Lui parler. Mais il était trop tard maintenant. Bien trop tard.

Après s'être dévêtue, Wendy prit une douche tiédasse en levant son visage sous le jet pour qu'il nettoie les larmes qu'elle continuait à verser. Elle devait reprendre la maîtrise d'elle-même avant le retour de Jackson. Il lui suffirait d'un regard sur elle pour savoir que quelque chose clochait.

Alors qu'elle s'employait à secouer la déprime dans laquelle elle avait sombré, Wendy glissa sur le carrelage de la douche. Elle enroula les bras autour de ses genoux repliés et hurla.

Elle pleura sur tout ce qu'elle avait perdu avant même que ça lui appartienne.

Elle pleura sur ce qu'elle avait abandonné dans sa vie.

Elle pleura sur l'injustice de l'existence.

* * *

Plus tard, ce soir-là, Jackson fulminait dans son lit.

Quelque chose s'était produit et Wendy refusait de lui dire de quoi il s'agissait.

Elle avait les yeux aussi gonflés que si elle avait pleuré, mais elle avait prétendu que tout était normal, avant de lui demander comme s'était déroulée son après-midi avec Jenny.

Quand il avait tenté d'insister, elle lui avait lancé sèchement de la laisser tranquille, qu'elle allait bien.

Mais ce n'était pas le cas.

Son téléphone n'avait pas sonné. Depuis des mois, elle parlait tous les soirs avec Aspen. Il avait trouvé ça un peu ridicule, mais à présent, il aurait donné n'importe quoi pour entendre Wendy parler à voix basse dans sa chambre pendant qu'elle discutait avec lui.

Les poings serrés, Jackson bouillait.

Il avait cru qu'Aspen était quelqu'un de bien.

Il les avait présentés à ses amis, n'avait pas ménagé ses efforts pour lui enseigner l'autodéfense. Il avait même paru contrarié par l'état de leur immeuble et les personnes dangereuses qui y vivaient.

Pourquoi aurait-il fait tous ces efforts s'il avait juste l'intention de rompre avec Wendy ? Ça n'avait pas de sens.

Jackson n'était pas un imbécile, il savait que ce que Wendy avait fait, il y avait dix ans, était illégal. Ils en avaient assez souvent parlé au fil des années. Mais il ne s'en formalisait pas le moins du monde. Elle avait fait ce qu'il fallait. S'il avait dû rester une nuit de plus dans cette famille d'accueil – voire une heure supplémentaire –, il ne serait pas celui qu'il était aujourd'hui, il le savait. Elle lui avait sauvé la vie et elle n'avait que seize ans. Il n'était pas certain de pouvoir en faire autant s'il se retrouvait dans cette situation-là.

Décrochant son téléphone, Jackson songea à appeler Aspen sur-le-champ pour l'enguirlander. Ses doigts se posaient déjà sur le clavier quand il prit une profonde inspiration et reposa l'appareil.

Non. Il devait le faire en face à face. Pour s'assurer qu'Aspen savait à quoi il renonçait avec sa sœur. Jackson comprit que ce qui s'était produit entre eux n'était probablement pas la faute d'Aspen. Il connaissait sa sœur, savait qu'elle était entêtée et assez renfermée, parfois, mais il avait aussi espéré qu'Aspen n'était pas le genre d'homme à s'effaroucher du plus petit soupçon de tragédie. Parce que Dieu seul savait que sa sœur et lui en avaient connu plus que leur part.

Mais il était certain qu'Aspen ne trouverait jamais une femme plus protectrice, plus loyale et plus aimante que Wendy.

Dès qu'il eut décidé d'aller parler en personne à Aspen, Jackson se mit aussitôt à déterminer comment il allait s'y prendre et quand. Le lundi et le mercredi, il avait son club de robotique ; le mardi et le jeudi, entraînement de hockey. Jenny avait elle aussi des répétitions toute la semaine et il devait être là quand ça se terminait, au cas où Lars et ses potes aient décidé de revenir.

Mais vendredi, il pourrait manquer l'entraînement de hockey et se rendre chez Aspen. Oui, il demanderait à Rob de l'y emmener. Jenny et sa famille quittaient la ville pour le week-end et ils venaient la chercher au lycée, à la fin des cours.

Il disposerait de deux heures, pendant lesquelles Wendy le penserait à l'entraînement, pour discuter avec Aspen et se faire ensuite redéposer chez lui par Rob. Il pourrait peut-être proposer à Wendy une de leurs fameuses soirées tacos, ce vendredi-là. Elle les aimait toujours, parce que les tacos n'étaient pas difficiles à préparer, assez peu onéreux et il en restait toujours des tas pour les repas suivants.

Ensuite, ils pourraient regarder un film. Il la laisserait choisir. Il détestait tant la tristesse qui imprégnait ses yeux qu'il voulait l'aider à tirer un trait sur Aspen et tout ce qu'il avait fait pour la rendre aussi malheureuse.

Une fois son plan établi, Jackson entreprit de formuler ce qu'il voulait dire à Aspen.

Il était tard quand il trouva enfin le sommeil, mais il avait un plan. Ce serait pénible et embarrassant, toutefois sa sœur en valait la peine.

Quand il aurait terminé, Aspen regretterait ce qu'il avait dit ou fait.

* * *

Quand vendredi arriva, Blade était en piteux état et s'en voulait de la façon dont il s'était comporté envers Wendy. Il s'était conduit en connard. Qu'est-ce que ça pouvait lui faire de connaître son âge ? Il s'en fichait. Mais au bout du compte, ce n'était pas ça, le problème. Il voulait qu'elle lui fasse confiance et elle lui cachait quelque chose, c'était évident. Et c'était ça qui le tuait.

Et finalement, il avait réagi de manière disproportionnée en la traitant comme si elle était l'ennemi. Le jour de son anniversaire, en plus. Il aurait pu reculer, lui laisser un peu d'espace, puis essayer de lui reparler plus tard, quand elle n'était pas aussi fâchée. Mais non, il n'avait pas pu s'empêcher de lui balancer ses quatre vérités et d'insister.

Pour sa défense, la frustration qu'il éprouvait parce qu'elle évitait ses questions et continuait à lui taire un important secret l'avait porté à un tel état d'exaspération qu'il avait été incapable de se retenir. Mais cela n'excusait pas ce qu'il lui avait lancé. Il regrettait surtout de l'avoir comparée à la femme du bar. Ça avait été un coup bas. Il avait essayé de l'appeler plus d'une fois, mais soit elle ignorait ses appels, soit elle l'avait bloqué.

Elle lui manquait et il s'inquiétait pour Jackson et elle. Or il ne pouvait rien faire si elle ne lui adressait plus la parole et ne lui laissait pas la possibilité de s'excuser.

Leurs conversations nocturnes lui manquaient. Les histoires de « ses » résidents de la maison de retraite. Et il s'inquiétait de ce qui se passait avec Lars et les autres bourrins.

Il avait commencé à la présenter peu à peu aux autres gars de son équipe, mais il n'avait pas encore eu le temps de les lui présenter tous. Emily et Casey l'avaient adorée, voulaient la revoir et il savait qu'il en irait de même avec les autres.

Malheureusement, ils n'auraient pas cette chance, sauf s'il parvenait à réparer ce qu'il avait brisé.

La situation avait été tendue au travail : leur équipe avait été mise en alerte pour être envoyée dans la baie de Guantanamo à Cuba. Il restait seulement quelques détenus là-bas, mais c'étaient les pires des pires. Il y avait eu une insurrection dans le centre de détention et, en raison du peu de personnel stationné là-bas, les gros bonnets avaient pensé qu'ils auraient besoin de renfort. Pourtant, finalement, au lieu des Deltas, on avait envoyé deux équipes de SEAL depuis la Californie.

Blade en était heureux, car, même s'il aimait servir son pays, il ne lui semblait pas bon de partir en mission sans avoir réglé d'abord la situation entre Wendy et lui.

Cela faisait près de vingt minutes qu'il était chez lui et il avait presque creusé un trou dans le sol à force de déambulations pour tenter de déterminer s'il devait ou non aller jusque chez Wendy pour exiger de parler avec elle, quand on sonna à sa porte.

Avec la pensée qu'il pouvait s'agir de Wendy, il courut ouvrir, sans prendre la peine de regarder par l'œilleton.

— Il faut que je te parle.

C'était Jackson. Et il n'avait l'air content du tout.

— Est-ce que Wendy va bien ? demanda Blade.

Ce fut sa première pensée : Jackson était ici parce que quelque chose était arrivé à sa sœur.

— Ce n'est pas comme si tu en avais quelque chose à faire, mais oui.

Blade fut soufflé par l'hostilité qu'il perçut dans la réponse de l'adolescent, pourtant il demanda encore :

— Et Jenny ? Lars n'a pas continué ses conneries ?

La colère s'atténua un peu sur le visage de Jackson pour se muer en confusion.

— Ça va et je n'ai plus beaucoup vu Lars ces derniers temps. Il faut qu'on parle, répéta-t-il.

Blade regarda les places de parking, derrière l'adolescent, mais il n'y vit pas la voiture de Wendy comme il l'espérait. Si elle avait été là, il serait sorti pour la supplier d'entrer et de lui parler.

— Comment es-tu venu jusqu'ici ?

— C'est mon ami Rob qui m'a amené. Il attend sur le parking. Ça ne prendra pas beaucoup de temps.

Blade ouvrit entièrement la porte et fit signe à Jackson d'entrer. Dès qu'il fut à l'intérieur, l'adolescent se planta devant lui.

— Qu'est-ce qui t'arrive ?

— Qu'est-ce que tu as fait ou dit à ma sœur ?

Blade examina le jeune homme devant lui et décida de se montrer honnête.

— Je lui ai demandé quel âge elle avait. Et quand elle a refusé de me répondre... je n'ai pas été très gentil.

Au moment où Jackson recula et détourna les yeux pour

la première fois, Blade acquit la certitude supplémentaire que son innocente question avait des implications bien plus graves qu'il ne le supposait.

— J'ai merdé, je le sais. J'ai essayé de la joindre toute la semaine, mais elle ne décroche pas. Elle me manque. Je l'aime, Jackson. J'aime ta sœur de tout mon cœur et ça me tue de ne même pas savoir sur quoi portait notre stupide dispute. Parle-moi. S'il te plaît. Dis-moi ce qui m'échappe, afin que je puisse m'excuser comme il convient et que ça ne se reproduise plus jamais.

Jackson pénétra dans son salon sans un mot et s'assit sur le canapé. Blade l'y suivit, prit place à l'autre extrémité du canapé et attendit. Il détestait que la première personne à entendre qu'il l'aimait ne soit pas Wendy, mais tant pis. Il sentait instinctivement qu'il devait gagner l'adolescent à sa cause avant de pouvoir aller de l'avant avec Wendy. Si Jackson ne voulait pas de lui avec sa sœur, c'en serait terminé. Oui, ce n'était peut-être qu'un tout jeune homme, cependant Blade savait à quel point il était proche de Wendy.

En plus, il appréciait Jackson. Il voulait mériter son respect et non que l'adolescent le regarde comme s'il ne valait pas mieux qu'une saleté sur sa chaussure. Parce que c'était ainsi que Jackson l'avait considéré quand il avait ouvert la porte, et ça craignait.

— Elle vient juste d'avoir vingt-sept ans, lâcha le jeune homme d'une voix basse et neutre. Et je n'ai pas seize ans. Je vais avoir dix-huit ans dans dix mois.

Blade effectua un rapide calcul mental.

— Donc tu avais... six ans quand tes parents sont morts ?

— Oui. Et Wendy venait tout juste d'en avoir seize.

— Et elle s'est vu confier ta garde à cet âge-là ?

Jackson regarda Blade dans les yeux et répondit : « Non. »

Tout se mit en place, comme si l'adolescent venait de passer la dernière demi-heure à lui donner tous les détails de la situation.

— Elle te protège, conjectura Blade.

Jackson hocha la tête.

— Oui. Jusqu'à ce que j'aie dix-huit ans. Ensuite, on pourra se détendre un peu, tous les deux. Enfin, moi plus qu'elle, cela dit.

— Tu vas me raconter ce qui s'est passé ?

— Tu l'aimes vraiment ou tu essaies juste de me tirer les vers du nez ?

— Je l'aime, répondit aussitôt Blade. Je me fiche de ce que tu peux me dire, ça ne changera pas l'amour que je lui porte. Je ne ferai rien qui puisse mettre l'un de vous deux en danger.

Jackson agita de nouveau la tête.

— Après la mort de nos parents, les services de protection de l'enfance nous ont pris en charge, mais ils ne nous ont pas placés dans la même famille d'accueil. Visiblement, il n'y avait pas de famille dans leur base de données qui veuille accueillir à la fois une adolescente et un enfant. Wendy ne l'a pas très bien accepté. Elle était plutôt bonne pour prendre la poudre d'escampette, elle le faisait tout le temps du vivant de nos parents. Alors toutes les nuits, elle s'esquivait de sa famille d'accueil et venait me voir. Malheureusement, elle a fini par se faire attraper.

— Vous n'aviez pas de la famille qui puisse vous accueillir ? demanda Blade, à qui cette histoire commençait déjà à déplaire.

Jackson secoua la tête.

— Pas vraiment. Je pense que papa avait une sœur, mais

ils n'étaient pas en bons termes et, quand on l'a contactée, elle n'a rien voulu avoir à faire avec nous.

— La garce, murmura Blade.

Jackson ne réagit pas.

— L'État n'avait pas d'autre choix que de nous séparer, mais Wendy a fait tout ce qu'elle a pu pour me voir tous les jours. J'étais terrifié. Papa et maman me manquaient et je ne comprenais pas vraiment ce qui se passait. On m'a changé de maison à trois reprises, mais Wendy s'arrangeait toujours pour me retrouver. Ses parents d'accueil en ont eu assez d'elle, de ses fugues, de l'argent qu'elle leur volait pour les trajets, donc ils ont annoncé aux autorités qu'ils ne voulaient plus d'elle.

— Purée, c'était juste une gamine, pas une chemise qu'on peut rendre si elle n'est pas à la bonne taille, maugréa Blade.

— En tout cas, on l'a envoyée vivre dans une sorte de foyer pour ados ingérables ou quelque chose du genre. Mais elle a réussi à se faire la belle de là aussi. Elle m'a dit qu'ils voulaient la mettre dans un centre de détention, mais tant qu'elle n'enfreignait aucune loi en quittant le foyer, ils ne pouvaient pas. Et oui, la dernière famille d'accueil où l'on m'avait placé... n'était pas bien.

Blade serra les dents en entendant la façon dont Jackson avait prononcé ces mots. Il détestait que le jeune homme à ses côtés ait dû traverser quelque chose d'à l'évidence aussi horrible.

— La dernière nuit que j'ai passée là-bas a été la pire. Si Wendy n'était pas venue, j'ignore quel genre de personne je serais aujourd'hui... ou même si je serais encore là. Mes parents d'accueil avaient un fils de seize ans, bipolaire. Quand ses parents n'étaient pas là, il s'en prenait à nous, les enfants accueillis. Il y en avait trois autres en plus de moi, dans cette maison. Un jour, il a tué le chat de la famille et l'a caché à la cave. Et quand ses parents étaient occupés ailleurs, il nous a forcés à y descendre et nous a montré comment il l'avait tué. C'était affreux et terrifiant.

— Que s'est-il passé, lors de ta dernière nuit là-bas ?

— Les parents étaient sortis pour un rendez-vous et nous avaient laissés sous la responsabilité de leur fils. J'avais six ans, les autres quatre, cinq et huit. Deux filles et deux garçons. Ronald, le fils, nous a tous rassemblés dans la cave. Il y avait des cages à chiens, là-dedans, qui subsistaient d'autres animaux, eux aussi mystérieusement disparus. Je pense que les parents savaient que leur fils était malade, mais ils ignoraient comment le gérer. Bref, il nous a obligés à entrer dans les cages, puis il a commencé à nous emmerder.

— À vous « emmerder » ? cracha Blade.

— Il nous titillait avec des bâtons. Il répétait qu'il allait nous laisser là toute la nuit sans révéler à ses parents où nous étions. Il ne nous a pas laissé manger ni sortir quand on voulait faire pipi. On a tous fini par faire dans nos pyjamas et il rigolait quand on pleurait. Puis il a pris John, le garçon de huit ans, et l'a attaché à une poutre de support avec une corde. Il a étalé le sang du chat qu'il avait tué sur le pauvre John... et lui a sorti qu'il allait l'étriper comme il l'avait fait avec le chat.

Jackson s'arrêta et prit une profonde inspiration. Blade avait envie de s'approcher de lui, de poser une main sur son épaule et de lui dire que ça allait, mais il n'était pas sûr de la réaction du jeune homme. Donc il ne fit rien et resta assis, au bord du canapé, avec la sensation d'être impuissant.

Au bout d'un moment, Jackson reprit :

— John pleurait si fort qu'il avait de la morve qui lui dégoulinait sur le visage et les filles étaient hystériques. J'essayais d'imaginer une façon d'aller les aider, en supposant que Ronald finirait par me laisser sortir de ma cage pour me faire quelque chose à moi aussi. Mais Wendy est arrivée. Elle avait encore fugué de son foyer pour venir me rendre visite. D'ordinaire, elle lançait de petits cailloux contre la fenêtre de la chambre où je dormais et je rampais sur le toit puis descendais le long d'un tronc d'arbre et on s'assoyait dans le jardin pour discuter. Mais quand je n'ai pas répondu à ces petits cailloux, ce soir-là, elle raconte qu'elle a regardé par toutes les fenêtres : la maison était plongée dans l'obscurité. Elle était sur le point de rebrousser chemin, en se disant que nos parents d'accueil nous avaient emmenés quelque part pour nous récompenser, mais elle a vu de la lumière à la fenêtre de la cave. Dès qu'elle a compris ce que Ronald faisait, elle a fait irruption dans la maison pour dévaler les escaliers, comme une possédée. Elle avait une batte de baseball à la main. Ronald s'est pétrifié, sous l'effet de la surprise, j'imagine. Elle l'a frappé en plein ventre et il est tombé comme une masse. Elle l'a encore frappé quelques fois et j'ai entendu quelque chose se briser quand elle lui a tapé dans les jambes.

— Purée, lâcha Blade.

Jackson l'ignora et poursuivit :

— Elle a détaché John et nous a tous fait sortir des cages, pour nous emmener à l'étage, puis elle en enfermé Ronald dans la cage. Il hurlait et pleurait, mais elle nous a dit de l'ignorer. Elle a envoyé John et les filles dans leur chambre, en lui ordonnant d'appeler la police, puis elle m'a pris la main et nous sommes partis. (Jackson leva la tête et regarda Blade droit dans les yeux.) Elle m'a kidnappé, Aspen. Elle m'a emmené de cette maison et on n'a jamais regardé derrière nous. On n'avait rien, pas de change de vêtements, pas de nourriture, rien à boire. Elle m'a ramené chez nous, dans la maison qu'on avait quand nos parents étaient en vie.

J'imagine que les autorités essayaient encore de régler les conneries légales, parce que nos affaires étaient toujours là. Je voulais qu'on y reste, mais elle a dit que c'était impossible. Je me rappelle m'être assis pour pleurer dans mon ancienne chambre, parce que je ne comprenais pas pourquoi on ne pouvait pas vivre là. Wendy m'a aidé à faire mes bagages pour que je prenne les choses que je voulais emporter. Elle ne s'est même pas plainte sous prétexte que mes petites voitures et mes animaux en peluche n'étaient pas pratiques à transporter. Elle a glissé des vêtements pour nous deux dans son sac à dos, utilisé une clef cachée pour déverrouiller le coffre sous le lit de nos parents et récupéré nos certificats de naissance ainsi que l'argent qu'il contenait. Je n'ai jamais su pourquoi les avocats ou la police n'avaient pas encore trouvé le coffre, et Dieu merci, ce n'était pas le cas. Après quoi, on est partis. Wendy a acheté des tickets de bus et on a roulé trois jours et trois nuits dans un bus puant, jusqu'à ce qu'on arrive en Floride. On a vécu dans les rues pendant un mois avant que Wendy finisse par trouver un boulot. Il s'agissait juste de nettoyer des tables, mais elle a menti sur son âge et les patrons ont été d'accord pour la payer en liquide. On a vécu dans un motel merdique pendant deux ans. Elle a finalement décidé qu'il était temps de déménager et on est partis en Louisiane. Elle n'avait aucun papier qui atteste de ma classe ou rien qui puisse prouver que j'étais déjà allé à l'école. Mais elle s'est rendue dans l'école primaire la plus proche de notre lieu d'habitation et a prétendu qu'elle m'avait fait cours à la maison. Elle possédait quelques faux papiers sur mes soi-disant progrès et, afin d'éviter toute question sur mon âge, elle m'a donné un an de moins que je n'avais réellement. On m'a fait passer des tests et j'ai été placé en CE1, même si, selon mon âge, j'aurais dû être inscrit en CE2. Wendy avait fait de son mieux pour m'apprendre des choses pendant qu'on fuyait, mais elle travaillait beaucoup et on était terrifiés que quelqu'un comprenne qu'elle était mineure et m'avait kidnappé. Avec le recul, il peut paraître idiot de s'inquiéter autant sur les questions qu'on pourrait me poser parce que j'avais un niveau de CE1, alors que, vu mon âge, j'aurais dû connaître les réponses aux tests, mais Wendy avait si peur qu'un petit détail apparemment en décalage incite les autorités à l'interroger qu'elle m'a fait passer pour plus jeune que je n'étais. On a beaucoup bougé depuis, mais quand elle a trouvé un emploi ici, à la maison de retraite, j'ai vu que c'était vraiment quelque chose qui lui plaisait. Alors on est restés. J'aurai dix-huit ans dans moins d'un an et plus personne ne pourra m'éloigner d'elle pour me replacer dans une famille d'accueil. Mais le truc, c'est... qu'elle risque sans doute de gros ennuis pour ce qu'elle a fait. S'il s'agissait juste d'elle, d'une adolescente en fugue, tout le monde s'en ficherait. Mais elle est entrée par effraction dans une maison, elle a blessé Ronald et m'a kidnappé. Je serai peut-être libre quand j'aurai dix-huit ans, mais elle devra sans cesse regarder par-dessus son épaule. Donc voilà la longue et sordide histoire qui explique pourquoi elle a refusé de te dire son âge. Vingt-sept ans. Elle a pris soin de moi quand j'en avais six et elle seize. Elle n'a jamais terminé le lycée, jamais eu son bac et elle a plus longtemps été une mère pour moi que ma propre mère. Je ne me rappelle pas grand-chose d'elle, mais je ferais n'importe quoi pour Wendy. Même venir ici et te dire que tu as merdé. Dans les grandes largeurs. Tu ne trouveras jamais personne d'aussi loyal et protecteur qu'elle. Parfois, les gens ont de bonnes raisons de ne pas vouloir parler d'eux-mêmes.

Blade se leva et s'approcha de Jackson. L'adolescent se

raidit, mais Blade ignora sa réaction. Il s'agenouilla à ses pieds et leva les yeux vers lui.

— Je sais que j'ai merdé. J'ai essayé de la joindre pour la supplier de me pardonner...

— Ta voiture est en panne ?

— Pardon ?

— Ta Jeep. Elle est en panne ?

— Non.

— Donc tu pourrais aller la trouver. Tu sais où elle travaille. Tu sais où elle vit. Ce n'est pas comme si elle se cachait de toi. Je suis absolument certain que même si elle a bloqué ton numéro, elle espère toujours que tu réapparaisses. Avec chaque jour qui passe, la lumière s'éteint un petit peu plus dans ses yeux. Je suis furieux contre toi, Aspen. Tu rendais ma sœur si heureuse ! Et ensuite, tu as tué ce bonheur en un claquement de doigts.

Ce que fit Jackson pour appuyer son propos.

— Les choses ont été... tendues... au boulot, marmonna Blade, sachant que ça ne l'excusait nullement pour son absence auprès de Wendy.

Il aurait dû aller la trouver.

— Peu importe. Qu'est-ce qui a bien pu se passer d'aussi sérieux à la base ?

Blade se rendit compte alors que Wendy n'avait pas révélé à son frère ce qu'il faisait ni qui il était. Elle avait gardé son secret, alors même qu'il l'avait blessée de la pire des manières.

— Mes amis et moi, on est la Delta Force, glissa-t-il à Jackson, mine de rien.

Il n'avait aucun scrupule à se dévoiler à l'adolescent. Le jeune homme allait devenir son beau-frère. Car il ne laisserait jamais Wendy lui échapper, maintenant qu'il avait appris les sombres secrets qu'elle cachait. Et puis, visiblement, Jackson savait garder un secret, lui aussi. Il en avait gardé toute sa vie.

— Tu charries ?

— Absolument pas.

— Purée ! Tu vas devoir partir en mission quelque part, sous peu ?

Blade secoua la tête.

— Heureusement non. Ça a été chaud pendant un moment, mais l'alerte a été levée cette après-midi.

Jackson se leva et Blade l'imita.

— OK. Bon, je vais y aller. Je voulais juste mettre les choses au clair.

— Je suis heureux que tu l'aies fait. (Jackson hocha la tête et se tourna pour partir.) Je suis désolé pour vos parents et pour tout ce que vous avez eu à traverser. Mais sache aussi que je suis fier de vous. (Cet aveu amena Jackson à se retourner vers lui, un sourcil haussé.) Wendy a besoin d'un champion et tu as beau être plus jeune qu'elle et toujours au lycée, tu es un sacré champion. Et tu as raison, je me suis comporté comme un connard. J'ai merdé. Mais je vais arranger les choses. Pour vous deux.

Jackson le dévisagea longuement, et Blade se demanda s'il allait lui dire de laisser tomber, mais l'adolescent finit par lâcher :

— Je t'aime bien, Aspen. Même si tu n'as pas blessé que ma sœur et que tu m'as fait du mal à moi aussi.

— Je suis désolé. Je ne le répéterai jamais assez. Je me suis fait du souci pour toi toute la semaine. À propos de cette situation avec Lars et ses abrutis d'amis. J'ai fini par avoir des nouvelles de mon commandant : apparemment leurs parents étaient stationnés ici, à Fort Hood, mais la plupart d'entre eux ont bougé. Les parents de Chuck sont les seuls à travailler toujours ici. Lars était inscrit à l'université du coin, toutefois il a laissé tomber un peu plus tôt cette année. Ses parents pensent sans doute qu'il suit toujours les cours. Il vit dans un appartement à proximité de l'université, avec deux des connards qui traînent à ses côtés.

— Une vraie bande de losers, murmura Jackson.

— Tout à fait. Le commandant va en toucher deux mots aux parents de Chuck, mais comme les autres n'ont personne qui vive à la base, les autorités ne peuvent pas faire grand-chose contre eux.

Jackson hocha la tête.

— Ils n'ont pas beaucoup été là, cette semaine. Je les ai vus une fois, mais ils ne se sont même pas approchés de moi. Je me dis que tu as dû leur flanquer les jetons.

Même s'il n'en était pas persuadé, Blade n'en dit rien pour le moment.

— Tu vas continuer à me laisser t'aider avec ces cours d'autodéfense, hein ?

— Est-ce que tu vas arranger les choses avec ma sœur ?

— Tout à fait.

— Et si elle te dit d'aller te faire foutre ?

Blade ricana.

— En fait, je m'attends à ce genre de réaction. J'ai été une andouille, mais je vais continuer à essayer. Je ne renoncerai pas à elle, je l'aime.

— Et si elle est arrêtée pour kidnapping ?

— J'ai le sentiment que ça n'arrivera pas, cela dit on gérera, le cas échéant, répondit Blade.

Jackson secoua la tête.

— Elle est persuadée que ça va se passer comme ça. Dès que j'aurai dix-huit ans, passé mon permis et, plus généralement, mis davantage de données sur moi dans le cyber espace, quelqu'un, en Californie, va remonter jusqu'à elle et la coller en prison.

— Pourtant elle a le permis et elle n'est pas payée en liquide, je suppose, dans sa maison de retraite. Ses références ne sont-elles pas déjà disponibles ? Est-ce qu'elle paie des impôts ?

Jackson fronça les sourcils.

— Oui, mais on peut dire que pour l'instant, elle a eu de la chance. On a eu de la chance tous les deux.

Blade secoua la tête.

— Je pense que c'est plus que ça. Jackson, c'était une mineure quand les faits se sont produits. Ce qui ne signifie pas qu'elle s'en sortira sans punition, mais je pense qu'il y a eu assez de circonstances atténuantes, en cas de pépin, pour qu'elle s'en tire avec une petite tape sur la main. Par ailleurs, si quelqu'un la déniche effectivement, j'ai des amis qui peuvent l'aider.

Jackson parut sceptique.

— Vraiment ? Tu ne dis pas simplement ça pour te faire bien voir par moi ?

— Je ne vous ferais jamais une chose pareille, ni à toi ni à elle, répliqua Blade.

Hochant la tête, comme s'il venait de prendre une décision, Jackson déclara :

— Elle travaille au centre d'appel, ce soir, mais demain, j'ai une compétition de robotique. Au gymnase de l'école. Ça commence à 11 heures. Elle y sera.

— Ça te dérange si j'amène deux amis ?

— Tu ne l'as pas présentée à tous tes potes, n'est-ce pas ? demanda Jackson avec une intuition prodigieuse.

Blade ricana.

— Non. Et j'aurai peut-être besoin de ton soutien pour parvenir à faire comprendre à ta sœur que oui, il m'arrive de merder, mais non, je ne suis pas un mauvais gars.

— Bonne chance. Tu vas en avoir besoin.

Blade tendit la main.

— J'apprécie que tu sois venu, Jackson. Et que tu prennes soin de ta sœur.

Jackson secoua la main et répliqua :

— Inutile de me remercier pour ça. Je veille toujours sur elle. On est seuls au monde.

— Vous étiez seuls au monde. Maintenant, vous m'avez moi, vous avez les gars de mon équipe, leurs femmes et leurs enfants. Vous n'êtes plus seuls.

Jackson eut l'air surpris pendant un moment, puis acquiesça et laissa tomber sa main.

— Merci.

— De rien. À demain.

— N'oublie pas de mettre tes chaussures de quémandeur, ironisa Jackson en ouvrant la porte d'entrée avec un sourire.

— Je n'y manquerai pas, promit Blade en observant l'adolescent pendant qu'il regagnait une Honda Civic quatre portes.

Il continua à regarder jusqu'à ce que la voiture ait disparu dans un virage, après avoir quitté le parking. Alors seulement, il referma sa porte et appuya la tête contre le battant.

L'histoire que Jackson avait racontée lui avait brisé le cœur. Il imaginait très bien Wendy adolescente, fuguant de chez sa famille d'accueil afin de pouvoir être avec son frère. Et savoir qu'ils avaient été sans domicile, qu'elle avait tant sacrifié pour son frère... Ça ne faisait que redoubler son amour pour elle. Et ça le rendait encore plus furieux contre lui-même pour l'avoir traitée aussi mal qu'il l'avait fait.

Tous les anciens commentaires de Jackson concernant la protection que lui avait apportée sa sœur et comme quoi elle avait fait ce qu'elle devait prenaient bien davantage de sens, désormais. Blade ignorait pourquoi les autorités n'avaient pas encore frappé à sa porte, vu qu'elle utilisait son numéro de sécurité sociale pour payer ses impôts et qu'elle l'avait manifestement donné aux ressources humaines de son travail. Et elle possédait le permis de conduire. On ne pouvait pas dire qu'elle se cachait vraiment.

Mais plus il y pensait, plus il se rendait compte que Wendy croyait se cacher. Elle agissait comme si elle était une redoutable criminelle. Elle n'avait pas d'amis, cherchait à échapper aux radars, à rester muette sur les informations de base concernant son frère et elle.

Ce qu'elle ne semblait pas réaliser, c'était que si elle n'avait pas été prise, c'était parce que personne ne la cherchait. Des milliers d'enfants disparaissaient à travers le pays. Trop pour qu'un État en particulier se concentre sur la recherche d'un seul sans une bonne raison. Tout le combat de Wendy et de son frère reposait sur une supposition erronée de sa part : si quelqu'un savait qui elle était, on viendrait l'arrêter et lui retirer Jackson.

Blade ignorait comment, mais il allait tout mettre en œuvre afin de réparer les choses pour elle.

Mais tout d'abord, il allait s'excuser. Puis s'excuser encore. Il continuerait aussi longtemps que nécessaire, jusqu'à ce qu'elle ait admis qu'il était sincèrement désolé pour ce qu'il avait dit et fait. Elle n'avait pas d'autre choix que de lui pardonner, parce qu'il ne pouvait plus vivre sans elle. Il ne le voulait plus. Il l'aimait. Complètement et entièrement.

14

———

Épuisée, Wendy grimpa les gradins du gymnase du lycée. Elle n'en pouvait plus. Son emploi du temps n'était pas pire que d'ordinaire, mais ses deux jobs cette semaine l'avaient mise sur les rotules.

Elle savait que son épuisement était lié à la disparition de ses conversations avec Aspen. Elle s'était habituée à décompresser chaque soir en discutant avec lui au téléphone, et ne plus l'avoir l'affectait au point qu'elle se sentait mal.

Il lui manquait.

Il s'était comporté comme un crétin avec elle, mais, une fois encore, elle n'avait pas été honnête avec lui.

Elle comprenait pourquoi il était aussi fâché. Il avait pris un risque en lui parlant de son boulot de soldat de la Delta Force et elle ne lui avait même pas donné son âge. Mais elle se cachait depuis si longtemps, maintenant, que c'était devenu une seconde nature. En plus, la dernière chose qu'elle voulait, c'était l'attirer dans son foutoir. Si les autorités découvraient qu'il avait connaissance de certains de ses secrets, elles le puniraient, lui aussi.

La situation l'affligeait au-delà de tout. Elle voulait aller chez lui pour s'excuser, mais il avait été si furieux qu'elle doutait qu'il ouvre seulement sa porte en découvrant qu'elle se tenait sur le seuil.

Elle ne se débrouillait pas bien en cas de conflit, Jackson ne cessait de lui répéter de travailler là-dessus. Quand Aspen avait commencé à s'énerver, elle s'était juste figée. Elle aurait voulu lui dire qu'elle protégeait son frère et qu'elle le protégeait, lui aussi, mais elle n'avait pu sortir les mots. Et ensuite, il s'était fait glacial avant de quitter la pièce.

Installée sur le gradin le plus élevé de la salle, Wendy planta les coudes dans ses cuisses et posa le menton sur ses mains, pour observer l'installation destinée à la compétition de robotique. Il s'agissait en fait plus de s'amuser que de se livrer à une véritable compétition. Il y avait quatre équipes différentes et leur robot avait une série d'environ dix tâches à effectuer. Ils débutaient par des gestes faciles et complexifiaient progressivement les exigences. Jackson était convaincu que le robot construit par son équipe viendrait à bout de n'importe quelle tâche. Ils travaillaient toujours sur le bras qu'ils étaient en train de construire, mais la compétition pour laquelle ils le préparaient n'aurait pas lieu avant plusieurs mois.

Penser à cette prothèse de bras l'attrista énormément car qu'elle se rendit compte que Fish, l'ami d'Aspen, était censé venir en ville sous peu. Elle ne se rappelait pas exactement quand, en tout cas il n'était plus question qu'il vienne prendre la parole au club de robotique. Pas quand Aspen et elle ne se parlaient plus. C'était bien dommage, car Jackson avait été tout excité.

Wendy, qui n'avait prêté aucune attention à son entourage, fut stupéfaite quand quelqu'un s'assit devant elle. Pour commencer, elle en fut irritée : il y avait des tas de places vides, mais elle examina ensuite l'occupant de ce siège.

C'était un homme. Un homme très grand.

Elle sursauta de surprise quand un autre homme vint s'asseoir à côté d'elle.

L'espace d'un instant, elle paniqua un peu, mais comme ni l'un ni l'autre ne fit quoi que ce soit d'agressif ou ne la menaça, elle les examina plus attentivement.

Celui qui se trouvait devant elle avait pivoté et chevauchait le banc. Il était extrêmement grand. Il devait la dépasser d'une trentaine de centimètres. Il avait des cheveux noirs et courts et sa peau aussi était foncée, comme s'il avait des origines exotiques. Il lui adressa un léger signe du menton pour la saluer et elle réalisa soudain qu'il devait être l'un des amis d'Aspen. Il se comportait de la même façon que lui. L'homme paraissait aux aguets et elle était certaine qu'il savait exactement qui était assis où dans l'immense gymnase.

L'homme à côté d'elle n'était pas grand, mais il exsudait le même genre de compétences que l'autre. Quand elle leva les yeux vers lui, elle s'aperçut qu'il la regardait comme s'il n'y avait qu'elle dans la salle. C'était légèrement énervant mais elle avait vu Aspen faire exactement la même chose. Il était très musclé, lui aussi, les cheveux bruns et les yeux noirs.

Les deux hommes étaient beaux, pourtant, comme elle ne cherchait nullement un homme, elle ne prêta guère attention à leur physique.

— Euh... Bonjour ? fit-elle, d'une voix hésitante.

L'homme à côté d'elle leva une main.

— Salut, Wendy. Je suis Ghost. Et voici Coach. On est des amis de Blade.

— Oui, j'avais deviné, répliqua Wendy en lui serrant la main, avant de demander, comme il n'ajoutait rien : Qu'est-ce que vous faites ici ?

— On est venus voir le truc de Jackson, déclara Coach.

Wendy fronça les sourcils.

— Mais vous ne le connaissez pas.

— Bien sûr que si, protesta Ghost. On a aidé Blade quand il lui a appris à les défendre, sa petite amie et lui.

Wendy ne savait pas trop quoi dire. Elle avait entendu Jackson parler des amis d'Aspen qui s'étaient présentés pour s'entraîner avec lui, mais elle n'y avait pas prêté une grande attention.

Soudain, elle eut comme une illumination : ces gars devaient être des soldats des forces spéciales, eux aussi. Elle se sentit aussitôt nerveuse. Elle ne savait trop quoi dire ni quoi faire. Elle ne voulait pas laisser échapper quelque chose qu'elle n'aurait pas dû, mais elle ne voulait pas se montrer grossière non plus.

— Calme-toi, Wendy, lui glissa Coach en se tournant et en plantant ses coudes sur le banc à côté d'elle. On n'est pas ici pour te causer des ennuis, ajouta-t-il, les yeux rivés sur la compétition en cours dans le gymnase.

Elle voulut lui demander la raison réelle de leur venue ici, mais n'en eut pas le courage. Peut-être ignoraient-ils qu'Aspen et elle avaient rompu ? N'importe quoi.

Après quelques secondes d'un silence gêné, Ghost se pencha en avant, s'accouda à ses genoux et déclara :

— Blade a merdé. Il le sait, on le sait et tu le sais. La question est : vas-tu continuer à vous faire souffrir tous les deux ou vas-tu lui parler de ce qui s'est passé ?

Wendy cilla. Voilà qui répondait à la question de savoir s'ils étaient au courant de leur dispute. Il était déjà bien assez pénible qu'elle sache avoir surréagi, pourquoi Aspen avait-il été parler à ses amis de ce qui s'était passé.

— Il ne nous a rien dit, intervint Ghost comme s'il avait lu dans ses pensées. Ce n'est pas son genre. Il a admis avoir dit des conneries qu'il ne pensait pas et souhaiter pouvoir les retirer, et il a dit que tu étais furieuse contre lui. Mot pour mot. Et c'est tout. Mais crois-moi : il est dévasté.

Wendy le regarda, choquée.

Ghost poursuivit :

— Je suis son ami, mais aussi son chef d'équipe. Il n'avait pas la tête à ce qu'il faisait, cette semaine. Il se traînait en arrière, pendant nos courses, il ne bavardait pas avec nous comme d'habitude et, quand nous avons été en alerte pour partir en mission, il était distrait et pas « présent » quand on a discuté des différents scénarios possibles sur ce qui pourrait se passer.

— Vous avez été en alerte pour partir en mission ? murmura Wendy.

— Oui. On a appris hier seulement qu'on ne partait pas... cette fois-ci. Mais bon, on pourrait être appelés dans dix minutes, apprendre que la situation a changé et qu'on doit être en route dans moins d'une heure.

Wendy soupesa l'information et grimaça. À l'évidence, elle n'avait pas exactement mesuré ce que signifiait le fait d'être un soldat de la Delta Force. Bien sûr qu'ils pouvaient être appelés d'un instant à l'autre. Si quelqu'un était kidnappé, en cas d'insurrection ou si un terroriste devait être appréhendé... Elle supposait que c'était le genre de choses qu'Aspen et ses amis réglaient.

Elle avait été naïve en acceptant le fait qu'il était dans l'armée sans songer à ce que cela signifiait exactement. Aspen et les hommes devant elle mettaient leur vie en danger chaque fois qu'ils étaient envoyés en mission.

Son refus de lui dévoiler son âge était d'autant plus ridicule.

— Voilà le truc, murmura Coach. Blade t'apprécie. Et pas qu'un peu. Il veut s'excuser. Te parler. C'est tout ce qu'on attend de toi. Parler. Si vous n'arrivez pas à régler la situation, ainsi soit-il. Mais en tant qu'ami, après avoir vu à quel point il a souffert cette semaine, je te demande de lui laisser une chance de te dire combien il est désolé.

Wendy déglutit, puis déclara :

— Il était vraiment fâché contre moi et je ne peux pas l'en blâmer. Mais je ne sais pas très bien gérer les conflits. Il est devenu furieux et j'ai eu l'impression de ne plus pouvoir parler. S'il commence à me crier dessus, je vais réagir de la même manière.

Ghost lui posa une main sur le genou. Il n'y avait rien de sexuel dans ce geste. Il la traitait comme une amie.

— Il ne va pas être furieux. Il aimerait te parler. Maintenant, ici. Si tu veux, on peut rester dans les parages. Pas assez près pour entendre vos paroles, mais on sera en mesure de déchiffrer ton langage corporel. On pourra intervenir si on pense que votre entrevue ne se passe pas bien.

Wendy n'était pas certaine d'être prête à discuter avec Aspen, mais en effet, ici et maintenant, c'était une bonne solution. D'autant qu'ils avaient besoin tous les deux d'aller de l'avant. Que ce soit bon ou mauvais. Il fallait qu'elle sache s'ils pouvaient sauver la situation entre eux ou devaient arrêter les frais.

— OK. Dois-je l'appeler ?

— Pas besoin, répondit Ghost en désignant la porte du gymnase.

Wendy leva les yeux et vit Aspen planté juste devant la porte. Il avait les yeux rivés sur l'endroit où elle se tenait, avec ses amis. Les mains dans les poches, il avait un air mal à l'aise qu'elle ne lui avait jamais vu.

— Prête ? lui demanda doucement Coach.

Wendy regarda en contrebas. Ce n'était pas encore le tour de l'équipe de Jackson. Ils allaient passer en dernier. Comme elle avait le temps de parler à Aspen avant, elle hocha nerveusement la tête.

Ghost leva une main et adressa à Aspen une sorte de signal qui l'amena à se repousser aussitôt du mur et à se diriger vers leurs gradins.

Ghost et Coach se levèrent pour aller se poster à l'écart. Un instant plus tard, Aspen était là.

— On est tout près, indiqua Ghost en montrant la droite.

Wendy prit une profonde inspiration et agita la tête.

Aspen s'assit à côté d'elle, laissant au moins trente centimètres entre eux. Elle apprécia qu'il n'envahisse pas son espace personnel, mais détesta en même temps la distance entre eux. Bon sang, elle perdait la tête.

— Salut, Wen, lâcha-t-il doucement.

— Salut.

Elle n'avait absolument aucune idée d'où commencer et de ce qu'elle allait dire. Mais elle n'avait aucune raison de s'inquiéter.

— Je suis désolé, déclara-t-il aussitôt. Je me suis comporté comme un connard et je n'aurais pas dû te presser autant. On avait passé la meilleure après-midi qui soit, puis j'ai tout gâché.

— Ce n'était pas ta faute, j'aurais dû répondre à ta question.

Il haussa les épaules.

— Si ça peut signifier quelque chose pour toi, sache que ce n'était pas tant ton âge que le fait que tu me caches quelque chose. Je m'en rendais compte et je détestais ça.

Chaque fois que je te posais une question et que tu éludais, je devenais de plus en plus frustré. Puis nous avons fait l'amour et je me suis imaginé avoir aboli ces barrières. Quand j'ai réalisé que ce n'était pas le cas, je m'en suis pris à toi, alors que je n'aurais pas dû. Sache-le, je me sens plus proche de toi que de n'importe qui au cours de toute ma vie, y compris ma sœur. Ce qu'on a fait, ce qu'on a partagé a abattu toutes mes barrières. C'est pour ça que je t'ai révélé être un Delta. Alors quand tu as refusé de me dire simplement ton âge, ça m'a fait mal. Un mal de chien. J'ai déraillé et sorti des choses que je ne me pardonnerai jamais.

— J'ai vingt-sept ans, déclara doucement Wendy.

— Je sais.

Elle tourna la tête et le dévisagea. Toutes sortes de scénarios sur la manière dont il avait découvert son âge défilaient dans son esprit. Son souffle s'accéléra et elle sentit une crise d'angoisse monter. S'il avait effectué des recherches en ligne sur elle, ou s'il avait contacté quelqu'un des forces de l'ordre et qu'ils savaient où elle se trouvait ainsi que ce qu'elle avait fait, elle risquait de perdre Jackson une nouvelle fois. Ce n'était pas possible. Elle...

— Du calme, mon cœur, la réconforta Aspen en plaçant une main dans sa nuque pour l'inciter doucement à se pencher.

Il s'était déplacé pendant qu'elle paniquait et, à présent, il était à côté d'elle.

— Respire lentement. Tout va bien. Jackson est venu discuter chez moi, hier. C'est comme ça que je suis au courant. Il m'a tout raconté.

Wendy nota qu'Aspen avait toujours la main dans sa nuque, où son poids était des plus agréables.

— Quoi ?

— Il était si furax contre moi qu'il est venu me trouver

pour me dire mes quatre vérités. Il m'a révélé ton âge, le sien et ce qui s'est passé quand vos parents sont morts. Je suis tellement désolé, Wendy. Désolé que ça te soit arrivé et que tu aies été placée dans cette situation. Ce n'est pas juste et le système vous a bel et bien laissé tomber, ton frère et toi.

Wendy se moquait qu'il sache ce qu'elle avait fait. Ce n'était pas important, pour le moment.

— Il t'a parlé de cette fameuse nuit ?

Pendant une seconde, Aspen la dévisagea comme s'il essayait de lire dans son esprit.

— Oui. Il m'a parlé du gamin bipolaire et du traitement qu'il leur a infligé, aux autres gosses et à lui, et puis que tu es arrivée, telle une Valkyrie, pour botter les fesses du méchant et les sauver tous.

Wendy était sous le choc. Elle n'aurait pu l'être davantage si Aspen lui avait annoncé qu'il était marié, affublé de douze enfants et, par conséquent, pas en mesure d'être avec elle, au bout du compte.

— Il ne m'a parlé qu'une seule fois de cette horrible nuit, dit-elle d'une voix douce. Et, même alors, je savais qu'il taisait certaines choses. Je n'ai pas voulu insister. Il a eu des cauchemars pendant des semaines. Des mois même. Il a mouillé son lit pendant au moins une année après qu'on est partis. Tu es sérieux, il t'a parlé de ce qui s'est passé dans la cave ?

Elle vit la mâchoire d'Aspen se crisper et ses narines enfler à mesure qu'il comprenait ce qu'elle voulait lui dire.

— A-t-il déjà parlé à un avocat ?

Wendy soupira.

— Non. J'avais peur que quelqu'un découvre que je n'avais pas dix-huit ans, que je l'avais kidnappé et qu'on me prive encore une fois de lui. Jamais il n'aurait survécu, si on l'avait replacé dans une famille d'accueil, même si elle s'était avérée aimante et géniale. Des semaines durant, il est resté cramponné à moi et a refusé que je quitte son champ de vision. Pendant très longtemps, on est allés partout ensemble. Je n'arrive pas à croire qu'il t'en ait parlé, conclut-elle en secouant légèrement la tête.

Aspen lui effleura la mâchoire du bout des doigts en ôtant la main de sa nuque. Il s'approcha un peu et lui prit une main dans les siennes, pour la serrer fort.

— Il me l'a dit parce qu'il te protégeait. Il voulait s'assurer que j'aie bien compris que j'avais merdé dans les grandes largeurs. Il tenait à ce que je sache combien tu es loyale et protectrice. Et je dois dire qu'il a sacrément bien bossé. Je suis déjà parvenu à la conclusion que j'ai été à côté de la plaque, ce jour-là. Les paroles blessantes que je t'ai lancées, je les reprendrais si je pouvais. Mais je ne peux pas. Tout ce que je peux faire, c'est te présenter mes excuses et te promettre que ça ne se reproduira plus.

Wendy haussa les épaules.

— Regarde-moi, la supplia Aspen. (Elle n'en avait aucune envie, mais elle tourna pourtant la tête et leva les yeux vers les siens.) Je jure devant Dieu que ça ne se reproduira plus. Je me fiche de ton âge. Je me fiche de celui de Jackson. Je me fiche de ce que tu as fait quand tu avais seize ans, sauf pour te dire que je suis immensément fier de toi. Tout ce qui m'importe, c'est que tu me pardonnes et qu'on puisse aller de l'avant. Je t'aime, Wendy Tucker. Que tu aies vingt-sept, trente et un ou soixante-dix-huit ans. Si ton passé revient te hanter, je remuerai ciel et terre pour m'assurer que Jackson soit en sécurité et que tu aies la meilleure défense possible. Tu n'es plus seule. Tu nous as, mes amis et moi, pour veiller sur toi.

— Aspen...

Wendy s'étrangla, faute de savoir exactement ce qu'elle

voulait répliquer. Mais il ne lui en laissa pas le temps, continuant tout simplement à la sidérer.

— Il y aura des périodes où je ne pourrai pas physiquement être là pour toi, mais ça ne signifie pas que tu seras seule. Tu as ma sœur et Emily. Et tu n'as pas encore rencontré les autres femmes, mais quand on est envoyés en mission, elles se réunissent, jusqu'à ce qu'on rentre. Je sais que je t'en demande beaucoup, mais je te supplie de me pardonner. Je me suis comporté comme un connard. Un abruti de première catégorie et j'ai dit des choses que je ne pensais pas. Je suis désolé. Tellement désolé. Tu penses que tu pourrais au moins m'accorder une chance de te montrer que ça ne se reproduira jamais ? Que je ne perdrai plus jamais les pédales comme ça, à l'avenir ? Seras-tu capable de me faire confiance, un jour ?

Ses paroles étaient douces et Wendy savait qu'elle ne cesserait de se les repasser en boucle pendant les années à venir. Mais elle demeurait fixée sur les trois mots qu'il avait lâchés aussi facilement que s'il les avait déjà prononcés des centaines de fois.

— Tu m'aimes ? Comment est-ce possible ?

— Comment le contraire serait-il possible ? répliqua-t-il. Depuis la seconde où j'ai décroché mon téléphone, il y a des mois, pour entendre ta voix, j'ai été ferré. Puis je t'ai rencontrée et tu as dépassé toutes les attentes. Tu es généreuse et plus indulgente qu'un connard dans mon genre serait en droit d'espérer. Tu ne m'as pas pardonné une fois, mais deux désormais. Il n'y aura pas de troisième fois. Oh, je ne serai pas à l'abri de conneries dans le genre oublier de rapporter telle ou telle course de l'épicerie ou laisser traîner quelques canettes de bière après une soirée avec les gars, mais je te jure que je ne te ferai plus jamais souffrir comme je l'ai déjà fait au cours de notre relation. Je ne m'attends pas à ce que tu me fasses toi aussi une déclaration, je n'ai pas encore mérité ça, mais je veux que tu saches dans quel état d'esprit je me trouve, ce n'est pas une question d'ego ou une simple tentative pour me faire bien voir et revenir dans ton lit. Je t'aime, Wendy. La semaine qui vient de s'écouler a été insupportable. Tu m'as manqué de façon horrible. Nos conversations nocturnes ont fini par devenir plus importantes pour moi que n'importe quoi d'autre et ça m'a déprimé à mort d'en être privé. Tu penses que tu pourras me pardonner ? M'accorder une nouvelle chance ?

Comment aurait-elle pu le lui refuser ? Wendy hocha la tête.

— Tu m'as manqué à moi aussi.

— Dieu merci !

Aspen relâcha son souffle et se pencha vers elle pour l'enlacer étroitement.

Combien de temps restèrent-ils ainsi ? Wendy l'ignorait, mais au bout d'un moment, elle entendit Ghost déclarer non loin d'eux :

— C'est le tour du groupe de Jackson.

Wendy recula et vit que Ghost et Coach s'étaient rapprochés pour suivre ce qui se déroulait sur le parterre du gymnase.

Aspen se saisit de la main de Wendy dont il embrassa le revers avec un respect immense avant de la reposer sur sa cuisse, sous le couvert de sa propre main.

— Est-ce qu'on a le droit d'encourager une équipe dans ce genre de compétition ? demanda-t-il, des étincelles dans les yeux.

Wendy lui sourit.

— Oui.

Alors sans prévenir, Aspen tourna la tête et hurla :

— Vas-y, Jack !

Jackson jeta un coup d'œil vers leurs gradins et leur adressa un sourire radieux, avant de lever son pouce à leur intention et de se concentrer à nouveau sur le dispositif de commande devant lui.

Wendy prit une profonde inspiration, puis relâcha son souffle, soulagée. Elle pensait avoir définitivement perdu Aspen. Or non seulement il était là, mais il lui avait avoué son amour. Et Jackson lui avait raconté ce que cet adolescent perturbé lui avait infligé, des années plus tôt. Elle ne savait toujours pas ce qui allait lui arriver ou si les autorités lui mettraient la main dessus, mais pour la première fois depuis longtemps, elle ne se sentait plus seule.

Et cette sensation était merveilleuse.

15

— Pas comme ça, s'esclaffa Wendy en retirant la cuillère de la main de Blade. Il faut que tu mélanges ça comme ça.

Et elle entreprit de lui montrer la bonne manière de procéder pour mélanger la pâte à gâteau.

Blade s'en fichait bien de savoir le faire. Ce qui lui importait, c'était que Wendy se tienne dans la cuisine de sa maison, à mettre le bazar. Cela faisait longtemps qu'il n'avait rien préparé de plus élaboré qu'un plat à réchauffer au micro-ondes ou un steak à griller. Il était donc content de voir de la farine sur le plan de travail et le sol, des coquilles d'œufs dans l'évier et de la vaisselle en pagaille à laver.

Wendy éclata de rire quand il passa derrière et l'attira dans ses bras. Il garda les mains sur son ventre pendant qu'elle mélangeait la pâte à gâteau. Le menton sur son épaule, il se contenta de la tenir ainsi, pendant qu'elle travaillait.

Les trois dernières semaines avaient été une expérience enrichissante pour tous les deux. Il avait compris quand il devait arrêter, avec ses questions, et elle avait appris de son côté comment s'ouvrir. Ils réapprenaient tous les deux à faire confiance. Blade s'efforçait de ne pas le prendre personnellement quand elle changeait de sujet ou évitait de répondre à ses questions sur la vie qu'elle avait menée au cours des dix dernières années. Et Wendy réalisait peu à peu que si Blade l'interrogeait ainsi, ce n'était pas pour se moquer d'elle ou obtenir des informations qu'il pourrait utiliser contre elle. Il tentait sincèrement de mieux la connaître.

Un soir qu'ils étaient en visite chez lui, Jackson et elle, à regarder la télévision, Blade demanda à l'adolescent ce qu'il voulait faire de sa vie. Une discussion animée s'ensuivit sur les avantages qu'il aurait à effectuer ses deux premières années d'université dans l'établissement local ou d'aller directement ailleurs, pour suivre ses quatre années de cours au même endroit. Wendy s'était excusée et, voyant qu'elle ne revenait pas au bout de plusieurs minutes, Blade était parti à sa recherche.

Il l'avait trouvée dans sa chambre, assise et en pleurs sur son lit. Alarmé, il lui avait aussitôt demandé ce qui clochait, mais elle s'était contentée de secouer la tête. Au lieu de se fâcher contre elle, il l'avait prise dans ses bras pour la bercer. Finalement, ses larmes s'étaient ralenties puis taries et elle lui avait avoué qu'elle vivait comme un échec le fait de ne même pas avoir le bac. Qu'elle n'osait pas s'inscrire à l'examen, de peur que quelqu'un découvre ce qu'elle avait fait et ne l'arrête.

Blade lui avait expliqué que ses coordonnées étaient publiques et que si les autorités désiraient vraiment la trouver, ce ne serait pas bien difficile. Surtout si elle payait des impôts depuis des années. Cette déclaration avait déclenché une nouvelle crise de panique. Elle avait levé sur lui des yeux terrifiés, mais il l'avait prise dans ses bras et lui avait dit qu'il serait toujours là pour elle. Finalement, elle s'était calmée, excusée pour lui avoir tu qu'elle était contrariée et ils étaient allés retrouver Jackson.

Son frère savait qu'il y avait eu un problème, mais, soit dit à son honneur, il avait fait comme si de rien n'était, se fiant à Blade pour agir au mieux quand il s'agissait de sa sœur.

Ils n'avaient pas refait l'amour depuis qu'ils s'étaient réconciliés et cela ne dérangeait pas Blade. Le moment ne paraissait jamais propice. Leur dispute semblait les avoir ramenés en arrière et il y allait lentement, pour que Wendy comprenne qu'il était à ses côtés et le serait toujours. Ils avaient surmonté ce qui s'était passé, cette horrible après-midi, et il n'avait pas l'impression qu'elle en garde les moindres ressentiment ou colère contre lui, mais il voyait bien que le sexe n'était pas vraiment en tête de ses priorités.

Et ce n'était pas un problème.

Ils avaient retrouvé leur routine d'avant cette après-midi-là. À discuter au téléphone et échanger des textos. Ils avaient des rendez-vous, avec et sans Jackson. Ils faisaient de nouveau connaissance, mais sans les secrets qui avaient plané entre eux. Blade lui avait raconté tout ce qu'il pouvait sur son appartenance aux forces spéciales et Wendy s'ouvrait de plus en plus sur ce que Jackson et elle avaient traversé au cours de la dernière décennie.

Elle était étonnante.

Aussi dure et féroce qu'une lionne pour défendre son petit.

L'amour de Blade pour elle était fort comme jamais, mais il ne lui avait pas répété son aveu depuis cette fameuse journée, dans le gymnase.

— Comment ça s'est passé au travail, aujourd'hui ? demanda-t-il pendant que Wendy mélangeait la pâte.

— Plutôt bien. J'ai parlé à ma chef, comme tu me l'avais

suggéré, et elle a été hyper favorable à ce que je pose ma candidature pour le poste de surveillante. Je serai en charge de dix auxiliaires. J'établirai les emplois du temps, j'effectuerai les évaluations de performance et des trucs comme ça. Ce qui signifiera moins de temps auprès des résidents, mais je serai quand même en mesure de travailler auprès d'eux une partie du temps.

— Et question salaire ?

Elle lui sourit.

— Suffisant pour que je quitte mon job au centre d'appel.

— Donc on pourra passer plus de temps ensemble, conclut Blade avec un sourire radieux. (Elle leva les yeux au ciel.) Je me trompe ? insista-t-il en déplaçant les mains sur ses flancs pour la chatouiller.

Elle couina et tenta de lui échapper. Comme elle tenait une spatule en bois, elle ne pouvait lui attraper les poignets et les écarter de ses côtes.

— Dis-le, la taquina-t-il.

— OK, OK, je pourrai passer plus de temps avec toi !

La serrant contre lui, Blade enfouit le nez dans son cou.

— Tu m'étonnes que tu vas le faire ! (Elle soupira et se pencha contre lui, pleine d'affection.) Je suis fier de toi, ajouta-t-il d'une voix douce.

— Merci. Moi aussi. J'ai parcouru beaucoup de chemin depuis l'adolescente rebelle que j'étais, plaisanta-t-elle.

— Tu n'étais pas une rebelle, répliqua Blade. Tu expérimentais.

Wendy gloussa.

— Je ne suis pas certaine que mes parents auraient été d'accord. Ils ne savaient plus à quels saints se vouer avec moi.

— Ils te manquent ?

— Chaque jour que Dieu fait. Je suis triste qu'ils ne puissent jamais voir le type génial que Jackson est devenu. J'aurais bien aimé qu'ils me voient aussi. J'espère qu'ils auraient été fiers de moi.

— Bien sûr, répliqua Blade sans la moindre hésitation. Comment pourrait-il en aller autrement ?

Comme chaque fois que les choses devenaient intenses, Wendy changea de sujet :

— Des nouvelles de Fish ?

Blade hocha la tête. Le voyage qu'il projetait au Texas avait été annulé parce que sa nouvelle prothèse de bras n'était pas encore prête. Jackson et ses amis avaient été déçus, mais, une après-midi, Fish avait parlé par Skype avec eux et les adolescents paraissaient avoir été ravis. Blade avait été sidéré par la profondeur de leurs questions et par les performances du bras sur lequel ils travaillaient.

— Il n'est pas certain de la date à laquelle il va venir, mais quand ce sera le cas, il a bien l'intention de rencontrer ton frère et ses amis. Il a été très impressionné par ce qu'ils faisaient.

— Cool, lâcha-t-elle avec un sourire plein de fierté.

— Quand dois-tu partir ? demanda Blade.

Il avait envie qu'elle reste pour la nuit, mais ne voulait pas se montrer insistant.

— La soirée de Jackson est censée se terminer autour de minuit. Je lui ai dit qu'il pouvait rester jusqu'au bout, du moment qu'il rentrait directement à la maison ensuite.

— Jenny y assiste ?

Wendy pouffa.

— Tout le monde y assiste.

— Je présume que ce n'est pas un événement organisé par le lycée, fit Blade d'un ton sec.

— Non, mais je ne m'inquiète pas pour Jackson. Il sait se

tenir à l'écart des ennuis. Je t'ai déjà dit que je l'avais laissé goûter à la bière, au vin et ainsi de suite. Il a vu certains de ses potes se mettre minables et les comportements stupides que ça engendrait. Ça l'a fichu en rogne. Il boira peut-être une bière ou deux, mais il ne se saoulera pas.

— Et voilà encore un nouvel exemple du travail fabuleux que tu as accompli en élevant ton frère, constata Blade.

Wendy reposa sa spatule et se retourna entre ses bras pour lever les siens et les lui passer autour du cou.

— La plupart du temps, je n'ai aucune idée de ce que je fais.

— Quelque chose d'autre dont tu dois être fière, répliqua-t-il avec un sourire.

— Bref, tu peux me ramener chez moi vers 23 h 30 ? Comme ça, je serai à la maison quand il rentrera.

— Bien sûr. (Il jeta un coup d'œil à sa montre : il était 21 h 30.) On a le temps de regarder un film, si tu veux.

Wendy leva les yeux vers lui pendant de longues secondes. Il tenta de déchiffrer son humeur, mais sans vraiment y parvenir.

— J'ai envie de faire l'amour… mais j'ai peur.

— De quoi ?

Blade s'efforça de garder un ton égal et apaisant alors que son sexe avait aussitôt durci à la perspective de se retrouver une nouvelle fois en elle.

— De dire ce qu'il ne faut pas. De tout gâcher comme je l'ai fait la dernière fois.

— Oh, mon cœur. On en a déjà parlé. Ce n'était pas ta faute, mais la mienne. (Elle secoua la tête.) On y viendra, reprit-il. Quand ce sera le moment pour tous les deux. En attendant, on pourrait peut-être mettre ce gâteau au four, lancer un film et se peloter jusqu'à ce que le gâteau brûle et qu'il soit l'heure que je te ramène chez toi ?

— Ce programme me semble parfait, gloussa-t-elle.

Blade l'embrassa sur le bout du nez et la serra un instant dans ses bras.

— Je vais choisir le film pendant que tu termines ici. Et ne fais pas la vaisselle, je m'en occuperai demain.

— Mais ça sera encroûté et dégoûtant, demain, protesta-t-elle.

— Laisse donc, femme, insista Blade avec une sévérité aussitôt démentie par le rire dont il explosa en la voyant froncer les sourcils.

— D'accord, si c'est ce que tu veux, ronchonna-t-elle.

Avec un sourire, Blade s'en fut sélectionner un film extrêmement ennuyeux, afin qu'ils puissent se câliner sans être distraits.

— Et ne t'avise surtout pas de choisir un film de guerre ! lança Wendy quand il fut hors de sa vue.

Un petit sourire aux lèvres, Blade opta pour *Patton*. Il l'avait vu un million de fois et savait que Wendy n'y trouverait pas le moindre intérêt. Ce serait la toile de fond parfaite pour qu'ils se tripotent comme de vrais adolescents.

* * *

Jackson se tenait au milieu de ses amis, un bras autour de Jenny. Cela faisait un moment maintenant que la soirée avait commencé. David et Patrick étaient accompagnés de leur petite amie et Rob n'était pas loin. Jenny et lui avaient passé un moment avec les gars de l'équipe de hockey, mais depuis une demi-heure, ils s'étaient rapprochés de ceux du club de robotique.

Jenny avait vu quelques-unes de ses amies ici ou là, mais, pour l'essentiel, c'étaient des élèves de première et de terminale qui assistaient à cette soirée. Jackson était plutôt impressionné que les gens ici fassent la fête sans se saouler, mais passent du temps ensemble, détendus et aimables.

Quelques personnes fumaient des joints, toutefois il s'agissait pour la plupart de personnes qu'il ne connaissait et ne fréquentait pas.

— Tu sais quand Fish sera en ville ? demanda Dan.

Il était le capitaine du club de robotique et il avait joué un rôle déterminant dans les améliorations de leur bras mécanique, après qu'ils avaient discuté avec l'ancien combattant par Skype.

— Malheureusement, non, répondit Jackson. Mais il a dit au petit ami de ma sœur qu'il était d'accord pour répondre à toutes les nouvelles questions qu'on aurait envie de lui poser.

Ses camarades s'enthousiasmèrent à cette perspective et ils se mirent à discuter de ce qu'ils avaient envie de demander à l'ancien soldat et si les dernières modifications de leur bras robot allaient vraiment fonctionner.

Jackson sentit que Jenny frissonnait et se pencha.

— Tu as froid ?

— Un peu, répondit-elle en levant vers lui ses grands yeux verts.

Il était à moitié tombé amoureux d'elle à la seconde où il l'avait vue. Ses cheveux roux lui tombaient en vagues sur les épaules et elle avait des taches de rousseur partout sur sa peau pâle. Avant de la rencontrer, il ignorait avoir un faible pour les taches de son.

Elle était bien plus jeune que lui, plus que ses parents ou elle ne le pensaient, mais Jackson y allait lentement avec elle. Jenny était un peu naïve et inexpérimentée, mais cela lui plaisait. Il ne la poussait pas à faire quoi que ce soit qui la mette mal à l'aise, mais un peu plus tôt dans la soirée, ils s'étaient pelotés à l'arrière d'une des voitures, sur le parking, et ça avait été génial. Il avait déjà embrassé des filles, par le passé, avait même couché avec certaines d'entre elles, peu de temps après que Wendy lui avait fait son laïus sur les préservatifs, mais rien ne lui avait procuré autant d'effet que ces simples baisers échangés avec Jenny. Elle était spéciale et le fait qu'elle soit avec lui, d'un côté, le terrifiait à mort, car il risquait, d'une manière ou d'une autre, de la décevoir, et, d'un autre côté, le rendait fier comme un paon.

Pendant qu'ils s'embrassaient, elle lui avait pris une main pour la poser sur ses seins. Jackson était devenu dur à la seconde où il avait senti son petit sein sous sa paume. Il n'avait pas fait plus que d'en serrer le téton par-dessus son chemisier, mais ça avait suffi à lui donner l'impression d'avoir le monde à ses pieds. Elle lui avait fait confiance pour ne pas la blesser ni aller plus loin qu'elle ne le voulait.

— Tu veux rentrer ? demanda-t-il, en frottant affectueusement son nez contre le sien.

Elle lui sourit.

— Tu penses qu'on pourrait juste aller quelque part au calme, pour discuter un petit moment ?

Jackson lui prit la main et la serra.

— Ça me semble un chouette projet.

Pourvu qu'elle ait envie qu'ils s'embrassent encore un peu avant qu'il la ramène chez elle. Il fit ses adieux à ses amis et partit à la recherche de Rob. C'était lui qui les ramenait chez eux. Il le découvrit en compagnie d'un groupe de gars. Il conduisit Jenny par là et indiqua à Rob qu'ils l'attendraient à l'entrée du parking. Il s'agissait juste d'un vaste champ qui avait été ceint d'un cordon, mais c'était bien suffisant pour maintenir les voitures à l'écart des feux et des gens.

Rob hocha la tête et déclara qu'il serait prêt à partir

dans une trentaine de minutes. Un coup d'œil à sa montre apprit à Jackson qu'il était 23 heures : le timing était parfait.

Il conduisit Jenny vers le parking et lui indiqua un gros tronc d'arbre, sur le côté. Il avait à l'évidence été placé là pour faire office de barrière, mais ce serait parfait comme banc. Il l'enfourcha et encouragea Jenny à l'imiter. Dès qu'elle fut face à lui, Jackson se rapprocha autant qu'il put, plaçant les jambes de la jeune fille sur les siennes. C'était une position intime et confortable. Il noua ses mains sur les reins de Jenny afin de l'aider à garder son équilibre sur le tronc.

Ils étaient assis depuis environ un quart d'heure, à bavarder et à s'embrasser, quand Jackson entendit quelque chose dans leur dos. Il se tourna pour voir de quoi il s'agissait, s'attendant à découvrir Rob, mais il fut précipité à bas du tronc quand un truc l'atteignit au flanc.

Comme Jenny était assise sur ses genoux, elle alla valser au sol, elle aussi. Jackson finit sa course à moitié sur elle, dans une herbe dure et poussiéreuse. Il gémit de douleur, mais se déplaça aussitôt, pour ne pas l'écraser.

À l'instant où il remua, quelqu'un le mit debout en le tirant par l'arrière de sa chemise.

La première pensée de Jackson fut pour Jenny. Il devait la protéger.

Instinctivement, il replia la jambe et envoya un coup de pied à celui qui le tenait. L'individu s'effondra au sol en geignant, mais dans la seconde qui suivit, d'autres mains se saisirent de lui.

Jackson sut aussitôt qu'il était dépassé. Il tenta de faire ce qu'Aspen et ses amis lui avaient appris, malheureusement il était visé par de trop nombreux adversaires. Trop de bras, trop de jambes.

Mais le point de rupture, ce fut la batte de baseball avec laquelle quelqu'un lui frappa le flanc.

Il tomba par terre et tenta sans succès de se relever. Il eut beau se rouler en boule pour protéger ses reins et sa tête, ça n'arrêta pas les coups. Les gars se montraient infatigables dans leurs assauts.

Jenny se mit à hurler, mais son cri se tut aussitôt.

Levant les yeux, Jackson vit que Lars l'avait collée contre son torse. Il avait plaqué une main sur sa bouche et le regardait en ricanant.

— Reculez les gars, ordonna-t-il.

Ses sbires arrêtèrent aussitôt de le battre. Ils ne s'éloignèrent pas, comme s'ils redoutaient de le voir se lever d'un bond pour tenter d'atteindre Jenny et Lars. Jackson n'arrivait pas à reprendre son souffle et il savait que bouger allait s'avérer extrêmement douloureux. Pourtant, il ne pouvait se borner à rester couché au sol, en laissant Lars faire du mal Jenny.

— Regardez-moi ce que j'ai trouvé, persifla Lars. Une gentille petite élève de seconde pour nous amuser avec.

— Laisse-la tranquille, connard, gronda Jackson en s'obligeant à s'agenouiller.

— Qu'est-ce que tu vas faire ? demanda Lars. Tu ne peux même pas te mettre debout. Quel protecteur nous avons là.

Il échangea un regard avec un de ses potes et hocha la tête.

Avant que Jackson puisse seulement penser à se protéger, le gars à la batte – il crut reconnaître Chuck – l'avait frappé de nouveau.

Plié en deux sous l'effet de la douleur, Jackson tomba une nouvelle fois, tout en essayant de reprendre son souffle. Il avait l'impression de vouloir pleurer, mais ça faisait si mal qu'aucune larme ne lui venait aux yeux.

Lars se pencha sur lui, tenant toujours Jenny.

— Les gars et moi, on va se faire notre propre petite fiesta puisqu'on n'a pas été invité à celle-ci. On va vraiment donner du bon temps à ta petite amie.

Jackson vit les beaux yeux verts de Jenny s'écarquiller sous l'effet de la terreur et se remplir de larmes alors qu'elle tentait d'échapper à l'emprise de Lars. Mais avec son mètre soixante, elle n'était pas en mesure de lutter contre un homme supérieur en taille et en force.

Jackson se sentit impuissant. Il devait se lever pour venir au secours de Jenny. Pour s'assurer que Lars et consorts n'allaient pas lui faire de mal.

Lars remit Jenny debout. Elle voulut lui donner des coups de pied, mais il ne fit qu'en rire.

— Bon allez, les gars, je pense qu'il est temps de montrer à Jenny ce que c'est qu'un homme, un vrai.

Et sans accorder un autre regard à Jackson, Lars pivota sur ses talons, tenant toujours une Jenny qui se débattait frénétiquement. Il se dirigea vers un vieux pick-up déglingué garé au bout du parking, pas bien loin de l'endroit où Jackson et Jenny s'étaient embrassés.

Les quatre autres gars frappèrent encore Jackson deux ou trois fois, pour faire bonne mesure, puis ils s'élancèrent en riant dans le sillage de Lars.

Jackson resta au sol, désespéré, incapable de recouvrer son souffle avant plusieurs secondes. Il avait la vision brouillée par le sang qui lui coulait sur les yeux depuis une coupure sur son front. Respirant pourtant difficilement, il s'obligea à refouler douleurs et élancements. Il vit l'un des gars monter dans le pick-up de Lars et les autres courir vers un autre véhicule, garé à quelques voitures de là.

Dans l'habitacle de son pick-up, Lars chercha à embrasser Jenny et rit de ses tentatives de résistance.

Une vague de haine déferla sur Jackson et il se déplaçait déjà, avant même de s'en rendre compte. Il s'arrangea pour se mettre sur ses pieds, même s'il était courbé en deux, une main sur les reins, et il claudiqua aussi vite qu'il le put vers le véhicule de Lars. Jenny luttait avec l'énergie du désespoir contre les deux hommes et, même si Jackson brûlait d'envie d'ouvrir leur portière pour la secourir, il comprit qu'étant en minorité, il ne ferait qu'empirer leur situation, à Jenny et à lui.

Constatant que le pick-up ne comportait pas de hayon et qu'une grande bâche couvrait quelque chose à l'arrière, il prit une décision dans l'instant. S'efforçant d'être aussi silencieux que possible – même si Lars n'avait aucune chance de l'entendre par-dessus les cris de terreur de Jenny et son propre rire diabolique –, il hissa son corps douloureux sur la plate-forme du pick-up, avant de se dissimuler sous la bâche nauséabonde.

Il aurait bien ri de l'ironie de la situation – Lars, ce bâton merdeux, transportait des tas de merdes à l'arrière de son pick-up –, mais il était trop terrifié, trop inquiet pour Jenny, trop en colère et souffrant pour seulement esquisser un sourire.

Il avait grimpé juste à temps, parce que le moteur du pick-up démarra et, une seconde plus tard, Lars quittait le parking. Jackson se déplaça légèrement, afin de pouvoir soulever un coin de la bâche et voir où ils allaient. Puis il tendit la main vers sa poche avant, en quête de son téléphone. Pour la première fois de sa vie, il se dit que c'était une bonne chose que Wendy n'ait pu lui payer l'énorme et onéreux smartphone qu'il convoitait. Il n'aurait jamais tenu dans sa poche et, à l'heure qu'il était, traînerait probablement au sol, là où il avait été battu.

Veillant à bien garder le téléphone sous la bâche, afin

que la lumière de son écran n'attire pas l'attention de Lars ou de ses gars s'ils regardaient derrière eux, Jackson cliqua sur le nom de sa sœur.

Il avait besoin d'aide. Tout de suite. Et il n'y avait qu'une personne, ou un groupe de personnes, qui puisse les aider pour l'instant, Jenny et lui.

Blade ignora sa puissante érection et se concentra sur le bien-être de Wendy. Elle était assise à califourchon sur lui et ça faisait une vingtaine de minutes qu'ils se pelotaient. Pour commencer, ils s'étaient contentés de s'embrasser, mais leur excitation allant croissant, elle avait ôté son chemisier et Blade avait posé les lèvres sur ses seins.

Elle se frottait contre son érection et gémissait de plaisir. Blade ne s'était jamais senti aussi soulagé qu'en cet instant. Il avait redouté qu'elle ne puisse plus jamais lui faire assez confiance pour le laisser lui procurer de nouveau du plaisir. Mais pour l'heure, elle ne pensait manifestement à rien d'autre.

Les mains dans ses cheveux, elle serrait fort, se cramponnant à lui quand elle voulait qu'il suce plus énergiquement et l'écartant quand il la mordillait un peu trop rudement. Il sourit. Elle aimait qu'il pose la bouche sur elle. Il ne s'en était pas rendu compte, la dernière fois qu'ils avaient été ensemble, se concentrant davantage sur ses sucs et leur goût délicieux. Se réprimandant mentalement pour l'aveuglement dont il avait fait preuve, Blade ferma les yeux et s'appliqua pour voir s'il pourrait l'amener à l'orgasme rien qu'en posant la bouche sur ses seins pendant qu'elle se frottait à lui.

Or à l'instant où il la pensait sur le point de basculer, le téléphone de Wendy sonna, cassant l'ambiance.

Wendy tressaillit dans ses bras et ouvrit les yeux. Elle ne semblait pas être là du tout et Blade sourit.

— Du calme, mon cœur. C'est juste le téléphone.

Sans la lâcher, Blade tendit le bras et attrapa l'appareil sur la table basse à côté du canapé où ils se trouvaient. Il jeta un regard à l'écran.

— C'est Jackson.

— Ça te dérangerait de répondre ? demanda-t-elle d'une voix presque endormie (même s'il savait que c'était là un effet de l'excitation circulant dans son corps).

— Pas de problème. Salut, Jackson, la soirée est terminée ?

— Besoin... d'aide.

Blade se crispa aussitôt. S'étant redressé, il incita Wendy à l'imiter. La passion s'effaça en un instant de son visage.

— Qu'est-ce qui se passe ? demanda Blade.

— Lars. M'a roué de coups. Ils. Ont Jenny.

Ses mots étaient saccadés et on aurait dit qu'il avait des billes dans la bouche. Blade percevait également un fort bruit de vent.

— Où es-tu ?

Il se leva en lui posant la question, tout en tendant la main vers son propre téléphone pour envoyer des textos aux gars et les appeler à l'aide.

— Qu'est-ce qui se passe ? demanda Wendy qui s'était plantée à ses côtés.

— À l'arrière de... son pick-up. Caché. Sais pas où, répondit Jackson. Demande à Wendy. Elle me pistera.

Blade regarda aussitôt Wendy et lâcha :

— Ton frère a des ennuis. Il dit que tu peux le pister. Qu'est-ce que ça signifie ?

Il dut bien reconnaître ça à Wendy, elle ne paniqua pas. Elle ne se mit pas à lui hurler dessus pour qu'il lui passe son téléphone. Son visage se vida de son sang, mais elle répondit aussitôt :

— Trouve-un-phone. C'est une app. On peut se localiser mutuellement, du moment que nos téléphones sont allumés.

Blade hocha la tête et soupira de soulagement. Reprenant le téléphone, il dit à Jackson :

— N'éteins pas ton téléphone, quoi que tu fasses. Je suis en train de contacter les autres. On est en route.

— Cinq gars... deux pick-up. Dépêche, Aspen. Ils ont Jenny. Ils veulent lui faire du mal.

— J'arrive, mon gars, promit Blade en espérant que le gamin entendrait la conviction qui l'animait. Reste caché. Ne te fais pas blesser plus que tu ne l'es déjà.

— Ne t'inquiète pas pour moi. C'est pour Jenny... que je m'inquiète, répliqua Jackson.

Blade comprenait parfaitement. Il n'aimait pas ça, pourtant il comprenait.

— Je vais raccrocher, mais je suis là. Si quelque chose change, rappelle-moi. Je viens vous chercher tous les deux, tu m'entends ?

— Oui. Dis à Wendy que je l'aime.

Blade serra les dents.

— Je n'y manquerai pas. Tiens bon, Jackson. (Sur quoi, il raccrocha et tendit le téléphone à la femme terrifiée qu'il avait devant lui.) Ouvre l'app, ordonna-t-il.

Wendy, qui avait renfilé son chemisier, se mit aussitôt à presser des touches de son téléphone. Blade envoya le texto qu'il avait tapé pour Ghost et cliqua sur le numéro de Truck.

Wendy lui tendit son téléphone et Blade la remercia d'un hochement de tête.

— Salut, Blade, qu'est-ce qui se passe ? Il se fait tard.

— J'ai besoin de ton aide. Le frère de Wendy s'est fait rouer de coups et on a kidnappé sa petite amie.

— Je me mets en route, répondit Truck sans hésiter une seconde. On va où ?

Blade regarda le téléphone de Wendy et examina ce qu'indiquait l'application.

— On dirait bien que ces connards vont au nord-est de la base.

— Dans la zone d'entraînement réservée ? demanda Truck.

— On dirait bien. Jack s'est caché sur la plate-forme du pick-up et je connais sa position grâce au téléphone de Wendy. Elle a une app qui le permet.

— Trouve-un-phone ? s'enquit Truck.

— Oui, c'est ça.

— Je l'ai, moi aussi, fit Truck, songeur. On se retrouve où ? Tu as contacté les autres ?

— J'ai envoyé un texto à Ghost.

— Je vais appeler le commandant pour le prévenir et je contacterai les autres en route. On va passer par le portail de derrière, en supposant que c'est par là que sont passés ces gars. On se retrouve là-bas et on y entre ensemble ?

— Oui. Jackson a déclaré qu'ils étaient cinq types avec Jenny.

— Les trouducs, grogna Truck.

— Tu l'as dit, convint Blade.

— Je suis en route, répéta Truck, avant de raccrocher.

Blade reporta son attention sur Wendy. Il n'avait pas beaucoup de temps, mais il tenait à la rassurer avant de partir.

— On s'en occupe, lui dit-il en posant les mains sur ses

épaules qu'il sentit trembler. Je vais retrouver ton frère et le ramener sain et sauf à la maison.

Wendy hocha la tête et lui posa une main sur la joue.

— C'est Lars ? (Blade hocha la tête d'un air sombre.) Purée. Je savais que sa disparition n'était pas bon signe. J'avais dit à Jackson que ce gars n'allait pas laisser tomber. Et il a aussi Jenny ?

Blade acquiesça de nouveau.

— Je vais y aller, mais tu pourrais me rendre un service ?

— Lequel ?

— Je vais appeler ma sœur pour lui demander de venir ici. Je ne veux pas que tu restes seule.

— Ça va.

— Je t'en prie, mon cœur. Laisse-moi faire ça.

— Mais il est tard.

— Elle est debout. Truck est en train de téléphoner à Beatle et aux autres en ce moment. Il va falloir que j'emporte ton téléphone, donc je n'aurai aucun moyen de te faire savoir que tout va bien, une fois qu'on aura récupéré Jackson. Mais si Casey est ici, je pourrai l'appeler, elle.

— Oui... c'est logique, en effet. Alors, d'accord.

Blade se pencha et l'embrassa, vite et fort.

— Jackson te fait savoir qu'il t'aime... mais sois-en sûre, je m'occupe de tout.

Une larme lui roula sur la joue, sans qu'elle esquisse un geste pour l'essuyer.

— Je sais.

Blade détesta cette larme. Détesta qu'en cet instant, il ne puisse la prendre dans ses bras pour la réconforter. Il déposa un baiser sur sa joue, goûtant le sel laissé par cette larme et recula. Il hocha la tête à son attention, puis pivota sur ses talons et se dirigea vers le parking et sa Jeep. Il était heureux d'avoir ce véhicule : ils en auraient besoin pour rouler au-delà de Fort Hood. Il n'y avait pas beaucoup de routes, par là-bas, et ils auraient besoin d'un 4x4.

L'autre pensée qui lui traversa l'esprit, ce fut que si Lars emmenait Jenny là-bas, c'était qu'ils n'avaient aucune intention de revenir avec elle. Personne n'allait se promener dans cette zone sur un coup de tête.

Il y avait des milliers et des milliers d'hectares de terrain sur la base. Il serait aisé d'y violer et d'y tuer l'adolescente, puis de dissimuler son corps là où personne ne pourrait jamais le trouver.

Dieu merci, Jackson avait eu assez de ressources pour grimper à l'arrière du pick-up. S'ils étaient chanceux, l'app conduirait les Deltas droit sur eux et ils causeraient à Lars et à son gang la surprise de leur vie. Le connard l'ignorait, mais il fonçait droit sur une zone que son équipe de Delta Force connaissait comme le fond de sa poche. Ils s'y étaient entraînés plus souvent qu'à leur tour.

Ce soir, le règne de Lars par la terreur allait s'achever une bonne fois pour toutes.

— Tiens bon, mon gars, murmura Blade, en s'adressant mentalement à Jackson pendant qu'il quittait sa maison.

Il fonça vers l'une des entrées de la base, les yeux passant sans cesse de la route devant lui à l'app sur le téléphone de Wendy. Pour l'heure, il n'y avait que son point rouge pour lui apporter un peu de réconfort.

16

Wendy déambulait nerveusement. Le temps lui paraissait avancer avec une lenteur extrême. Ignorer ce qui se passait la tuait. Si quelque chose arrivait à Jackson, elle ne savait pas ce qu'elle ferait. Il pouvait bien être son frère, pour l'heure, c'était comme s'il était son enfant.

Un coup frappé à sa porte la tira de ses réflexions et elle alla ouvrir. La sœur d'Aspen était plantée sur son paillasson. Mais elle n'était pas seule : elle était accompagnée de cinq autres femmes. Wendy en reconnut deux, mais pas les autres.

Hébétée, elle ouvrit la porte.

Casey la prit aussitôt dans ses bras. Ce câlin était pile ce dont Wendy avait besoin. Elle serra la sœur d'Aspen en retour, aussi fort que si elle n'avait aucune intention de la relâcher. Elle sentit qu'on la repoussait en arrière, mais refusa de lâcher prise.

— Tout va bien se passer, la rassura Casey. Les gars ont l'affaire en main.

Prenant une profonde inspiration pour recouvrer le contrôle d'elle-même, Wendy finit par reculer.

— Tiens, fit une femme à côté d'elle.

Wendy se retourna et vit une brunette d'à peu près sa taille qui lui tendait un mouchoir.

— Merci, balbutia Wendy, avant d'essuyer ses larmes et de se moucher.

— Viens, fit Casey en passant un bras sous le sien. On va aller s'asseoir et je te ferai les présentations.

Devinant que les autres femmes étaient les épouses ou petites amies des coéquipiers d'Aspen, Wendy suivit docilement Casey dans le salon. Elle s'assit au centre du canapé et Casey se laissa tomber à côté d'elle tandis qu'Emily s'assoyait de l'autre côté. Casey agrippa la main de Wendy et Emily lui posa une des siennes sur la cuisse.

Wendy se sentait entourée... et aimée. Elle avait toujours eu la sensation d'être seule depuis la mort de ses parents. Comme si elle avait le poids du monde sur ses épaules. Mais, par leur simple présence, ces six femmes, qu'elle ne connaissait pas pour la plupart, avaient réussi à rendre un peu moins lourde l'oppressante atmosphère planant sur la pièce.

— Tu connais Emily, commença Casey, en adressant un signe de tête à la femme enceinte assise à côté d'elle.

— Rebonjour, lâcha Wendy.

— Salut, répondit Emily. Annie passe la nuit chez une amie, sans quoi elle serait ici, elle aussi.

Wendy hocha la tête et Casey poursuivit :

— Donc, de gauche à droite : voici Rayne. Elle est avec Ghost. C'est eux qui sont ensemble depuis le plus longtemps et elle est en quelque sorte notre matriarche.

Il y eut quelques gloussements silencieux dans l'assistance, avant que Casey reprenne :

— Harley est la grande perche devant toi. C'est la plus âgée et la plus intelligente de nous toutes. Elle conçoit des jeux vidéo et si tu lui donnes un ordinateur, tu la perds pour plusieurs heures.

— Blade m'en a parlé, renchérit doucement Wendy. Jackson aimerait faire appel à tes lumières.

Et il n'en fallut pas davantage pour que ses larmes soient de retour. La simple mention du prénom de son frère avait suffi à lui rappeler ce qui se passait et pourquoi ces femmes se trouvaient en fait ici.

— Du calme, lui souffla Emily.

Wendy tenta de reprendre le contrôle d'elle-même et hocha la tête.

— Kassie est l'autre poulette en cloque. Elle est avec Hollywood et, dès que tu auras fait sa connaissance, tu comprendras pourquoi on l'appelle comme ça. Il est magnifique et il pourrait très certainement en remontrer à ce gars dont je ne me rappelle plus le nom pour le titre d'homme le plus sexy du monde décerné par *People Magazine*.

— Je ne comprendrai jamais pourquoi il a jeté son dévolu sur moi, déclara Kassie avec un sourire. Mais maintenant qu'il est à moi, je taillerai en pièces la garce qui essaiera de me l'enlever.

Wendy n'aurait jamais cru qu'elle serait capable de sourire, pourtant ce fut bel et bien le cas.

— Et enfin, mais non des moindres, voici Mary. La plus petite d'entre nous.

— Salut, sauf que je ne suis pas si petite que ça, protesta Mary.

Wendy était bien forcée d'en disconvenir. Mary était minuscule, du moins comparée à toutes les femmes qui l'entouraient. Elle avait les cheveux courts avec une mèche rose et, même si elle n'était pas aussi grande que ses amies, il y avait quelque chose dans son maintien qui en faisait la plus intimidante de toutes.

— Salut, lança Wendy à la cantonade. Merci d'être venues, même si je ne suis pas certaine de bien comprendre la raison de votre visite.

— Nous sommes là pour te soutenir, expliqua Rayne. Pour te tenir la main quand tu pleureras, pour attendre avec toi jusqu'à ce qu'on ait davantage d'informations. C'est ce que font les femmes et les petites amies dans l'armée.

Wendy était soufflée.

— Mais vous ne me connaissez pas.

— Certes, mais on connaît Blade, répliqua Kassie.

— Et pour le cas où tu aies le moindre doute là-dessus, tu fais définitivement partie de notre groupe, maintenant, ajouta Casey. Je n'ai jamais vu mon frère aussi éperdument amoureux d'une femme. Il a eu des flirts, mais jamais aucune relation sérieuse jusqu'à aujourd'hui.

— Fletch m'a raconté que pendant les jours où vous avez été brouillés, il a été imbuvable.

— Oh oui, Coach voulait lui tordre le cou, confirma Harley.

— Truck lui a dit de bouger son cul et d'aller s'excuser auprès de toi, sans quoi ils allaient lui faire entrer du bon sens dans le cerveau à coups de poing, ajouta Mary.

Wendy leur adressa un faible sourire à toutes, mais tout à coup, plus personne ne la regardait. Elles avaient toutes le regard fixé sur Mary.

— Quoi ? fit celle-ci, sur la défensive.

— Tu as passé du temps avec Truck ? demanda Rayne, les sourcils relevés par la surprise.

Mary haussa les épaules.

— Ce n'est pas ce que tu crois. Je l'ai juste vu l'autre jour, en passant.

Wendy se rendit compte que Rayne n'était pas la seule à paraître étonnée d'entendre que Mary avait passé du temps avec Truck. Elle ne connaissait pas assez bien la dynamique au sein du groupe pour comprendre pourquoi, en revanche.

— Tu pourrais nous raconter ce qui s'est passé ? demanda Kassie à Wendy, ce qui mit un terme à la tension dans la pièce.

Wendy hocha la tête, puis elle prit une profonde inspiration et raconta à ses interlocutrices toute l'histoire de Lars et de son harcèlement.

Les sept agents opérationnels de la Delta Force se déplaçaient à deux véhicules vers le petit point rouge sur la carte. Blade savait que sans l'appli, ils n'auraient jamais mis la main sur Jackson et les autres en temps voulu. Ils s'étaient aventurés bien loin sur les terrains d'entraînement réservés de la base. Lars et ses amis avaient été avisés dans leur choix. Il faisait une obscurité d'encre et personne ne leur tomberait dessus par hasard pendant qu'ils effectueraient ce qu'ils projetaient de faire à la pauvre Jenny.

Blade appuya un peu plus fort sur l'accélérateur. Le point avait cessé de bouger quelques instants plus tôt et chaque minute qui passait rapprochait Jenny du moment où on allait lui faire du mal, et à Jackson aussi, si ça se trouvait.

— Tout le monde connaît le plan ? s'enquit Ghost d'une voix basse et menaçante dans le silence de la Jeep.

Ghost, Truck et Beatle se trouvaient dans le véhicule avec Blade, tandis que Fletch, Hollywood et Coach les suivaient dans l'Highlander de Fletch. Ils portaient tous leurs lunettes à vision nocturne, afin de pouvoir s'approcher plus efficacement de Lars et des autres. Tous phares éteints, ils filaient à une vitesse folle sur la route poussiéreuse.

Ghost avait mis son téléphone sur haut-parleur et

échangeait avec Hollywood. Ils discutaient du meilleur moyen de surprendre et d'évacuer Lars et son gang.

— Affirmatif, répondirent les soldats dans l'autre véhicule, presque à l'unisson.

— La principale inconnue du scénario, c'est Jackson. Il a dit qu'il y avait cinq hommes et deux véhicules. Blade, on s'occupe des cinq gars, tu es en charge de Jackson. Pigé ?

Blade pinça les lèvres et hocha la tête. Il voulait Lars, mais Ghost était assez avisé pour savoir qu'il ne valait mieux pas le laisser approcher de ce voyou. Il aurait tué ce connard et sans le moindre remords, en plus. Son travail était d'atteindre Jackson, de s'assurer qu'il allait bien et de le tenir à l'écart pour que l'équipe puisse mettre les kidnappeurs hors d'état de nuire.

Le travail de Truck, c'était de s'occuper de Jenny. Il était le plus grand et le plus fort du groupe et, s'il devait malmener quelqu'un pour mettre la jeune fille en sécurité, il le ferait. Il prendrait toutes les mesures nécessaires pour l'évacuer de la ligne de tir.

— On arrive sur zone. Environ huit cents mètres droit devant, déclara Blade en relâchant le pied de l'accélérateur.

Ils devaient se rapprocher de l'endroit sans se faire repérer.

Quand ils se trouvèrent à moins de quatre cents mètres, il arrêta la Jeep en plein milieu de la route. Il remarqua que Fletch stoppait sa voiture en travers, derrière lui, afin de bloquer la route, lui aussi. Sachant que si Lars ou l'un de ses potes essayaient de s'enfuir ils devraient ralentir pour contourner leurs véhicules, ce qui leur donnerait une possibilité de les rattraper, il hocha la tête et bondit de la Jeep.

L'adrénaline coulait à flots dans ses veines et tout ce que voulait Blade, c'était parvenir jusqu'à Jackson. Pour s'assurer qu'il allait bien. Wendy ne s'en remettrait pas si quoi que ce soit arrivait à son frère. Il ferait en sorte que l'adolescent rentre sain et sauf. Elle comptait sur lui et il ne la décevrait pas.

Sans un mot, l'équipe se dirigea vers ses cibles. Ils se déplaçaient rapidement à travers les broussailles caractéristiques de cette région du Texas. Ils ne faisaient aucun bruit en s'approchant des cinq connards ayant attaqué et kidnappé deux adolescents qui n'avaient rien demandé.

Une fois de plus, Blade se dit que ce n'était sans doute pas la première fois que ce groupe d'hommes faisait ce genre de choses. On ne commençait pas une vie de criminel par le kidnapping et le viol en réunion d'une jeune fille. Non, ils avaient très certainement dû faire ce genre de choses par le passé. En amenant peut-être leur dernière victime en date au même endroit.

Se promettant d'inciter leur commandant à entrer en contact avec les flics locaux pour leur parler d'adolescentes ou de femmes disparues, Blade ajusta ses lunettes de vision nocturne et accéléra vers l'endroit où, selon l'appli, Jackson les attendait.

Le moment était venu.

* * *

— Qu'est-ce qui peut bien prendre autant de temps ? grommela Wendy.

Le stade des larmes était passé. Maintenant, elle était inquiète et en colère de n'avoir encore reçu aucune nouvelle. Elle détestait ne pas savoir ce qui se passait, si Jackson ou Jenny allaient bien, si Blade était blessé ou non.

C'était idiot. Elle aurait dû ne s'inquiéter que pour son frère, mais elle ne pouvait s'empêcher de se ronger aussi les sangs pour Blade.

Oui, c'était un dur à cuire de la Delta Force, mais les balles s'en moquaient bien. On pouvait toujours lui tirer dessus, le rouer de coups ou l'égorger avec un couteau. Elle n'arrivait pas à s'empêcher de s'imaginer ce qui pouvait lui arriver et de se repasser sans relâche ces scénarios dans son esprit.

— Cesse de t'inquiéter, lui ordonna Rayne.

Harley avait sorti un ordinateur portable de son sac et, assise à la table de la salle à manger, elle en faisait cliqueter le clavier. Kassie et Emily étaient installées à une extrémité du canapé, causant bébés et fringales bizarres de femmes enceintes. Casey faisait cuire quelque chose dans la cuisine.

Il n'y avait plus que Mary et Rayne avec elle. Wendy arpentait la pièce, Mary était plantée près du mur et Rayne assise à l'autre extrémité du canapé.

— Je n'y peux rien, bredouilla Wendy. Je m'imagine sans arrêt toutes les atrocités qui pourraient survenir.

— Oui, j'étais comme ça les premières fois que Ghost et les autres partaient. Je savais mieux que beaucoup de gens ce qui se passe réellement sur certaines de leurs missions.

— Que veux-tu dire ? demanda Wendy.

Rayne expliqua comment elle s'était retrouvée en plein milieu d'un coup d'État égyptien quand Ghost et le reste de l'équipe avaient surgi de nulle part pour la sauver.

— J'étais là, en sang, dans les bras de Truck, pendant qu'on s'échappait d'un bâtiment gouvernemental, en sachant qu'on pouvait nous tirer dessus à tout moment. C'était affreux.

Wendy, qui avait cessé ses déambulations, fixait Rayne, les yeux écarquillés.

— Tu plaisantes ?

— Non. Et lors de leur mission suivante, Ghost a été

blessé et n'a même pas pris la peine de me le dire. J'étais furax.

— C'est un euphémisme, ça, Rayne, gloussa Mary.

Les deux femmes se sourirent.

— Tu m'as manqué, confia Rayne à son amie. Pourquoi est-ce que tu m'évitais ?

— Je ne t'évitais pas.

— N'importe quoi, répliqua Rayne. Quand tu étais malade, on passait nos journées ensemble. J'étais à tes côtés quand tu vomissais dans les toilettes et j'ai même été sous la douche avec toi pour veiller à ce que tu ne défailles pas. Et ces derniers temps, il me semble que je t'ai vue, disons, deux fois au cours des six derniers mois. (Elle baissa la voix.) J'ai l'impression de ne plus te connaître. Je ne sais pas comment ça va au travail ni comment tu te sens. Tu me manques, Mary. On vit dans la même fichue ville et tu me manques.

— Je suis désolée, marmonna Mary, les yeux baissés. Ça a été une période bizarre pour moi.

— Dis-moi juste que tu as fini de me tenir à distance, insista Rayne. Je veux retrouver ma meilleure amie.

— Je ne te tiens pas à distance, répéta Mary. La dernière chose que je veuille faire, c'est t'arracher à la vie merveilleuse que tu as bien méritée.

L'aveu de Mary parut bizarrement contrarier Rayne.

— Qu'est-ce que tu veux dire ? demanda-t-elle.

— Ça signifie que tu es presque mariée, maintenant, répliqua Mary. Tu as une vie en dehors de moi. Après ma maladie, je t'ai dit et répété que tu ne devrais pas m'attendre pour te marier. On avait convenu de se marier en même temps, un soir où on était saoules et déprimées. C'est ridicule, maintenant. Tu as Ghost et toutes les autres femmes ici. On n'est plus toutes les deux, seules au monde.

Rayne soupira.

— Je sais ce que tu m'as dit, mais je pensais réellement que Truck et toi alliez faire en sorte que ça fonctionne entre vous. Il t'aime, Mary. En fait, je ne cherchais pas vraiment à insister pour qu'on se marie le même jour, mais… après vous avoir vus ensemble, Truck et toi, je me suis vraiment dit que si j'attendais assez longtemps, vous vous mettriez officiellement en couple et qu'on pourrait vraiment célébrer une double cérémonie de mariage.

— Rayne, répliqua doucement Mary, avant de pincer les lèvres comme pour s'empêcher de pleurer.

— Je t'aime, Mary, la coupa Rayne. On est amies depuis toujours et je crois que j'ai fini par comprendre une chose : plus je te pousse dans un sens, plus tu t'éloignes. Je me suis trompée, pardonne-moi.

Wendy avait l'impression d'être une intruse. Elle ignorait l'histoire qui unissait les deux femmes, mais éprouva une pointe de jalousie devant la force de leur amitié. Elle avait toujours voulu connaître ce genre de relations, sans avoir jamais pu nouer une amitié. Elle déménageait trop souvent et cachait trop de secrets. Sans même parler du fait qu'elle était trop occupée à élever son petit frère. Aucun de ces éléments n'était propice à la naissance d'une amitié durable et forte.

— Je t'aime, moi aussi, chuchota Mary à voix basse. Je te jure que je ne te tiendrai plus à distance.

Les deux femmes se sourirent, jusqu'à ce que Kassie lâche :

— Je me dis qu'on pourrait peut-être appeler le commandant.

— Je n'en suis pas certaine, répliqua Rayne. Ghost m'a bien précisé qu'on ne devait l'appeler qu'en cas d'urgence.

— Je pense que ceci constitue une urgence, objecta

Kassie. Nos hommes sont partis depuis assez longtemps pour avoir trouvé et réglé leur compte à ces connards. Et s'ils ne l'ont pas fait, le chef pourrait peut-être nous tenir au courant.

— Sait-il seulement ce qui se passe ? demanda Harley depuis la table.

— Je ne connais pas ce commandant, mais Blade a dit que Truck allait l'appeler, déclara Wendy.

— OK. C'est décidé. Je l'appelle, conclut Kassie en sortant son téléphone. Je suis enceinte et le stress est déconseillé pour moi. (Elle eut un petit sourire suffisant.) D'ailleurs, je pense que le commandant a peur d'Emily et moi. Il ne veut pas qu'on accouche prématurément ou quelque chose du genre.

Toutes les jeunes femmes gloussèrent.

Quelques minutes plus tard, Kassie raccrocha en poussant un soupir.

— Il ne sait rien pour l'instant, annonça-t-elle. Il a promis de veiller à ce que les gars nous appellent dès que possible.

Wendy soupira et se laissa tomber par terre, enroulant les bras autour de ses genoux repliés.

— Vous ne pensez pas que cet endroit a besoin de davantage de couleurs, les filles ? Blade a dit que ça ne le dérangerait pas si je le rafraîchissais un peu. Vous pourriez m'aider à décider quoi acheter. Ça m'empêcherait de ruminer.

— Alléluia ! s'écria Casey en pénétrant dans le salon, les bras en l'air, en signe de triomphe. Depuis qu'il a acheté cette maison, je n'arrête pas de le tarabuster pour qu'il l'égaie. Il a refusé mon aide. Il est amoureux de toi, Wendy, c'est évident. Sans quoi il ne t'aurait jamais invitée à décorer sa précieuse demeure.

Wendy rougit. Il lui avait dit qu'il l'aimait, mais une partie d'elle-même n'y croyait pas vraiment. Obtenir la confirmation de la bouche de sa sœur contribuait beaucoup à faire voler en éclats la part inquiète d'elle-même qui la narguait et répétait qu'elle n'était pas assez bien pour Blade.

— Donc vous allez m'aider ?

— Bien sûr. Harley, on va avoir besoin de se servir de ton ordinateur, lança Casey à leur amie.

Harley leva les yeux au ciel.

— Si tu veux. Laisse-moi finir la ligne de code où les soldats bottent les fesses des salopards de terroristes qui ont kidnappé un adolescent sans défense, puis tu pourras l'utiliser.

— Elle est un petit peu sanguinaire, glissa ironiquement Emily à l'oreille de Wendy.

Celle-ci ne put réprimer un sourire. Bon sang, elle n'aurait jamais supporté l'attente si ces femmes ne s'étaient pas montrées. Elle les appréciait. Toutes autant qu'elles étaient. Elle aimait la dynamique entre elles et leur apparente proximité. Elle espérait seulement avoir l'occasion d'apprendre à mieux les connaître et à faire partie de ce groupe soudé.

Blade s'accroupit derrière l'un des pick-up dans la clairière et grimaça. Quatre types encerclaient un Jackson blessé et sanguinolent. Le cinquième tenait Jenny, une main plaquée sur sa bouche. Elle se débattait et pleurait, mais n'était pas de taille à lutter contre la force de cet homme.

Lars et ses acolytes se moquaient et frappaient Jackson, lui lançant qu'ils allaient prendre du bon temps avec Jenny et qu'il ne pourrait rien y faire.

— On va la sauter à tour de rôle, juste sous tes yeux,

mon mignon. Tu ne pourras rien faire. Alors... tu n'es pas content d'avoir voyagé clandestinement dans mon pick-up ? C'est vraiment dommage, on projetait de venir te raconter ensuite ce qu'on lui avait fait... tu nous as gâché la fête. Mais bon, maintenant, tu seras aux premières loges.

— Vous n'allez pas... vous en tirer... comme ça, balbutia Jackson, dont les mots étaient hachés et pénibles à entendre.

Il se tenait les côtes et du sang dégoulinait des coupures sur son front.

— Oh que si, s'esclaffa Lars.

Sur quoi, il se mit à frapper Jackson, désormais affaibli et sans défense.

Blade vit l'adolescent esquisser quelques gestes d'auto-défense qu'il lui avait enseignés, avec ses coéquipiers, mais aucun ne fut très efficace contre quatre hommes lui tombant dessus à bras raccourcis.

Blade passa à l'action avant même d'être certain que les autres étaient en place. Il ne pouvait rester les bras croisés à regarder Jackson se faire battre à mort. Pas quand il pouvait l'empêcher. Sa mission concernait le frère de Wendy, c'est-à-dire s'assurer de le mettre à l'abri. Il pourrait certainement donner quelques coups en chemin vers sa cible.

Il arriva avant ses coéquipiers dans l'attroupement autour de Jackson. Il élimina un gars d'un puissant coup de pied derrière le genou. Le voyou s'effondra au sol dans un bruit sourd. Il s'attaqua au deuxième avant même que les connards aient pris conscience de sa présence. Il frappa le type dans le dos, pile au niveau des reins, puis l'attrapa par les épaules et lui envoya un coup en plein visage quand le type fut au sol.

Le reste de son équipe fut là avant qu'il puisse se jeter sur le troisième, s'abattant sur les derniers voyous tels des anges exterminateurs.

— Blade, sur Jack, ordonna Ghost, alors même que son coéquipier se tournait pour régler son sort à un autre salopard.

Il avait envie de botter les fesses de tous ces gars, mais il était trop bien entraîné pour désobéir à Ghost. Il se dirigea vers Jackson et s'agenouilla auprès de l'adolescent en charpie. Il lui plaça une main sous le menton et lui leva le visage afin qu'il n'ait pas d'autre choix que de le regarder.

— On est là, Jackson. Tu as réussi. On est là.

— Jenny, murmura Jackson dont les yeux partaient vers la droite, pour tenter d'entrevoir son amie.

Levant les yeux, Blade découvrit le bras de fer qui se jouait : Lars avait un pistolet braqué sur Jenny, le salopard qui la tenait, Truck et Ghost.

— Pose ton flingue, ordonna Ghost. C'est fini, Lars.

— Je vais la flinguer, putain, cracha Lars. Reculez et laissez-moi aller jusqu'à mon pick-up.

— Tu peux pas la flinguer, mon pote. Je suis juste à côté d'elle, protesta le connard qui tenait Jenny.

— Va te faire foutre, tarlouze, lança Lars à son soi-disant ami. C'est toi qui voulais lui passer dessus en premier, Chuck. Toi qui as supplié pour la tenir pour lui peloter les seins pendant qu'on s'occupait de son petit copain.

— Oui, mais je savais pas que tu avais un flingue et que tu allais péter un plomb !

— Écoute ton pote, les interrompit Ghost. Pose ce flingue et causons.

— Je suis pas idiot, répliqua Lars. À la seconde où je fais ça, vous allez me sauter dessus et me coller face contre terre.

— Bien vu, mais au moins, tu seras en vie, rétorqua calmement Ghost. Tu ne te tireras pas de cette histoire.

— Fais chier ! grommela Chuck qui relâcha Jenny et leva les mains en l'air en s'écartant d'elle.

Fletch se jeta aussitôt sur lui, lui retournant les bras si énergiquement qu'il cria de douleur.

Blade observait, impuissant, les événements se dérouler comme au ralenti. Truck se déplaça vers Jenny pour la protéger, maintenant qu'elle n'était plus prisonnière. Lars pressa sur la détente de son pistolet. Mais Ghost bondit et le plaqua au sol.

Le claquement du coup de feu déchira le silence de la nuit texane, pourtant le cri de Jenny fut plus fort encore.

— Non !!! hurla Jackson qui se débattit pour se relever et rejoindre sa petite amie, alors même que Truck et elle étaient au sol, dans un enchevêtrement de membres.

Truck s'était arrangé pour ne pas tomber sur la minuscule adolescente et Blade l'entendit grogner en heurtant la poussière.

Lars poussa de violents jurons quand Ghost et Hollywood le maîtrisèrent. Et cette « maîtrise » n'alla pas sans des coups bien sentis et un écrasement de son visage dans la poussière, juste comme il l'avait redouté. Blade regretta de ne pouvoir lui envoyer un coup pour venger Jackson, mais ses coéquipiers, qui avaient maîtrisé le voyou sans mal, n'avaient besoin d'aucune aide de sa part.

— Rapport de situation, hurla Ghost, tout en continuant à écraser le visage de Lars contre le sol.

— Dégagée, lança Coach, qui tenait en respect les deux voyous ayant battu Jackson.

— Dégagée, lança Fletch quand il eut fini de nouer les mains de Chuck derrière son dos.

— Dégagée, lança Beatle, à côté du troisième type évanoui, qui avait roué de coups de frère de Wendy.

— Dégagée, lança Blade, une fois qu'il eut aidé Jackson à s'asseoir.

— Dégagée, grogna Hollywood en flanquant un

nouveau coup de pied à Lars, avant de s'en écarter lentement.

— Négatif, fit Truck d'une voix que personne ne reconnut.

Au lieu du ton bourru et pragmatique auquel ils étaient habitués, ils entendirent un filet de voix faible et empli de douleur.

— Euh... je crois qu'il est b-blessé, bégaya Jenny.

Elle était agenouillée à côté de Truck, qui gisait sur le dos.

— Merde ! s'exclama Hollywood en se précipitant vers leur camarade. Appelle le commandant, hurla-t-il, dès qu'il fut auprès de Truck. On a besoin d'un hélico, il a été touché.

Incrédule, Blade regarda la flaque de sang en train de se former sous le corps de Truck.

— Ça craint, marmonna-t-il à voix basse.

L'équipe fit de son mieux pour stabiliser l'état de Truck avant l'arrivée de l'hélicoptère. Blade s'inquiétait pour Jackson, mais l'adolescent repoussa ses efforts en répliquant qu'il allait bien et qu'il fallait aider Truck.

Jenny prit la relève pour aider Jackson à se tenir debout, afin que Blade puisse prêter main-forte à Fletch et Coach auprès de Lars et de ses potes. Quinze minutes plus tard, ils entendirent le vacarme d'un hélicoptère arrivant à toute allure. Ghost alla se planter sur le côté pour indiquer l'emplacement de la zone d'atterrissage.

Blade fut surpris de voir leur commandant se précipiter vers eux, sur les talons du toubib.

— Rapport de situation ! aboya-t-il.

Ghost informa le commandant des derniers développements et de l'état de Truck. En quelques minutes, le médecin et Hollywood avaient allongé leur coéquipier sur le brancard à roulettes, prêt à être transporté vers l'hélico.

— Ma femme, s'impatienta Truck en tendant le bras vers celui du commandant.

Entendant ces mots, Blade tourna vivement la tête. Il vit que le reste de l'équipe l'imitait. Était-il en train de délirer ?

— Oui ? fit le commandant en se penchant vers Truck pour mieux l'entendre.

— Dites à ma femme que je vais bien. Pour qu'elle ne s'inquiète pas. Elle va se faire un sang d'encre, lâcha Truck.

Le commandant lui caressa l'épaule.

— Je prendrai soin de Mary. Je l'amènerai à l'hôpital, ne te fais pas de souci.

Truck hocha la tête et ferma les yeux.

Le commandant se tourna alors vers le reste de l'équipe.

— Ramenez-moi ces merdes à la base. Je vous y retrouve avec la police militaire. On va dégoter le plus de charges possible pour s'assurer que ce merdier ne se reproduise pas. Et j'ai aussi ordonné qu'on passe la zone entière au peigne fin. Si ces connards ont déjà fait ça, on en trouvera la preuve, on les enfermera derrière les barreaux et on jettera la clef.

Le médecin et le commandant poussèrent le brancard où gisait Truck et se précipitèrent vers l'hélico. L'équipe regarda sans un mot la civière entrer dans le gros appareil et celui-ci s'arracher du sol pour retourner dare-dare à la base.

— Putain, grommela Coach. Il a dit ce que je pense qu'il a dit ?

— Truck et Mary sont mariés, confirma Hollywood.

— Quel sournois de fils de pute ! grommela Fletch.

— Le putain de salopard, lâcha Ghost, à l'évidence au-delà de la colère.

Blade le regarda, surpris. Tout le monde savait que Truck aimait Mary, il ne comprenait donc pas la colère de Ghost.

— Rayne va être dévastée, précisa ce dernier.

Blade eut une illumination. Oui... en effet. Personne n'ignorait que Rayne avait repoussé son mariage avec Ghost pour attendre que Mary soit prête elle aussi à se marier. Et tout à coup, le fait que Truck et elle aient agi derrière leur dos ne parut plus aussi anodin à Blade.

— Merde ! pesta de nouveau Ghost. Je n'ai pas envie d'avoir à dire à Rayne qu'elle a attendu tout ce temps pour rien. Je me demande depuis combien de temps ça dure.

Personne n'ouvrit la bouche, vu que nul ne connaissait la réponse à cette question.

— Bon, allons-y, lâcha Beatle d'une voix neutre, où ils distinguèrent pourtant des notes de frustration. On doit ramener ces connards à la base et laisser la police militaire s'en occuper.

— Il faut que j'emmène Jackson se faire examiner et que je raccompagne Jenny chez elle, les informa Blade.

— Il faudra qu'ils parlent aux policiers, répliqua Ghost qui cherchait toujours, c'était évident, à contrôler sa colère.

— Il est tard. Wendy va être morte d'inquiétude, sans même parler de la famille de Jenny. Je pourrais les ramener demain à la base ? suggéra Blade.

Ghost se passa une main dans les cheveux.

— Oui. Je pense que ça devrait aller. À 9 heures pétantes. Pas une seconde plus tard. Sans quoi le commandant va me passer un savon.

— Oui, m'sieur, répliqua Blade en aidant Jackson à se lever.

Il devait passer le bras autour de la taille du jeune homme pour l'aider à rester droit.

— Hollywood, Coach et toi, vous conduirez les pick-up des connards. Fletch et moi, on emmène Lars et Chuck. Beatle, balance les autres à l'arrière de ce pick-up qui transporte tout un tas de merdes et garde un œil sur eux jusqu'à ce que tu sois parvenu au poste de police. OK ? fit Ghost.

— Tout à fait, m'sieur.

Chacun exécuta les ordres de Ghost. Personne n'ouvrit la bouche. La nuit avait été intense, avec la menace pesant sur Jenny et Jackson, le tir dont Truck avait été victime, puis la découverte de son mariage tenu secret.

C'était difficile à comprendre. Ils partageaient tout, les uns avec les autres. Le niveau de confiance entre eux était très élevé et indestructible. Blade ignorait pourquoi Truck avait voulu briser ce lien, mais ils ne sauraient rien jusqu'à ce qu'ils échangent avec le principal intéressé.

Le cœur lourd, il aida Jackson à s'installer sur la banquette arrière de sa Jeep et attendit que Jenny et lui aient attaché leur ceinture pour prendre la direction de Temple, à une vitesse un peu moins rapide que quand il en était parti. Jenny refusa d'être déposée chez elle, arguant qu'elle irait où irait Jackson. Et comme Blade le conduisait aux urgences, alors Jenny s'y rendrait elle aussi.

Blade décrocha son téléphone pour appeler Wendy. Il savait que tout le gang de filles s'était réuni chez lui, attendant des nouvelles. L'une d'entre elles l'amènerait à l'hôpital, pour s'assurer qu'elle n'ait pas un accident en chemin.

Il pensa à Truck et Mary. Il ne savait pas trop ce qu'il dirait à Mary quand il la verrait, la prochaine fois. Il était bien évident qu'il parlerait à Wendy du mariage de ces deux-là : il se fit le vœu de ne jamais rien lui cacher, s'il pouvait l'éviter.

Mais il savait sans l'ombre d'un doute qu'il allait la faire souffrir. Et il détestait cette perspective.

Fichu Truck ! Bon sang, il pensait à quoi ?

17

———

Wendy était au lit, blottie dans les bras d'Aspen. Jackson et elle avaient passé toutes les nuits de la semaine écoulée dans sa maison et y avaient déménagé également une grande partie de leurs affaires. Après l'agression de son frère et le kidnapping de Jenny, Wendy se sentait plus en sécurité avec Aspen.

Mais il y avait plus que ça.

Elle voyait qu'Aspen avait tout autant besoin d'elle entre ces quatre murs.

— Comment va Truck ? demanda-t-elle d'une voix douce.

— Bien. Il est rentré chez lui, aujourd'hui.

— Et Mary est là pour veiller sur lui ?

— Hmm, murmura Aspen, qui se crispa.

Wendy savait que Truck et Mary étaient un sujet sensible pour son homme. Elle n'en saisissait pas trop toutes les raisons, mais elle savait en revanche que leur cercle d'amis s'était pris un grand coup.

Quand Aspen l'avait appelée de l'hôpital, pour lui annoncer que Jackson et Jenny étaient sains et saufs, Wendy avait été submergée par la joie, mais il paraissait pourtant tendu. Il aurait dû être heureux d'avoir retrouvé son frère et constaté que Jenny allait bien, mais il était évident que quelque chose le préoccupait.

Elle était toujours au téléphone avec Aspen quand celui de Mary avait sonné. Dès que celle-ci avait appris la blessure de Truck, elle était devenue livide et avait oscillé sur ses pieds, à deux doigts de s'évanouir. Rayne s'était emparée du téléphone avant que Mary puisse protester et elle avait entendu la toute fin des paroles que lui adressait le commandant.

— Vous êtes mariés ? avait-elle demandé, incrédule, en s'écartant de sa meilleure amie.

— Ce n'est pas ce que tu crois, s'était empressée de répondre Mary.

— Oui ou non ? avait demandé Rayne.

— Oui, avait soupiré Mary.

Rayne avait pincé les lèvres et paru envisager l'information comme une telle trahison que Wendy avait reculé. Mais Rayne avait pris une profonde inspiration et s'était tournée vers les autres.

— Truck s'est fait tirer dessus. Le commandant dit que ça a l'air pire que ça n'est en réalité. Il est en salle d'opération pour le moment, mais, selon le médecin, la balle l'a traversé de part en part et il s'en sortira.

Les jeunes femmes poussèrent un soupir de soulagement.

— Oh... et Mary et Truck sont mari et femme. Apparemment, ils se sont mariés un jour, sans juger bon de nous en informer. Tu as sans doute envie d'aller retrouver ton époux, Mary. Je suis sûre que Casey t'emmènera à son chevet.

Sur quoi, elle avait rassemblé ses affaires et était sortie de la maison sans un regard en arrière pour sa meilleure amie ou l'une ou l'autre des jeunes femmes plantées là, devenues soudain muettes.

Wendy avait été un peu jalouse de la proximité des femmes et des hommes de l'équipe Delta d'Aspen, mais cette proximité venait d'être sévèrement mise à mal. À présent, l'ambiance était tendue et gênée parmi certaines d'entre elles. Aspen avait admis que Ghost n'était pas allé voir Truck depuis qu'il avait été blessé.

Elle détestait ce qui arrivait à l'équipe.

— Tu veux en parler ? demanda-t-elle doucement à Aspen.

— Non, répondit-il en roulant jusqu'à se retrouver au-dessus de Wendy qui levait les yeux vers lui. Emménage avec moi, lâcha-t-il d'une voix impérieuse.

— Quoi ?

— Emménage avec moi. Je veux vous avoir ici, Jackson et toi. Cela fait une semaine que tu es ici et je n'ai jamais été aussi heureux. J'adore rentrer chez moi et me réveiller à tes côtés. J'adore voir qu'il te faut des heures pour sortir du lit, le matin, et j'adore voir ton bazar éparpillé autour de ta trousse de toilette dans ma salle de bains.

— Mais... et mon appartement ?

— Eh bien ? fit Aspen. Ton immeuble est une ruine. Et il n'est pas sûr. Je veux vous avoir tous les deux dans un endroit où vous ne risquerez pas de vous faire agresser en regagnant ou en quittant votre voiture. Je t'aime, Wendy. Comme un fou. Et ton frère aussi. Le voir blessé et roué de coups par ces connards, ça m'a rendu dingue. Et je ne fais pas que t'aimer, j'ai aussi besoin de toi. Je me sens moins seul, grâce à toi. J'ai quelqu'un à qui parler quand je rentre. J'aime t'avoir comme interlocutrice. Tu remplis ma vie. Si vivre dans le péché te dérange, rassure-toi. J'ai l'intention de te demander de m'épouser très bientôt. On peut rester fiancés aussi longtemps que ça te chante, du moment qu'on fixe une date de mariage. Et on ne va pas non plus s'enfuir pour faire la connerie de se marier en secret. Tous nos amis seront là pour célébrer cet événement avec nous.

— Mais... si ça se trouve, je vais t'attirer des ennuis, murmura Wendy. Je ne supporterai pas que tu aies des problèmes parce que j'ai kidnappé mon frère.

— On va s'en occuper. Je vais demander à un gars que je connais d'effectuer des recherches. Je te l'ai déjà dit, tu étais mineure quand ça s'est produit. Je ne prétends pas que tu n'auras pas à répondre de ce que tu as fait, mais je pense qu'avoir Jackson pour se porter garant de toi et témoigner de ce qu'il a dû traverser dans sa dernière maison d'accueil incitera largement à la clémence. Ça et le fait qu'il soit équilibré, intelligent et étonnant.

— Je ne le ferai pas témoigner, s'empressa de répliquer Wendy. Je ne lui demanderai jamais de se lancer dans quelque chose qui le mettrait mal à l'aise.

— Du calme, mon cœur. J'ai l'impression qu'il sera content de faire ça si son témoignage peut t'aider.

Wendy soupira.

— J'aurais du mal à ne pas assumer ma part des dépenses.

— Tu ne vas pas me payer un loyer en emménageant ici, répliqua Aspen. Pas question, putain. Garde ton argent pour Jackson et toi. Même si tu subviens à tous ses besoins, j'ai plein d'argent pour vous aider. Tu pourras quitter ton job au centre d'appel et tu vas décrocher une promotion à la maison de retraite. Tu peux conserver ton propre compte courant... je ne ferai jamais rien qui te procure un sentiment d'insécurité.

— Je ne me sens pas en insécurité quand je suis avec toi, Aspen, ce n'est pas ça.

— C'est quoi, alors ?

— C'est juste... ça me tuera si on emménage ensemble et que notre relation ne fonctionne pas.

Aspen éclata de rire. Si fort qu'il en vint à grogner.

Wendy lui jeta un regard noir.

— Qu'est-ce qu'il y a de si drôle ? C'est une inquiétude légitime.

— Non, mon cœur, pas du tout. Je ne te laisserai pas partir. Jamais.

— Tu ne peux pas le promettre.

— Si. Je sais très bien que tu peux trouver mille fois mieux que moi. Je vais faire tout ce qui est en mon pouvoir pour que jamais tu ne regrettes de m'avoir appelé, cette première fois, et continué à discuter avec moi. Tu ne seras jamais insatisfaite, dans notre lit. Jamais affamée. Tu n'auras jamais à t'inquiéter que je te sois infidèle. Ni que je me montre envieux de ta relation avec Jackson. Tu es la femme qu'il me faut, Wen. Je pense que je l'ai su dès la première fois où nous avons parlé. Laisse-nous une chance.

Les yeux de Wendy s'étaient emplis de larmes. Cela faisait si longtemps qu'elle était livrée à elle-même qu'elle n'en revenait toujours pas que ce soit enfin terminé. Qu'elle ait un partenaire en la personne d'Aspen.

Refusant de pleurer et désireuse de le réconforter après la semaine pénible qu'il venait de passer, elle le taquina :

— Je ne serai jamais insatisfaite dans ton lit ? Il me semble pourtant que ça fait un bail que tu n'as rien fait pour me satisfaire, mon gars.

Les lèvres d'Aspen se retroussèrent en un sourire diabolique.

— Ah bon ?

— Comme je te le dis.

— Promets-moi d'emménager définitivement ici et

permets-moi de dire à ton proprio d'aller se faire foutre et je te satisfais sur-le-champ.

— Et si je refuse de t'obéir ?

— Dans ce cas, ce sera juste un câlin et au dodo.

— Tu me fais du chantage au sexe ? s'enquit Wendy, incrédule.

— Exact.

Comme elle avait déjà pris sa décision, Wendy décida de lui rendre un peu la monnaie de sa pièce.

— Hmmmm, bon, ben alors on va se faire un câlin.

Et elle se retourna sur le flanc pour tendre les fesses vers l'arrière et se frotter contre son érection.

— Espèce de dévergondée, geignit Aspen. Tu vas causer ma mort.

Wendy attendit qu'il lui ait passé un bras autour de la taille pour l'attirer contre lui, puis elle dit :

— Oui.

Il se figea derrière elle.

— Oui à quoi ?

— À tout. (Wendy se redressa et repoussa Aspen pour l'allonger sur le dos et s'asseoir à califourchon sur ses cuisses.) Oui, on va emménager chez toi. Oui, je vais quitter ce boulot inepte au centre d'appel. Et oui, je vais me marier avec toi.

Sans un mot et une étincelle au fond des yeux en guise d'avertissement, Aspen lui empoigna les cuisses et la retourna, lui plaquant de nouveau le dos sur le matelas. Il glissa les mains vers le short qu'elle portait au lit et en abaissa le devant. De ses doigts habiles, il entreprit aussitôt de jouer avec son clitoris, tout en se penchant pour l'embrasser comme si c'était le dernier baiser qu'ils devaient jamais partager.

Wendy plongea les mains dans le boxer d'Aspen et se

saisit de son érection de pierre, serrant et cherchant à l'attirer à elle.

Il ne se rapprocha pas pour autant, continuant simplement ses assauts sur son clitoris et sa bouche, jusqu'à ce qu'elle se tortille désespérément sous lui.

— Aspen, gémit-elle. Baise-moi.

Il grogna en réponse et se souleva assez pour pouvoir lui retirer son short sans ménagement. Comme si son impatience était contagieuse, Wendy fit de son mieux pour l'aider à ôter le vêtement. Aspen insinua alors un doigt dans son sexe. Les genoux de Wendy s'ouvrirent encore plus largement, afin de lui en faciliter l'accès. Il effectua quelques va-et-vient, histoire de s'assurer qu'elle était prête, puis il porta le doigt à sa bouche et le lécha.

Leurs yeux se rencontrèrent : elle fut presque consumée par l'intensité qu'elle lut dans ceux d'Aspen. Sans un mot, il repoussa son boxer, assez loin pour libérer son sexe tendu, dont il agrippa la base pour en promener plusieurs fois le gland sur son clitoris, puis entre ses replis. Une fois qu'il se fut lubrifié aux sucs de son excitation, il l'appuya à l'entrée de sa fente. Et il s'immobilisa.

— Quoi ? demanda Wendy. Pourquoi tu t'arrêtes ?

— Je n'ai pas de préservatif, répondit Aspen d'une voix rauque.

— Je m'en fiche.

— Wendy..., grogna-t-il encore.

— Baise-moi, Aspen. Je te veux !

— Tu vas m'épouser, Wendy, répliqua-t-il avant de la pénétrer très lentement. Je ne te laisserai pas te défiler.

— Je n'en ai aucune intention. Si tu es assez cinglé pour vouloir de moi, je serais bien stupide de te repousser. En plus, je dois te sauver de toutes les putains qui essaient de te lever dans les bars.

Il ricana et Wendy le sentit bouger tout au fond d'elle.

— Bon sang, tu es incroyable, comme ça, lâcha Aspen en s'immobilisant en elle.

— Toi aussi. Mais… j'ai besoin que tu bouges, le supplia Wendy. S'il te plaît.

Il se retira paresseusement avant de replonger lentement.

— Comme ça ?

— Non. Plus fort.

— Ce n'est pas agréable ? la taquina-t-il.

— Si tu veux dire aussi « agréable » que si je lisais un roman ennuyeux par un dimanche après-midi paresseux, alors oui.

— Oh, tu me paieras cette impertinence, la menaça Aspen avant de lui attraper une fesse pour la presser plus fort contre lui.

— J'aime quand tu y vas lentement et tendrement, mais là, je veux que ce soit fou. Vas-y vite et fort.

— Tu es sûre ? Je peux me montrer romantique, insista-t-il.

— Rien à foutre du romantisme, là, tout de suite ! Baise-moi, Aspen. Sérieusement, j'aime quand tu me prends comme ça, tu devrais t'en souvenir.

Alors Aspen se mit à la prendre fort. Il lui fit l'amour sur le dos, sur les genoux, avec elle à cheval sur lui. Il la fit jouir trois fois avant de céder enfin à son propre désir. Wendy sentit sa moiteur lui empoisser les cuisses et les bruits qu'ils émettaient s'apparentaient à ceux d'un film porno.

Jackson dormait dans le bureau du rez-de-chaussée, car grimper les escaliers était encore trop douloureux pour lui. Aussi Aspen et Wendy avaient-ils la liberté de s'ébattre sans réserve.

Il la prit une fois de plus sur le dos, plongeant dans son

fourreau humide. Elle avait les fesses soulevées par deux oreillers et chaque fois qu'il plongeait en elle, il titillait son point G. Wendy gémissait et lui agrippait les cuisses alors qu'il approchait de l'orgasme.

— Encore une fois, mon cœur. Je veux sentir encore une fois ta petite chatte brûlante se resserrer autour de ma queue avant que je t'emplisse de ma semence.

Du pouce, il frottait sans relâche son clitoris pendant qu'il parlait.

— Oh, bon sang, gémit Wendy, qui sentait un nouvel orgasme approcher.

Ses jambes tremblèrent tandis qu'elle passait par-dessus bord et regardait Aspen, les yeux fermés, qui rejetait la tête en arrière. Les tendons de son cou saillirent. C'était le spectacle le plus sexy qu'il lui ait été donné de voir.

Elle sentit son sperme leur dégouliner dessus, mais resta immobile. C'était sacrément torride et elle avait du mal à croire que cet homme étonnant soit à elle. Presque à elle.

Il se laissa tomber sur elle, manquant de peu de l'écraser, mais elle s'en fichait. Même si elle ne méritait pas Aspen, elle n'était pas prête à le laisser repartir. Enroulant les bras autour de lui, elle ignora les protestations de ses cuisses, écartelées autour de ses hanches. Elle ignora aussi la flaque humide qui s'étalait sous ses fesses et la difficulté qu'elle avait à reprendre son souffle. Elle se contenta de savourer ces minutes de bonheur.

18

Un mois plus tard, Wendy était, tout bien considéré, plus heureuse que jamais. Lars avait été inculpé d'infraction, tentative de meurtre, agression et kidnapping. Ses amis d'infraction, agression et kidnapping. Les parents de Chuck avaient eux aussi des problèmes, puisqu'il vivait toujours avec eux sur la base de l'armée. Les autorités leur avaient dit que Chuck s'était excusé, avait pleuré et supplié, au désespoir, que ses parents ne soient pas blâmés et puissent rester sur la base, mais ça n'avait servi à rien.

Deux adolescents d'un lycée voisin s'étaient manifestés après avoir appris ce qui était arrivé à Jenny et Jackson et ils avaient révélé qu'ils avaient été harcelés eux aussi, puis agressés par le groupe. D'autres chefs d'inculpation étaient en attente, mais Wendy était certaine que les voyous ne leur poseraient plus de problèmes et allaient recevoir la peine qu'ils méritaient.

Jackson et Jenny étaient plus proches que jamais. Il avait récupéré de ses blessures et la jeune fille avait été à ses côtés en permanence. Wendy n'était pas le moins du monde inquiète de leur relation. Elle avait le sentiment qu'en dépit de leur différence d'âge, ils la feraient fonctionner. Il y avait entre eux une connexion spéciale qui s'enracinait plus profondément que le lien qu'ils partageaient en raison de ce que Lars avait fait.

La chose la plus étonnante s'était produite quand Aspen lui avait demandé la permission de parler de sa situation à un ami nommé Tex. Il lui avait expliqué que Tex serait en mesure d'utiliser son ordinateur pour dénicher discrètement des informations sur elle.

Comme elle faisait confiance à Aspen, Wendy avait accepté.

Ce qui les avait conduits, Jackson, Aspen et elle, à prendre un avion pour la Californie, afin de rencontrer les autorités de sa ville natale. Wendy était terrifiée à l'idée de se rendre, mais Tex lui avait donné le nom d'une avocate incroyable qui lui avait assuré que tout irait bien.

Et elle avait eu raison.

Les autorités ne l'avaient pas félicitée pour ce qu'elle avait fait, mais comme Jackson était toujours avec elle, sain et sauf, scolarisé et qu'il avait raconté aux enquêteurs tout ce qui lui était arrivé dans sa famille d'accueil... ainsi que tout ce que sa sœur avait accompli pour lui pendant qu'ils étaient en cavale, ils avaient décidé de tirer un trait sur cette affaire.

Ils l'avaient réprimandée, bien entendu, lui avaient dit qu'elle aurait dû venir les trouver avec ce qu'elle avait découvert sur les traitements infligés aux enfants dans la maison où vivait Jackson. S'ils avaient été mis au courant, ils auraient pu lui fournir l'aide dont il avait besoin. Elle n'avait pas géré la situation comme il le fallait – ce qu'elle savait déjà –, mais, heureusement, ils n'avaient pas l'intention de l'emprisonner pour des choix effectués quand elle était une adolescente effrayée.

Elle devait rembourser les frais et le temps dépensés dix ans plus tôt à rechercher Jackson, mais en définitive, il semblait que tous ses déménagements et ses tentatives pour échapper aux radars aient été vains. Elle avait toujours pensé qu'ils avaient eu de la chance, alors qu'en réalité, leur cas n'était tout simplement pas assez important pour que l'État de Californie dépense encore plus d'argent pour la rapatrier de l'autre bout du pays.

— Tu vas pouvoir passer ton bac, maintenant, lui lança Jackson quand les inspecteurs lui eurent confirmé qu'aucune charge n'était plus retenue contre elle. Nous sommes vraiment libres !

Et c'était bel et bien le cas.

Quand ils étaient rentrés au Texas, Truck était sorti de l'hôpital sans aucune séquelle du tir dont il avait été victime, à l'exception d'une nouvelle cicatrice. Wendy, qui l'avait rencontré une fois, avait été plus sidérée par sa taille que par l'affreuse cicatrice sur son visage.

Ils ne s'étaient plus réunis avec les amis d'Aspen ou leur femme. La trahison de Truck, qui avait épousé Mary en secret, avait fracturé leur étroite amitié. Les femmes étaient fâchées contre Mary et les hommes contre Truck. Aspen lui avait raconté que l'ambiance était tendue au travail et que cette tension affectait leur groupe jusque-là soudé. Il avait même admis que le commandant s'en était aperçu et leur avait suggéré de se séparer s'ils ne pouvaient plus travailler ensemble.

Leur ami Fish était finalement arrivé en ville, où il s'était rendu au club de robotique de Jackson. Il avait été impressionné par tout ce que les lycéens avaient accompli et leur avait proposé des tas de suggestions précieuses question design. Il n'y avait pas eu de barbecue, en revanche. Wendy l'avait attendu avec impatience, mais comme les hommes ne se parlaient plus vraiment en dehors du travail, l'annulation avait été inévitable.

En discutant un soir avec Casey, Wendy avait appris que Fletch avait décidé de vendre sa maison. La construction en était achevée, mais il avait décrété que trop de mauvais souvenirs y étaient rattachés et qu'Emily et lui désiraient repartir de zéro. Wendy voyait bien qu'Aspen était contrarié, mais il refusait d'en toucher le moindre mot à Fletch.

Wendy se sentait impuissante, incapable de deviner comment aider son homme. Elle voulait faire quelque chose, mais quand elle l'avait interrogé à ce sujet, Aspen lui avait répondu qu'en étant avec lui, en étant dans sa maison quand il rentrait, elle l'aidait pleinement. Leur vie sexuelle était toujours aussi étonnante et elle savourait la manière qu'il avait de la prendre chaque fois vite et fort. Le sexe lent et romantique, ce n'était pas pour elle. Ce n'était pas désa-gréable, mais ça ne la faisait pas jouir encore et encore, comme quand Aspen se précipitait contre elle et tirait d'elle des orgasmes inouïs.

Ses soirées étaient bien plus plaisantes maintenant qu'elle n'avait plus à se rendre au centre d'appel plusieurs fois par semaine. On ne l'envoyait plus sur les roses ni ne lui raccrochait au nez et c'était étonnamment agréable.

Ils étaient en train de dîner, quand Aspen déclara :

— Il y a la fête de l'Armée sur la base, ce week-end. Tu veux venir ?

— Qu'est-ce que c'est ? demanda Jackson. Jenny peut venir ?

Aspen sourit.

— Bien sûr. En fait, c'est une espèce de fête foraine. Il y aura des camions-restaurants, des jeux, de la musique ainsi que des maquillages et des ballons pour les plus petits.

— Cool, lâcha Jackson.

— Ça semble amusant, commenta Wendy. Les autres y vont ?

— Probablement, soupira Aspen.

— Mais tu n'en es pas certain ?

Il secoua la tête.

— On n'en a pas parlé.

Wendy posa la main sur le bras d'Aspen.

— Il faut que tu leur parles. Vous devez surmonter cette crise. Je déteste l'idée que tu perdes des amis aussi étonnants pour ça.

— Tu ne comprends pas, répliqua Aspen en reposant sa fourchette. Tout ce qu'on fait et dit pendant une mission affecte tous les autres. Nous devons avoir une confiance absolue en chacun de nos partenaires, être certains qu'ils ne vont pas commettre un geste stupide et nous faire tuer. Ce que Truck a fait a bousillé cette confiance dans les grandes largeurs. Purée, Hollywood nous a annoncé la grossesse de Kassie alors qu'il n'était pas censé le faire. Nous avons toujours su ce que les autres faisaient avant qu'ils le fassent. D'une certaine façon, le fait que Truck ait gardé cet immense secret pour lui nous amène à nous interroger sur la loyauté aveugle que nous avons pour les autres. Nous sommes en train de nous demander s'il n'y aurait pas d'autres secrets que nous ignorons.

— Tu l'as interrogé sur le sujet ? (Aspen soupira et secoua la tête.) Tu ne crois pas que tu devrais ? Je veux dire, je ne connais pas vraiment Truck, mais il a dû avoir une raison pour vous cacher son mariage.

— Je sais que tu as raison. Mes amis me manquent et je déteste voir combien ça affecte aussi l'amitié qui existe entre nos femmes.

— Oui. La seule à qui j'ai parlé, c'est Casey, et elle affirme que tout le monde prend ses distances.

— C'est ce que j'ai entendu dire, moi aussi, convint Aspen.

— Rayne est dévastée et n'a pas reparlé à Mary depuis qu'elle a découvert le pot aux roses. Emily est de son côté. Harley et Kassie pensent que Rayne devrait parler à Mary et découvrir pourquoi elle a épousé Truck et ce qui se passe. Casey est neutre, pour ainsi dire. Elle dit que c'est triste, parce que Kassie et Emily avaient l'habitude de parler en permanence de leur grossesse et qu'elles étaient impatientes d'élever leurs enfants ensemble, sauf que maintenant, elles ne s'adressent même plus la parole.

— Je ne sais pas comment arranger ça, admit Aspen. C'est un sacré merdier.

— Parle-lui, ordonna Wendy.

— D'accord.

— Bien.

Sur quoi, ils terminèrent leur repas et, cette nuit-là, alors qu'ils étaient couchés et qu'Aspen l'avait fait jouir à deux reprises, Wendy songea que, quoi qu'il arrive, les choses ne pouvaient que s'arranger à partir de maintenant.

* * *

Le lendemain, après l'entraînement, Blade en eut assez. Les gars étaient tous grognons et la situation plus bizarre que jamais entre eux.

— Trop, c'est trop, déclara-t-il en fusillant ses amis du regard. On se comporte comme des filles de seconde au lycée. (Il se tourna vers Truck.) Pourquoi tu ne nous as pas dit que tu étais marié ? On forme une équipe. On se dit ce genre de conneries. On a su que Kassie était enceinte avant tout le monde. Pareil pour la grossesse d'Emily.

— Coach et Harley se sont mariés sans nous en informer, objecta Truck, sur la défensive. Pourquoi personne ne leur a hurlé dessus ?

— C'était différent, répliqua Fletch.

— Pourquoi ? fit Truck.

— Ça s'est fait comme ça. Il n'a pas gardé un satané secret pendant des mois, déclara Beatle.

Truck soupira.

— Je ne peux pas vous donner tous les détails parce que ce n'est pas mon histoire, c'est celle de Mary.

— Ça, ça s'appelle une dérobade, cracha Ghost. Je suis furieux contre toi, mec. Tu sais à quel point j'ai envie de passer la bague au doigt de Rayne et elle, elle m'en a empêché parce qu'elle n'était pas certaine que Mary et toi tombiez amoureux. Tu aurais au moins pu m'en informer.

— Tu es la dernière personne à qui je pouvais le dire, répliqua Truck avant de pincer les lèvres et de secouer la tête. Laisse tomber, mec. C'est fait.

Sur quoi, il s'éloigna.

Ses amis le regardèrent, à la fois incrédules, déçus et perplexes.

Blade soupira. Il avait voulu mettre un terme à leur querelle en offrant à Truck une chance de leur expliquer pourquoi il ne leur avait pas parlé de son mariage. Au lieu de quoi, il n'avait fait qu'empirer les choses.

La journée de ce samedi était belle. Le soleil était de sortie et, pour une fois, il ne faisait pas trop chaud. Il y avait des familles partout, qui profitaient des activités de cette journée consacrée à l'armée. Un groupe de country local jouait sur une scène au bout du champ et plusieurs camions-restaurants servaient de la nourriture gratuite aux familles de soldats.

Dès qu'ils furent arrivés, Jackson partit se promener avec Jenny et Blade put se balader avec Wendy. Ils se tenaient par la main et parlaient de choses et d'autres. Tout allait pour le mieux, jusqu'à ce qu'il avise Truck et Mary. Ils étaient faciles à repérer, avec leur différence de taille presque comique. Il y avait près de trente centimètres entre eux, mais, bizarrement, cela fonctionnait. Mary avait les doigts entremêlés à ceux de Truck et ils riaient.

Blade éprouva une pointe de chagrin en les regardant. C'était la première fois qu'il voyait Mary profiter aussi ouvertement de la compagnie de Truck. Chacun savait qu'ils s'appartenaient l'un à l'autre et ils auraient dû être enchantés que le couple paraisse avoir surmonté ses difficultés. Sauf qu'à cause de la dissimulation de Truck, leur union avait brisé l'équipe au lieu de les souder davantage.

Blade vit également les autres dans les parages. Et il eut la tristesse de constater que chacun se tenait à l'écart des autres. C'était déprimant et jamais il n'aurait pu imaginer ça, même s'il y avait songé pendant un million d'années. Ils avaient traversé tellement d'épreuves bien pires tous ensemble : le sauvetage de Rayne, le premier saut de Coach avec Harley, au cours duquel il avait failli mourir, et, tout récemment, l'explosion de la maison de Fletch par un pédophile psychopathe. Et puis ils avaient ri, avec la petite Annie.

Et ça ne prenait même pas en compte ce que l'équipe avait vécu en mission. Depuis l'Afrique jusqu'à l'Amérique du Sud, en passant par le Moyen-Orient. Ils se protégeaient depuis des années. Ils s'étaient mutuellement sauvé la vie, à plusieurs reprises. Il avait presque l'impression de vivre un divorce plein d'acrimonie. Les souvenirs des bons moments qu'ils avaient vécus lui faisaient l'effet d'un coup de couteau en pleine poitrine.

Blade passa le bras autour de la taille de Wendy et l'attira contre son flanc pendant qu'ils marchaient.

— Ça va ? lui demanda-t-elle.

— Non, répondit-il franchement. Ça craint. Mes amis me manquent.

— Qu'est-ce que je pourrais faire pour t'aider ? demanda-t-elle.

— Malheureusement, rien, je...

Blade fut interrompu par un crépitement sonore.

Comprenant aussitôt de quoi il s'agissait, il plaqua Wendy au sol, un petit peu plus brutalement qu'il ne l'aurait voulu, et la couvrit de son corps, tout en cherchant autour de lui d'où provenait ce bruit.

Il y eut un nouveau coup de feu et Blade tourna la tête vers l'endroit d'où il avait retenti.

Il vit, planté sur la scène, Chuck, l'un des amis de Lars. Les membres du groupe se carapataient tandis que Chuck hurlait et continuait à tirer au hasard dans la foule paniquée.

Blade balaya le terrain des yeux et rencontra ceux de Ghost. Son chef d'équipe était au sol, protégeant Rayne, comme il le faisait, lui, avec Wendy. D'un signe de tête, Ghost désigna sa droite. Blade découvrit Truck et Hollywood. Il ne fallut pas longtemps avant qu'il ait croisé le regard de ses six coéquipiers et qu'ils aient mis au point un plan, rien qu'en s'adressant des signes de la main.

— Tu vois ces gradins, là-bas, sur la gauche ? demanda Blade à Wendy d'une voix pressante.

— O-Oui.

Il remarquait sa panique, mais elle l'écoutait.

— Il faut que tu les atteignes. Attention, ne cours surtout pas en ligne droite. Tu peux y arriver ?

— Oui, mais toi, qu'est-ce que tu vas faire ?

Ignorant sa question, il poursuivit :

— Tu retrouveras Rayne et les autres là-bas. Une fois sur place, accroupissez-vous et ne bougez plus, quoi qu'il arrive. Pigé ?

— OK, mais, Aspen, qu'est-ce que tu vas faire ? répéta-t-elle.

— Mon équipe et moi, on va arrêter ce fils de pute, répondit Blade, avant de l'embrasser fort.

Dès qu'il y eut une accalmie dans les tirs, il la redressa et la poussa vers les gradins.

— Vas-y. Maintenant !

Blade regarda Wendy s'élancer vers la protection relative des gradins. Le risque zéro n'existait pas, mais les femmes seraient bien plus en sécurité là-bas qu'étendues en pleine lumière, sur cette pelouse.

Puis, comme si ce dernier mois n'avait jamais existé, Blade et son équipe firent ce qu'ils faisaient le mieux : ils œuvrèrent de conserve pour abattre le tireur.

* * *

Dix minutes plus tard, Blade attendait l'arrivée de la police avec ses coéquipiers, afin que les flics évacuent la zone. Ils avaient encerclé et désarmé Chuck moins de cinq minutes après le début de son carnage. Ils n'avaient pas d'armes sur eux, mais ils n'en eurent pas besoin. Pour faire simple, ils s'étaient jetés sur lui pendant les quelques secondes qu'il avait fallu au dingue pour recharger son fusil.

Le gars sanglotait à présent, suppliant qu'on le laisse se relever, pour que les flics le descendent. Il déclarait en pleurant qu'il avait gâché la vie de ses parents et qu'ils seraient bien mieux sans lui.

Pendant que Truck et Ghost le plaquaient au sol, le reste de l'équipe s'occupait de ses armes et de ses munitions, pour s'assurer que Chuck ne risquait pas de blesser qui que ce soit d'autre. Le temps que la police militaire arrive, le jeune homme n'était plus qu'une chiffe molle résignée.

Truck expliqua à la police militaire ce que Chuck avait déblatéré. Pour faire simple, il avait tiré vers le sol, afin de ne blesser personne, mais dans l'espoir que la police le vise et mette un terme à sa vie misérable.

On s'empressa de le remettre sur pied et, après que chaque membre des Deltas eut jeté un coup d'œil à sa femme, pour s'assurer qu'elle était indemne, ils se plantèrent tous ensemble à l'arrière de la scène, attendant la relève.

— En gardant le secret sur Mary et moi, j'ai merdé, les gars. Mais si je devais le refaire, je ne changerais rien, lâcha Truck, rompant le silence.

— On a déjà parlé de cette connerie, cracha Ghost. Rayne est dévastée.

— Je sais. Et je suis désolé... mais Mary était mourante. Elle ne pouvait se payer son traitement, quand le cancer est revenu, alors je l'ai épousée pour qu'elle puisse bénéficier de mon assurance.

En entendant cet aveu, les Deltas se turent aussitôt. Truck avait prétendu que c'était une histoire que seule Mary pouvait raconter, mais aucun d'eux ne s'était attendu à un tel coup de tonnerre.

— La cérémonie a eu lieu quand on était dans l'Idaho, pour aider Fish, c'est ça ? demanda finalement Hollywood.

Truck hocha la tête.

— Oui. Comme elle était au plus bas, elle a accepté. Et je

savais que si je remettais ça à plus tard, elle trouverait un second souffle et refuserait.

— Elle vit chez toi ? s'enquit Ghost.

— La plupart du temps, oui.

— Je l'avais deviné. Les rares fois où Rayne a pu la convaincre de la retrouver, ça s'est toujours produit ailleurs que dans son appartement.

— Elle n'y est plus beaucoup. Au début, elle était trop malade. Et maintenant qu'elle va mieux, c'est devenu une habitude de vivre chez moi, j'imagine, répliqua Truck avec un haussement d'épaules.

— Tu aurais dû nous en parler, lâcha Coach.

Truck hocha la tête.

— Je sais. Je vous en parle maintenant parce que cette stupide dispute entre nous affecte notre travail. Je ne veux pas que notre équipe explose. Mais l'autre raison pour laquelle je ne vous en ai pas parlé, c'est qu'à mon avis, ce n'est qu'une question de temps avant que Mary demande le divorce. Elle m'a épousé pour mon assurance... enfin, je l'ai obligée à m'épouser pour qu'elle puisse utiliser mon assurance. Et maintenant qu'elle n'en a plus besoin, j'ai la sensation qu'elle va vouloir reprendre sa vie de son côté.

— Donc elle va bien, maintenant ? demanda Blade.

Truck soupira et hocha la tête.

— Oui. Elle a vu un médecin, la semaine dernière, et il lui a donné son feu vert. Elle va prendre des médicaments pendant au moins sept ou huit ans et devra envisager une reconstruction mammaire, mais le cancer semble relever définitivement de l'histoire ancienne.

— Voilà le truc, intervint Beatle. On est furax contre toi, Truck. Et ta trahison a fait du mal à l'équipe, mais... ce qui s'est passé aujourd'hui prouve que tout au fond de nous, la confiance demeure. Je me trompe ?

Chacun en convint.

— Donc on doit arrêter cette merde et régler le truc entre nous.

— Je suis d'accord, déclara Fletch. Vous me manquez, les gars. Et à Annie aussi. Elle m'a également demandé quand elle pourrait revoir Wendy. Et les autres femmes. Et il faut que j'inaugure ma nouvelle maison par un barbecue.

Quand les hommes échangèrent un sourire, Blade sentit la tension s'écouler de son corps. Ils étaient de retour. Son équipe était de nouveau unie et c'était génial, putain.

— Je ne suis pas certain que ce sera aussi facile pour nos femmes de restaurer leurs relations, intervint Ghost. Rayne a vraiment été blessée.

Ils dirigèrent leurs regards vers les femmes en question, postées derrière les gradins. Mary et Rayne se tenaient aux deux extrémités du petit groupe et toutes deux avaient les bras croisés. Wendy et Casey causaient à voix basse et Emily, à côté de Rayne, lui avait passé un bras autour de la taille. Kassie et Harley, debout non loin de Mary, s'entretenaient entre elles.

— Je vais arranger ça, annonça Truck à ses amis. Je ne sais pas comment, mais je vais le faire. Mary est la femme la plus obstinée que je connaisse, pourtant elle est également l'une des plus compatissantes et aimantes. Si vous la prenez pour une garce, les gars, c'est que vous ne la connaissez pas comme je la connais. Elle est déchirée de voir Rayne aussi fâchée contre elle et elle déteste savoir que le groupe a été brisé à cause de ce qu'on a fait. Vous allez m'aider ?

— Je veux, mon n'veu, répondit Ghost.

— Pas de problème, fit Hollywood.

Un par un, les hommes firent le vœu de faire tout ce qui était nécessaire pour que leur groupe redevienne celui qu'il avait toujours été.

— Tu ne vas pas la laisser divorcer ? demanda Fletch.

— Non, répondit Truck. Je l'aime. Elle est susceptible comme pas possible, mais elle le doit à son passé. J'ai vu son côté attentionné, aimant et je sais que vous le découvrirez aussi. En fin de compte.

— Est-ce que l'un d'entre vous a encore des secrets inavoués ? s'enquit sèchement Ghost. Parce que le moment est propice pour tout dévoiler.

Les hommes s'esclaffèrent.

— Je vais très bientôt demander à Wendy de m'épouser, annonça Blade. Jackson et elle ont emménagé chez moi et je veux leur donner la stabilité dont ils ont été privés au cours de la dernière décennie.

— Félicitations, lâcha Beatle en posant une main sur l'épaule de Blade.

— Merci.

— Et toi ? demanda Hollywood à Beatle. Si Blade et Wendy se fiancent, Casey et toi allez être les derniers à n'être ni mariés ni fiancés.

— Quoi ? Et moi, je compte pour du beurre ? grommela Ghost.

Hollywood leva les yeux au ciel.

— On sait tous que tu vas épouser Rayne à la seconde où elle te donnera son accord. Ce n'est qu'une question de temps. Alors ? Beatle ?

L'intéressé sourit au groupe.

— Je n'ai pas encore la bague, mais elle a accepté ma demande en mariage, la semaine dernière.

Chacun gratifia Beatle d'une petite tape sur l'épaule pour le féliciter.

— Quelqu'un d'autre a-t-il quelque chose à dire ? demanda Ghost au groupe.

— Mary et moi, on s'est mariés à la mairie, mais je veux

la robe blanche, la marche jusqu'à l'autel et une grosse fête à casser des barreaux de chaise, répliqua Truck en regardant Ghost droit dans les yeux. Elle risque de protester et de prétendre qu'elle ne veut pas de tapage, mais rien à foutre. Elle a vaincu le cancer, et deux fois en plus. Je veux lui organiser la plus grosse fiesta que cette ville ait jamais vue.

Ghost examina Truck, puis se tourna pour croiser les yeux de Blade et de Beatle, avant de lâcher lentement :

— Qu'est-ce que tu dirais de célébrer quatre mariages en un, puis de faire la plus grosse putain de fête de cette ville ? Tu crois que nos femmes seraient d'accord ? Ou qu'elles voudraient avoir chacune leur mariage ?

— Wendy adorerait, répondit aussitôt Blade. Elle n'a jamais eu d'amies proches et, faute de famille à l'exception de Jackson, je sais qu'elle serait gênée si tous nos invités venaient de mon côté. Donc, oui, bon sang, elle serait pour.

— Beatle ? demanda Ghost en haussant un sourcil.

— Je ne peux pas parler pour Casey tant que je ne lui en ai pas fait part, mais je suis quasi certain qu'elle ne trouvera rien à y objecter. Elle a vraiment été secouée et déprimée par ce mois de dispute. Je pense que si elles arrivent à se réconcilier et à faire en sorte que ça fonctionne, le résultat sera mémorable.

Les hommes hochèrent la tête.

— Je peux me permettre une suggestion ? s'enquit Fletch.

— Évidemment, répondit Ghost.

— On pourrait peut-être attendre qu'Em et Kassie aient accouché. Je sais qu'elles adoreraient se tenir aux côtés de leurs amies, mais j'ai le sentiment qu'Em détesterait se retrouver enceinte de neuf mois sur toutes les photos.

— Aucun problème pour nous, convint Hollywood. Kassie est sur le point d'accoucher d'une minute à l'autre.

Les autres s'esclaffèrent.

— Pas de souci. On ne pourra pas tout planifier en trois mois, de toute façon, déclara Ghost.

— C'est vrai que ça peut prendre du temps avant que les filles ne se reparlent, marmonna Truck.

— Mais nous, on est bien tous d'accord ? insista Ghost.

Chacun hocha la tête.

— OK. Alors après qu'on se sera entretenus avec la police militaire, chacun rentre chez lui avec sa femme et s'assure qu'elle va bien. Mais à partir de demain, on entame l'opération « Réparons le bordel ». Ça vous va ? demanda Ghost.

Tous approuvèrent et se dirigèrent de l'autre côté du champ, vers les femmes qui les attendaient, anxieuses.

Ghost posa une main sur l'épaule de Truck, avant que celui-ci ne s'éloigne.

— J'étais furieux contre toi, mon pote, mais maintenant, je comprends.

— Vraiment ?

— Oui. J'aurais choisi Rayne plutôt que vous autres, mes couillons, tous les jours de la semaine et deux fois le dimanche.

Truck lança un regard de travers à son ami et chef d'équipe.

— Ça me touche beaucoup.

Ghost lui envoya un coup de poing dans le bras.

— Je n'arrive pas à croire que tu aies convaincu Mary d'épouser ta sale gueule.

Truck ricana.

— Ne t'excite pas. Ce n'est pas comme si on avait une relation normale.

— Vraiment ?

— Vraiment. On couche ensemble toutes les nuits, mais

pas dans le sens où tu l'entends. Au départ, en raison de ses nausées et de sa maladie, mais elle continue à s'entêter, maintenant qu'elle va mieux.

— Eh bien, si quelqu'un peut venir à bout de ses réticences, c'est toi, déclara Ghost avec la plus grande conviction. Je suis impatient de voir ça.

— Un peu de compassion ne serait pas superflu, grommela Truck. Je souffre du pire syndrome de couilles bleues de toute l'histoire des hommes.

Ghost explosa de rire.

— Bien fait pour toi, lâcha-t-il avant de redevenir sérieux. Il faut que je réconcilie Rayne et Mary, Truck.

— Je sais. On va y arriver.

— Tu le jures ?

— Je le jure. D'une manière ou d'une autre, elles vont redevenir comme les deux doigts de la main et elles auront leur double... non, quadruple mariage.

Ghost sourit.

— Ça me va. Tu es quelqu'un de bien, Truck.

— Pas tout le temps. J'ai découvert que je pouvais être le roi des égoïstes.

— Ce que nous sommes tous, à notre façon. Viens, nos femmes donnent l'impression d'être sur le point d'exploser. On se reparle demain pour élaborer un plan qui remette ces deux-là sur les rails... et qui raccommode les relations entre les autres. Je suis heureux que tu aies été là, Truck. Comme d'habitude, ta taille nous a aidés à mettre plus facilement le gars hors d'état de nuire.

— Tout le plaisir était pour moi.

Un peu à l'écart, Blade vit Ghost et Truck se serrer la main puis aller chercher leur femme.

— Qu'est-ce qui se passe entre vous, les gars ? lui demanda Wendy alors qu'ils se dirigeaient vers le parking.

Vous étiez fâchés les uns contre les autres et c'est terminé ?

— Parfois, il suffit d'un petit danger pour remettre les choses en perspective, répondit Blade. Maintenant, avance, je veux vous ramener à la maison, ton frère et toi. Je pense que nous avons tous besoin d'un petit moment à nous. J'ai eu une peur bleue que tu sois blessée par une balle perdue.

— Je t'aime, répliqua-t-elle en se hissant sur la pointe des pieds pour l'embrasser.

— C'est la première fois que tu me le dis, constata-t-il, les yeux étincelants.

— Euh, en fait, je te l'ai déjà dit, protesta-t-elle. La nuit où tu m'as demandé de t'épouser.

— Non, mon cœur. Crois-moi, je le saurais. Tu as poussé des « ooh » et des « aah », tu m'as mis la tête à l'envers, mais tu ne m'as jamais prononcé ces mots. Comme j'attends depuis des semaines, tu ne peux plus les reprendre, maintenant.

— Je n'en ai nullement l'intention, le rassura-t-elle. Et maintenant, ramène-nous à la maison, Jackson, Jenny et moi. Je te ferai à manger et puis, quand Jackson raccompagnera Jenny chez elle, je te montrerai à quel point je t'aime.

— Oooh, bébé, j'aime bien quand tu dis des cochonneries.

Blade enlaça Wendy et la conduisit jusqu'à sa Jeep. Les choses n'étaient pas encore parfaites avec l'équipe, mais elles étaient en bonne voie. Les quelques semaines et mois à venir seraient intéressants, mais il misait sur Truck sans hésiter.

* * *

Truck ouvrit son appartement et attendit que Mary entre

pour la suivre, refermer et verrouiller la porte. Elle avait été silencieuse sur le trajet jusque chez lui et il voulait savoir à quoi elle pensait, mais seulement une fois à l'intérieur, afin qu'elle ne puisse esquiver.

Il lui prépara une tasse de thé, agrémentée d'une solide rasade de whisky, puis l'installa sur le canapé. Il s'assit à côté d'elle pour la prendre dans ses bras et ils restèrent ainsi sans rien dire.

— Ça va ? demanda-t-il au bout d'un moment.

— Bien sûr.

Truck refoula son envie de lever les yeux au ciel. Il aurait dû s'y attendre.

— Rayne t'a adressé la parole aujourd'hui ?

— Non.

— Et toi ?

— Non. Il n'y a rien à dire. Je l'ai blessée.

— Si tu lui parlais et que tu lui expliquais pourquoi, elle comprendrait.

Mary secoua la tête.

— Non. Elle a été à mes côtés à chaque étape de ma première chimio et de ma première radiothérapie. Elle ne comprendra pas pourquoi je n'ai pas voulu d'elle la deuxième fois.

Truck ne le saisissant pas très bien lui-même, il ne dit rien. Quand elle tendit le bras pour poser sa tasse vide sur la table basse, il demanda encore :

— Prête à aller te coucher ?

— Oui. Truck ?

— Oui, ma puce ?

— C'est réglé, entre ton équipe et toi, maintenant ?

— Tu t'en es aperçue ?

— Oui.

— Ce n'est pas encore parfait, mais ça s'arrange.

— Tant mieux. Je ne voulais pas causer des ennuis entre tes amis et toi.

Truck lui embrassa la tempe et y laissa les lèvres pour répliquer :

— Tu ne m'as causé aucun ennui. Je suis responsable de mes actes, quels qu'ils soient. Pas toi, d'accord ?

Elle le dévisagea un long moment et, une fois encore, Truck tenta en vain de deviner ce à quoi elle pensait.

— Je sais que tu es sincère, mais je sais aussi que c'est faux. (Elle détourna les yeux.) Il faut que je me prépare à aller me coucher.

— Tu as besoin d'aide ?

Mary se figea et l'observa.

— Pardon ?

— Tu as besoin d'aide ? répéta Truck.

Depuis le début de leur mariage, il n'avait jamais franchi la ligne qui séparait la simple amitié de davantage. Mais plus il passait de temps avec elle, maintenant qu'elle n'était plus malade ni souffrante, plus il brûlait de franchir cette ligne. Il était temps qu'il se montre un peu plus entreprenant.

— Non.

— Tu es certaine ? Je ne demanderais pas mieux que de t'aider à ôter ces vêtements.

— Truck ! s'exclama Mary en lui donnant une tape sur le bras. Non !

Ses joues s'étaient empourprées et elle fuyait son regard. S'il avait été du genre à parier, il aurait dit qu'elle n'avait rien contre l'idée, mais demandait à être un peu plus convaincue.

— Je voulais juste m'en assurer. Je te rejoins sous peu dans notre lit, ajouta-t-il en soulignant le « notre » légèrement plus que la normale.

Puis il posa une main sur la joue de Mary pour l'obliger à lui faire face. Et, se penchant, il plaqua sa bouche sur la sienne.

De la pointe de la langue, il suivit la ligne de ses lèvres, jusqu'à ce qu'elle gémisse et qu'il puisse saisir l'occasion de la goûter pour la première fois.

Toutes les fois où ils s'étaient embrassés jusqu'à présent, c'étaient des baisers chastes, bouche fermée, sauf que Truck en avait assez. Mary était à lui. Dans tous les sens du terme. Oui, elle était nerveuse, mais il s'en accommoderait.

Comme elle ne reculait pas sous l'effet du choc ou ne le frappait pas en pleine face, il continua sa lente exploration. Elle caressait timidement sa langue de la sienne et il fut à deux doigts de gronder. Le sexe dur comme l'acier, il sentit s'écouler les gouttes de liquide pré-séminal.

Purée, il était prêt à exploser rien qu'en sentant la langue de Mary jouer avec la sienne. À contrecœur, il s'écarta, d'ores et déjà satisfait des progrès accomplis.

— Vas-y, bébé, lâcha-t-il en l'embrassant sur le front. J'arrive tout de suite.

Sans un mot, l'air stupéfaite, Mary se leva et se rendit dans la chambre principale.

Truck savait que sa complaisance ne durerait pas. C'était l'une des choses qu'il aimait le plus chez Mary. Elle rendait ce qu'elle recevait et ne restait jamais les bras croisés, à le laisser tout diriger dans leur relation. Elle était un défi, or un homme comme lui en avait besoin. Il avait besoin d'elle.

Elle n'en avait peut-être pas encore conscience, mais le jour où elle lui avait dit « oui » avait changé sa vie pour toujours.

Elle était à lui comme il était à elle.

Ils se disputeraient, se rabibocheraient et se disputeraient de nouveau. Et Truck brûlait de vivre chaque seconde de leurs concessions mutuelles. Elle finirait par lui donner tout ce qu'il voudrait et il veillerait à la rendre heureuse pour le restant de leur vie.

Il avait hâte.

*

Ne ratez pas le prochain tome de la série *Delta Force Heroes* : Un héros pour Mary.

DU MÊME AUTEUR

<u>Autres livres de Susan Stoker</u>

<u>Delta Force Heroes Series</u>

Un héros pour Rayne

Un héros pour Emily

Un héros pour Harley

Un Mari pour Emily

Un héros pour Kassie

Un héros pour Bryn

Un héros pour Casey

Un héros pour Wendy

Un héros pour Mary (Avril)

Un héros pour Macie (May)

<u>Forces Très Spéciales Series</u>

Un Protecteur Pour Caroline

Un Protecteur Pour Alabama

Un Protecteur Pour Fiona

Un Mari Pour Caroline

Un Protecteur Pour Summer

Un Protecteur Pour Cheyenne

Un Protecteur Pour Jessyka

Un Protecteur Pour Julie

Un Protecteur Pour Melody

Un Protecteur Pour the Future

Un Protecteur Pour Kiera

Un Protecteur Pour Dakota

* * *

En Anglai

Delta Force Heroes Series

Rescuing Rayne

Rescuing Emily

Rescuing Harley

Marrying Emily (novella)

Rescuing Kassie

Rescuing Bryn

Rescuing Casey

Rescuing Sadie (novella)

Rescuing Wendy

Rescuing Mary

Rescuing Macie (novella)

Delta Team Two Series

Shielding Gillian (Apr 2020)

Shielding Kinley (Aug 2020)

Shielding Aspen (Oct 2020)

Shielding Riley (Jan 2021)

Shielding Devyn (TBA)

Shielding Ember (TBA)

Shielding Sierra (TBA)

Protecting Fiona

Marrying Caroline (novella)

Protecting Summer

Protecting Cheyenne

Protecting Jessyka

Protecting Julie (novella)

Protecting Melody

Protecting the Future

Protecting Kiera (novella)

Protecting Alabama's Kids (novella)

Protecting Dakota

Badge of Honor: Texas Heroes Series

Justice for Mackenzie

Justice for Mickie

Justice for Corrie

Justice for Laine (novella)

Shelter for Elizabeth

Justice for Boone

Shelter for Adeline

Shelter for Sophie

Justice for Erin

Justice for Milena

Shelter for Blythe

Justice for Hope

Shelter for Quinn

Shelter for Koren

Shelter for Penelope

À PROPOS DE L'AUTEUR

Susan Stoker est une auteure de best-sellers aux classements du New York Times, de USA Today et du Wall Street Journal. Elle a notamment écrit les séries Badge of Honor: Texas Heroes, SEAL of Protection et Delta Force Heroes. Mariée à un sous-officier de l'armée américaine à la retraite, Susan a vécu dans tous les États-Unis, du Missouri jusqu'en Californie en passant par le Colorado, et elle habite actuellement sous le vaste ciel du Tennessee. Fervente adepte des fins heureuses, Susan aime écrire des romans où les sentiments laissent place au grand amour.

http://www.StokerAces.com

facebook.com/authorsusanstoker

twitter.com/Susan_Stoker

instagram.com/authorsusanstoker

goodreads.com/SusanStoker